Xinjiang

哈薩克斯坦

吉爾吉斯斯坦

塔吉克斯坦

巴基斯坦

克拉

賽裡木湖

伊寧

塔塔爾族村

巴音布魯克

魔鬼城

塔裡木河

塔克拉瑪干大沙漠

阿瓦提

和田
阿凡提的家

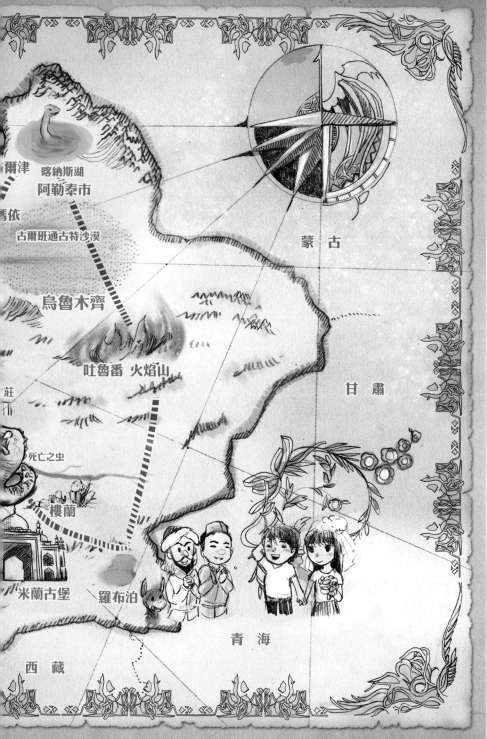

阿莫依 绘

The Kanas Monster

تېلسىماتكۆ رۇ ئۆلنگەن ب ۇب سىرلىق ئائالەم

召唤
喀纳斯水怪

李枫 著

天堂里，形孤影只、孑然一身，就是地狱。
地狱里，有人陪伴着，爱着，就是天堂。

『 序 』

　　这是我十九岁时写的小说。

　　当时想要给自己二十三岁生日一个纪念，同时无比热爱着新疆。我想要把新疆的美告诉更多的人。

　　2012年出版它，像是注定的。今年是龙年，它起初就是一个"召龙人"的故事。也许是冥冥中的某种注定，这一年它将被召唤出来，结束尘封。

　　还记得写它的那段时光，在2008年5月的北京，一个极其平常的星期天，求学的少年开始他的梦想之旅。SOHU网的原创长篇小说悬疑分类，开始在网络连载，发表后的第四天，就已经可以在周点击率排行榜上看见它，之后的每一天，它都在神奇地往上攀升，首页推荐、别家转载，当时我很有信心，全力以赴这第一个公开化的故事。

　　故事的灵感，来源于那年的南方雪灾。我没有想过那场雪会那么严重，学校的寒假，从北京回去，转车回镇上的时候已经封路，每年放假回去我都是为了写小说，一本手写的家族故事。不过这次无奈无法回去，所以临时决定去一个就近的城市。

　　在那个城市，冰冻的世界，时常停水停电，不能写东西，很多时候无所事事，无聊地打发时间。就在这种虚度中，不知什么时候，在什么情况下，脑海中突然生出两个灵感，两个我非常有兴趣去驾驭的故事，连名字都想好了——其中一个就是"召龙人"。

召龙人，一个传奇的冒险故事，悬疑玄幻，当然，主角是像我当时那样的少年，而非成人，后来决定用成人也许是我那时急着长大。

急着长大的少年，想要实现自己的理想。

回到北京，开始着手这个故事。

那时的认真是无可比拟的，全心全意地对待，心里只有它，因为剧情的纷繁复杂，引经据典的必要，那时的我完全沉浸在这个故事当中，在它身上我用了那时自己最大的工夫和全力，一有闲暇就是构思后文，顺理关系，查找资料然后幻想。当时的我那么热血沸腾，那么认真，以至于以后再怎样认真地写一个故事，和"召唤"相比，都会显得有些底气不足。

即便它也许不够成熟，也许看上去太过自我，但这都是无可替代的，这是沉淀在那段时间湖底的光，因为当时那个小作者有伟大的理想，初生的、洁净的、鲜艳的理想，他要把他热爱的事物介绍给更多人，他要将新疆的美告诉更多的人。每一个看过他这本小说的观众都会很明确地感受到他的这种信念和想法。

也许你会对他的做法不认同，但他还是在多年后执意全文不改地放它出版以表决心。

他总是这样。

只是他从未忘记那里。以及那时的那个冬天，两个突如其来的灵感，像是他所料不及却又无法阻挡的能量一样，给了他向前的动力。那么强大的，无与伦比的，令他心潮澎湃的力量。

其中的一个灵感，到后来，结合了当时那部留在镇上的手写小说，演变成了《燃烧的男孩》，而另一个，就是这本《召唤喀纳斯水怪》。

它们俩并驾齐驱着，在我心里那个充满想象、沸腾着感情的最柔软的地方，给予我满怀的热情和希望，它们一个像现实，一个是幻想，缺一不可，它们见证着我那段最认真、最专注也是最珍贵的时光。

不会再有的日子。

我希望你们能够喜欢。

并且能拥抱那个十九岁的灵魂。

李枫

2012.6.4

目录

　美丽的喀纳斯，总是给你最多的、最美的，
它也许不会给你想要的，却会给你属于你的。
　它总是在注视着你，总能分清善恶。

第 1 章
寻找哈乐丹

今年 8 月他满三十岁，在国外漂泊了整整二十年，没有国籍，没有党派，没有组织，没有姓名，或者说名字总是不断在换，而且就行规而言，万万不能有名字，到最后，他甚至记不清自己姓甚名谁。小时候最大的志愿是当个为民除害的好警察，他依稀记得当他把这个梦想告诉爸爸，他爸爸朝他吐了一脸的吐沫，咒骂道："你不该是我的孩子，你不该叫李河落。"

李河落在西欧和北美早已臭名昭著，早年把钱财视为唯一追求的对象，忘记了道德和良心，和山口组作过交易，替黑手党办过事，因此毫不犹豫接大任务、杀大人物。办事却也利落，因为他有一手绝世无双的好枪法，手从未颤抖过。枪能让人上瘾，他喜欢握住枪柄瞄准目标的那一刹那，因为已经主宰了命运。他说："如果你发出来的子弹射不准猎物的头，就是在浪费子弹。"

独自一人带着把枪游走在世界各地。他很清楚这样的生活就是逃亡，即使境外多家银行都有不小的一笔存款，却买不到安稳和自由。身后永远是一道罪恶的、孤独的影子。人一旦选择了路，就很难回头，他可能会说：

"我倒想试一试。"

他想金盆洗手。他已经开始恐惧这样的生活。从年少时的忐忑不安，到被时间改造，再到麻木，最后竟然离不开了，如今等着被神解救。

不知何时起，他每天睡醒都会边叼着烟，边在本子上计划新生活安排日程。也许是某一天没有做噩梦，无知无觉间翻了个身便睁开了眼睛，自然而然地醒来。虽然清晨的第一缕光线叫不醒我们，也可以理解为太阳或者光明叫不醒我们。我们只能被自己叫醒，睡醒梦醒冻醒饿醒或是尿急。

偶尔，我们也会被旁人唤醒。

欧洲某国一个走私野生动物的帮会好不容易在巴西找到他，委托他绑架一个关键人物：一个中亚某国的孩子。他嘲笑他们竟做起卖人的生意了。他在乌烟瘴气的小咖啡店，坐在靠窗的位置，问绑架一个孩子用得着找上他吗，对方只说"这并不容易"。

他庆幸接手的最后一个任务不会出现血腥画面，可后来具体消息却说这个孩子是个新疆图瓦族的少年。这很糟糕，他从未在国内犯过案，一次也没有，1998 年在香港和台湾发生过两起枪杀，警方怀疑是他的杰作，命名他为代号 Mr.X，只有他清楚这不是自己干的，后来警方也调查清楚不是他所为。他在国内的档案干干净净，这里是他为自己留的最后一片净土，他已经打算事后在某个乡镇长期住下，开始渴望已久的平静生活。只是没想到最后一桩生意地点在国内。人家已经支付给自己一半酬劳，如果事先知道准确消息就不会接手了。好在不会再造成流血事件，只是绑架一个孩子而已。

这个图瓦族孩子因为可以预知各种自然灾害而出名，汶川地震发生前，这个男孩指着东南方向说会发生大灾难，这件事轰动了阿勒泰地区。

没有任何证件，只有张伪造的身份证，随身还携带了几把枪，李河落坐长途汽车在大西北颠簸了几天，就让他觉得像过了一个漫长且混乱的世纪。越往西走，景色越萧条，尤其是夜晚，空旷的半沙漠地带昏天暗地。他翻开自己找到的关于这个猎物的一些剪报。

1989 年 1 月，从喀纳斯至布尔津线路发生特大车祸，56 人死亡，1 人生还。

1994 年 1 月，喀纳斯一处农场因为自然原因失火致 14 人死亡，1 人生还。

2000 年 9 月，一艘游船沉没于乌伦古湖，1 人生还……

这些生还者皆是同一个名叫"哈乐丹"的图瓦族人。

他在乌鲁木齐招了个维吾尔族和汉族的混血女孩做向导，带他前往喀纳斯。

第一次见到这个漂亮的姑娘，她举着一张用汉文与英文写着"带您游遍新疆"的自荐牌。女孩爱闹腾，在去往喀纳斯的车上总是说个不停。她拍着李河落的肩说："先生你是归国华侨啊，我叫阿普热勒古丽，怎么称呼你？"见李河落冷冷瞟了自己一眼，于是说，"我那是维族名字，叫我杜林琪，好记些。"

李河落转脸望了望车窗外，牙缝里挤出一句："陆离。"

杜林琪像只麻雀般弹了起来，"陆先生是吧！是这样的，我专修地理，对喀纳斯的旅游景点比谁都熟悉。我妈妈是维吾尔人，爸爸是汉族人，我比较像我妈妈。新疆这个地方美女如云！我知道一个不错的……"

这叫李河落想起自己的过去，妈妈是个和自己素未谋面的妓女，父亲走私毒品，后来判了死刑。自己从十岁起就开始流浪生活，被父亲的好友带到美国，在走私圈里混迹，从走私圈到黑帮，再到杀人如麻的杀手，这些历程在现在看来似乎来得很简单，一路顺风顺水。

李河落对她说："是的，你很美，你的工作只是在任何时候都能迅速指出一条可以走出喀纳斯的路，其他的什么也不用做，包括说话。"

杜林琪愣了下，"陆先生，喀纳斯美到你根本不想出去。"

阿勒泰地区位于新疆维吾尔自治区的北部，与蒙古、哈萨克斯坦、俄罗斯接壤，东北部是壮美的阿尔泰山，主要山峰都在三千米以上，友谊峰高 4374 米。冰川和雪岭在光照下熠熠发光，美不胜收。"阿尔泰山七十二道沟，沟沟有黄金"，因此在蒙古语中"阿尔泰山"意为"金山"。额尔齐斯河创造出多姿的平原，草原石人矗立在这片圣土已经好几个世纪，美好的喀纳斯深藏在这里，空中飞着金鹰，地上跑着盘羊，草原上住着栗鼠，森林里躲着红鹿，时光带不走这儿的绝世美景。

　　图瓦村距喀纳斯湖有两公里远，从布尔津到喀纳斯一定要经过这里。阳光从车窗照射进来，光斑停留在李河落脸上，他望着窗外不断变化的景色，色彩越来越丰富，阳光也很灿烂。他从未仔细欣赏过擦身而过的美景，他只关注生死、他的恩怨，现在他可以望见雪山，于是情不自禁地缓缓坐起来，目光凝聚在雪山之顶。

　　阳光中的七彩缓缓萦绕在尖端，雪山洁净无瑕的顶峰是需要敬畏的。

　　"喀纳斯"是蒙古语，意为"峡谷中的湖"或者"神秘、美丽"。这里亿万年前是片古老海洋，时光流逝、板块运动，诞生了雄壮的阿尔泰山，后来的第四纪冰川又奇迹般创造了美丽的喀纳斯湖。

　　在车上颠簸了三天三夜。在布尔津下了车，李河落长长吸了口洁净的空气。他们坐着马车，带着些情趣到达了禾木村。

　　图瓦人因为历史原因，居住在中国、俄罗斯和蒙古。新疆喀纳斯是中国图瓦人唯一的聚集地。禾木村、喀纳斯村和白哈巴村是图瓦人居住的村庄。隋唐时期称为"都播"，元朝称为"秃巴思""乌梁海种人"。图瓦人属于蒙古族的一支，他们的木屋下方上尖，游牧时仍采用蒙古包。有学者认为，成吉思汗西征时遗留下的老弱士兵是图瓦人的祖先，而图瓦人认为自己的祖先来自西伯利亚。图瓦人是具有游牧命运的，长久被束缚在来源与归宿之间，历史的笔墨遗留下包括《乌里雅苏台界约》在内的各种分割条款，时光把他们凝聚在新疆的北方，带着来自唐努乌梁海的气味，经历着长久的漂泊。这是个人口极少、古老神秘的民族。

　　民族命运实际上就是个人命运。李河落会觉得"我们很像"。

　　禾木村位于喀纳斯河谷地带，炊烟袅袅，一如往日的宁静。只是牵着马赶着牛外出的村民们发现村上来了两个陌生来客，一个戴墨镜的高瘦白T男子，另一个一眼就能认出是个维吾尔族的姑娘，又细又黑的柳叶眉毛，高高的鼻梁，长长的乌黑发亮的头发如同流动的水倾泻在肩上。

　　在村民眼中，这个貌似富有的男子自称是坐飞机来的，而包里却是一大堆杂乱的车票。里面还有许多叮叮当当的铁制品和一本《圣语录》，说是慕名而来的普通游客。族中长老库库勒大叔亲自接待问候他们。他是这个族里为数不多会汉语的老人，穿着镶金边的蒙古长袍。他的儿女也精通汉语。

库库勒的儿子给他们送来许多面饼，并邀请他们去自己家里做客。库库勒的儿女给他们端来奶茶，并示意每人一定要喝上两碗。李河落喝不下去，杜林琪在他耳边说："两条腿进门就得喝两杯茶，再两条腿走出去，平安就会降临。"

李河落晃了晃碗里的奶茶，也不喝。

杜林琪生怕他会惹恼图瓦人，唇抵着碗沿，小声嘱咐："入乡随俗入乡随俗。"

库库勒的儿子约莫十八九岁，不像父亲那样会喝酒，只擅长吹奏三孔口笛"苏尔"，并笑眯眯地给李河落表演。库库勒的女儿有二十出头了，长得灵秀，一双大大的眼睛很是漂亮。李河落对库库勒说："我喜欢这里的孩子，很纯净的样子。"

李河落在村外高价租了间小木屋。安顿下来后，第一件事就是找村里人搭讪。杜林琪坐在木桩上，弓着背、疲劳地望着站在不远处正和图瓦人聊天嬉笑的李河落。杜林琪有些不耐烦了，自己原本想把喀纳斯介绍到完美无缺的激情全没了，她只是无奈地盯着这个不像游客的男人。他看上去很年轻，身材很高却有些瘦弱，面色苍白，戴着副墨镜，穿着T恤，走到哪儿都叼根烟，从国外来这里旅游却只提了个装了铁器的沉重的小包。

和当地居民说完话，李河落板着脸走过来。

杜林琪笑话他，"沟通不了吧，这里大部分人说图瓦语、哈萨克语和蒙古语。"

现在看来，自己熟识的英语法语日语德语都不管用了。这个女孩对李河落很重要。只是不能什么话都要她代为翻译。李河落问她："听说这里有个不一样的男孩。"

"不一样的男孩？"

李河落望了她一眼，说："听说是个很神奇的小孩。"

"那就是哈乐丹了。"杜林琪来了兴致，"这个孩子在喀纳斯很出名，可能就是这个禾木村的……"刚想连带介绍下风光美景，李河落似乎无心听了，走到松树林边蹲下研究起泥土。李河落掘了些泥巴闻了闻，似乎带有微微香气。抬头一望，不粗壮的松树却很大气。刚起身想走进去，却被杜林琪叫住。

"不要乱走！不要走远了。这里有熊，山上有雪豹。"

李河落头也不回走了进去，杜林琪心想或许又是自己多管闲事，于是跟着他钻进松树林。在林子里穿梭了很久，杜林琪一直在抱怨"你对这里不了解，为什么尽做冒昧的事"，看见李河落停下脚步，杜林琪盯着他从嘴里拿出的烟头，指责道："不该把火带到这里来！这里干燥得很，以前就发生过大火，烧着林子怎么办？这里可是五A级风景区！国家的。"

"说说哈乐丹吧。"

"嗯？"杜林琪说，"回去说，我们走得太远了，万一碰见熊怎么办？动物永远比人清楚森林里的交通，会循着气味找来的。"

"烟往南走，风往图瓦村子去，熊循不来，若你嗅觉灵敏，你还能循到熊。"

"好吧！他是个孤儿，父母都死于车祸，他当时也在车上，却活了下来，现在他是图瓦族最有名气的孩子。"

李河落忖度着，随后点了点头，"你先回去帮我打听下哈乐丹，我还要往前看看。"

"不行，坚决不行！陆先生你对这里根本不熟悉，万一迷路或是别的什么，而且我们在车上三天三夜了，你这么疲劳……"

"我喜欢独处。"李河落显得有些狂暴。女人处事总是这样，我想他对女人生不出好感始因他不能容忍自己的母亲。他歪着脑袋警告杜林琪："听着，别在我这儿啰唆你的那些所谓的高尚职业道德。你不是旅行团的导游，我们是私人交易，一切后果都不用你负责。"

杜林琪无奈，指着他的鼻子气得说不出话，望着他霸道的样子只好叹着气点点头，咬牙切齿地说："记住啊，别走远了，若是迷路就笔直往阿尔泰山走，走到一个巨大的湖边就停下。晚上六点前你没回来，我就叫人去那儿找你。"说完，从皮带上取下一把水果刀塞给李河落，"遇到危险就……"

李河落没等她说完便转头往林子深处走去。本来只是无目的地瞎逛，听杜林琪这么一说，于是朝着雪山直走，去到那片巨大的湖边浏览这一带的美景。要知道在荒蛮的大西北有这样秀丽的地方简直不可思议。他静下心观赏着色彩变幻莫测的森林，试着冲刷掉残留在内心的不安。不安已经伴随他很多很多年了。他忍不住拿出这把小巧、雕刻精美的水果刀笑了出来。这全然是把供观赏的艺术品。姑娘的可爱之处就在于她的愚蠢，也许是这样。

第 2 章

喀纳斯湖

　　望着壮美的阿尔泰山,跟着它一直往前,像朝圣般。也不知道那片雪山下的湖有怎样的景色。现在,望着雪白的圣顶,仿佛肮脏的心灵瞬间被冰雪洗净,如同初生的时候。就这样安静地朝着它走去。李河落感谢上苍,他罪恶的人生要结束了,即将向着想要的归宿发展了,就像此时安逸地朝雪山走去一样,有一个目的,有一个终点。

　　那是人间净土,心中的净土。

　　李河落边走边在红松、落叶松和一些杉树上做记号,却渐渐地专心观赏起风景了。这片树林像是有神奇的魔力,迷惑了向来处事谨慎的李河落。

　　渐渐日暮，光影在树身上诡异且悄无声息地变化，像是在催眠。林子间的鸟都安静下来。李河落穿过一大片桦树林，树身上大大小小的"眼睛"盯着他。脚踩在满是枯叶的地面上发出清脆的断裂声。他开始有些恐慌，说不清楚为什么，或许原因很多。这些清脆的声音就像微小的毁灭之音，总让他想起腥风血雨的日子。

　　人犯了罪就要一辈子背着，惩罚总是有的，即使不是深牢大狱。李河落清楚这句话。

　　越往前走，越生恐慌，满地堆积的落叶似乎越来越多，以至于脚踏下去的那一刹那，像即将深陷进去、被掩埋。李河落喘着粗气，手伸进后腰，准备掏枪了。他有种失魂的错觉，像走出桦树林，前方就是万劫不复的深渊。

　　他很紧张，并不全是周围景观给他带来的危机感，而是这满地层层叠叠的枯叶。因为现在还没到该落叶的季节。

　　他很敏感，举着枪、艰难地踏着落叶向前行走。马上就要走出桦树林了，前方有什么！前方一定有什么……李河落猛地钻出桦树林，出现在他视野里的却是一片巨大的湖泊。

　　虚惊一场，收好枪，朝湖边走去。这是一片被高山环绕的湖，遥见圣洁的雪山被云雾缠绕。这些雾气开始向湖这边袭来。

　　天快黑了，这片湖，水色青灰，广博如同汪洋，让人心生敬畏。云雾笼罩在这片仙境，能见度并不高。李河落摘下墨镜，露出阴森的眼睛，对着湖水照了照。这张脸孔原本还算英俊，只是经过岁月粗糙打磨变化成冷酷瘦削的冷铁，唇上淡淡的红是仅剩的血性，嘴角浅浅的皱纹越发显得他残酷至极。你可以想象一个杀了人后没有思想斗争、没有面部表情的人是什么样的吗？也许没有人告诉过他，他是个怎样的人。但我想，喀纳斯的湖水很诚实地告诉了他一切，因此现在的他不想多看一眼水中自己的倒影。

　　他站起来，背着手围着湖散步。

　　他喜欢安静，他并不喜欢枪声。他也知道不去破坏这难得的风景，规规矩矩收起枪，背着手，淡然地走着。他喜欢独处，他适应了孤独，对他来说，任何朋友或与自己对话的人都会是隐患，所以他总是乐意自言自语。这时，他竟然朝着湖微笑，这里没有恐惧他的人，没有叫他"魔鬼"的人，也没有要逮捕他、追杀他的人，只有和他平起平坐的，或者在他之上的湖泊和雪山。

他尝试着学会微笑，现在对着自然一切之美好反复做着试验。他觉得微笑得不够到位，再笑一次，直到自我感觉良好。

他继续向前走，雾气越来越浓了，悬浮在湖面生出幻境的效果，让他觉得自己居然也可以走进天堂，虽然注定要下地狱。

上天仿佛在说："你能在这里找到自我，就是好的。"只是夜幕要来临了，黑暗始终是不可缺少的一部分，不过还会有明天的光明。即使人的光明只有一次。

是啊，天黑了，李河落什么都看不清楚了。内心是压抑的，眼睛也无光了。不过喀纳斯是人间的天堂，它总能给你更多的东西，即使到了晚上，你也会看见只有夜晚才能看见的神奇之物。

当李河落背对着湖蹲下，捡起吹落的叶片擦了擦沾着泥巴的鞋，蓦地瞥见岸边漂亮的石头，便伸出手去捡。突然身后湖中伴着巨大的声响，溅起了一大片水花。

李河落一阵紧张，出于职业性的沉着冷静，准确迅速地拔出枪，转身瞄准目标。却发现湖面除了荡着巨大的涟漪，什么东西都没有。再者因为接近暮色，雾气紧贴湖面越来越浓，水下浮着什么也看不清楚。李河落顿时感觉毛骨悚然，却也不敢轻举妄动，双手握枪屏息凝视着恐怖的湖面。

根据涟漪判断，应该是湖中的鱼玩的鬼把戏，但涟漪面积之大，令人诧异，海里的鲨鱼也激不起如此之大的波动，更何况是内陆湖中的淡水鱼。李河落举着枪，慢慢向后退。这时天已全黑，除了静得瘆人的湖泊，再无其他。远远望见远处有光影在移动，他收起枪，杜林琪带了两个图瓦村民打着手电跑过来。

李河落看着杜林琪在砾石上快速跑动时摇摇晃晃的身影，觉得好笑。

杜林琪说哈乐丹已经十九岁了，现独自居住在喀纳斯湖边。

回到村寨外的小木屋，杜林琪笑着对他说："陆先生的眼睛原来挺好看的。"李河落红了脸。杜林琪笑道："陆先生居然也会害羞。"

李河落不想和她多谈，只说："我从没和女人打过交道。"说完，走出屋子抽烟去了，诧异自己居然为一句话脸红，却也在想原来维族女人也善调侃。

一男一女同住不大的木屋，两人各睡一边。杜林琪在中间挂起一张绣有维吾尔人民载歌载舞情景的亚麻布以遮挡。杜林琪还在想这个古怪的男人会不会半夜起来对自己做什么。对李河落来说这是万万不可能发生的。

睡前，李河落问她那片湖叫什么。

"嗯……"杜林琪已困得不行，迷迷糊糊回答，"喀——纳——斯……"

李河落想着这三个字该怎么写。而杜林琪这句恍恍惚惚发出来的"喀纳斯"像是天使的声音。

第二天，李河落早早起床走出屋子，心情很好，连做好几次深呼吸。这里的景色总是让他懂得"珍惜"的重要。他戴上墨镜，要杜林琪找来当地的一位牧民，包了三匹马，朝喀纳斯湖哈乐丹的住处赶去。为了尽快摆脱苦难和负罪的日子，李河落想尽快办完事，然后是一片大好的自由。

路上，杜林琪还问他："就那么想见这个孩子吗？"

牧民把他们带到距湖边几百米处就不肯继续往前走了，并表示出恐惧的样子。李河落多塞了些钱给他，牧民才勉强把他们送到湖岸，并称不能在此处逗留太久。这时候，三匹马已经狂躁不安，嘶嘶地跺着蹄子。

杜林琪对李河落说，昨天晚上来寻找他时，也是好说歹说，还说是游客失踪人命关天，才好不容易拖来两个村民同道来找他的。

和牧民提起哈乐丹，牧民只是摇摇头什么也不说。问到哈乐丹为什么独居在湖边，牧民指着岸边山坡的森林中一间破旧不堪的尖顶木屋说："湖里住着安磨夫，地上住着哈乐丹。"然后牵起马回村了，边走边用地方话说了句什么，大概是祝平安的意思。

李河落和杜林琪朝那片山坡的森林走去，李河落已经处于兴奋状态，因为那里有哈乐丹。他总是比杜林琪动作快。跟在后面的杜林琪叉着腰，大口喘气，盯着李河落爬山时敏捷的身影愤愤道："腿长得像头鹿。"

越过木屋前的栅栏，李河落敏锐的眼神就像头狡猾的野狼，透过墨镜镜片仍然不可遮挡地透射出冷冷凶光，但他的这种凶狠却是刻意深深埋在心底的。他观察着木屋周边，趁杜林琪还没登上来，他伸出手指轻轻抵了下木门，门是锁着的，也不能破门而入，虽然此时已急不可耐。他完全可以直截了当闯进去，带着人去拿另一半的酬劳了。表面看上去是个不能再简单不能再轻松的任务，但这个孩子总给他不祥的预感。哈乐丹毕竟不是常人。

李河落敲了敲门，里头只有叩门的回声。

杜林琪爬上来，望了望栅栏忙说："陆先生快出来呀！哎呀呀！拜访图瓦族朋友不能这样冒昧地越过人家栅栏的！要在外面问候一声……"

李河落点了根烟，朝喀纳斯湖走去。

天色暗了下来，乌云堆积在喀纳斯湖上空围绕着太阳形成一团巨大的光圈。渐渐起风了，湖两岸的树林婆娑作响。杜林琪说估计是场阵雨，刚要问是否回村，望了望毫无人烟的山林，便把话咽了回去。李河落盯着被风吹起的水纹入了迷，这片湖总是勾着他的魂，要把他往下拉。他慢慢靠近湖，走在湖岸上看见潮湿的泥土上有一道道马蹄印，蹄印边还零星残留着人的脚印。蹲下来，伸出指头量了量，长度和踏入泥土的深度让他计算出这个人的身高体重，而且足迹是新鲜的。杜林琪取笑他竟然玩起泥巴了。

李河落发现这些脚印一直延至湖里，当时就怔住了。杜林琪走过来，半天才明白足迹说明了一些令人惊悸的问题。她畏畏缩缩地问："……往水里去了？"接着头皮发麻，挪着小步子往李河落身后躲。

"图瓦人有游泳的习惯吗？"

杜林琪小声回答："喀纳斯湖里的水是高山融雪，五六月的湖水温度接近于冰冷的深海，人是根本无法忍受的……"说着，胆怯地望了望四周，"陆先生……没看见有人在游泳是不是……你说这个人哪儿去了呢……"

两个人呆望着幽深的湖水。

这时候打雷了，乌云已遮天蔽日，沉沉地要压下来。两个人回到山坡木屋屋檐下避雨。雨水把他们的衣服打湿，杜林琪看着水珠从李河落吸血鬼般的雪白皮肤上滑动，再看看自己，衣服紧贴着身体，隐秘部位的肤色显露无遗，赶紧用手挡了挡。

雨没有停的意思，李河落渐渐明白了走私集团的话有着怎样的分寸。现在看来，这是件棘手的事，所有的一切都浸泡在神秘之下，而自己对这些神秘一无所知。

乌云越来越浓厚，喀纳斯笼罩在一片昏暗中，一切都发生得很突然很不可思议，而且李河落明白这很反常。温度急剧下降，万物瞬间被封冻住，隐隐约约听见结冰的刺刺声。杜林琪哈出了白气，双手抱胸颤抖着。她已经看不清天上降下来的是雨还是雪，雾气伴着阴暗袭来，能见度极低，模模糊糊看见李河落的影子站在不远处。她的血液快要凝固住了，长长的头发冻成了钢板，她感觉自己快要不能动弹。

她无助地伸出手在云雾中搜寻，她抓住李河落的胳膊，和自己一样已经冰冷且僵硬。她发着抖问："你、你怎么样了。"李河落深抽着气，紧紧咬着牙。杜林琪往李河落身边靠去，说："我不知道会、会这样……这不是正常气候。"

"你没来过这个湖？"

杜林琪点了点头，"以往带游人都是站在很远的观景台上，从没这么接近过……"

李河落转过身，一脚把屋子木门踢开。杜林琪没力气阻止他了，跟着他躲进屋子。至少里面没有冷风没有冷雾没有雨水，虽然漆黑一片，还弥漫着潮湿的怪味。

李河落朝木窗外望去，外面气候非常恶劣，大风刮着银白的粉末在湖面盘旋，昏天暗地，不过这扇窗却是极佳的观景处，正对着漂亮的喀纳斯湖和两岸森林。

看情况，晚上之前未必能回村，现在已经完全困在这里了，要是摸夜路回去，必须穿过森林走很长一段路，这么险恶的天气，路上处处危险。

杜林琪像是在哭，脸低垂进胳膊下。李河落不闻不问，只管望着窗外低迷的风景，甚至还厌烦她此时的状态。杜林琪小声说："我不是因为害怕，我只是现在不好过……"李河落吐着烟，一心在盘算哈乐丹。他不想再等下去了，这段时间他容易暴躁，也许对他来说，考验他的并不是从前经历过的那些数不尽的、关乎生死的危急时刻，而是挑战他宝贵时间和耐心的漫长等待，这很折磨人。就像他酷爱枪支，不在乎还要保养、准备子弹、上膛这些麻烦事，而仍不选择带着最锋利的刀上路。他节约时间，他喜欢和时间比赛，在他的人生中唯独和时间谈判是最刺激的事。他喜欢直截了当，而且他只在乎结果，枪总是能最迅速和准确地给他想要的结果。

当然，现在他身上有把刀，一把水果刀。可以说是无意地一直携带着，忘了丢。

终于到晚上了，或许还是下午，天色凄惨地暗淡，光芒在顷刻间被召回得无影无踪，只能听见呼啸的风扫过喀纳斯湖平如镜的湖面发出的飕飕声。和塔克拉玛干大沙漠起风沙的夜晚不一样，这里的大风带着太多的水汽，吹到人脸上马上能结成霜。李河落开始恐惧夜晚来临，估计那时的温度低到能要人命。

只是现在还不见哈乐丹的踪影，李河落转着阴森的眼珠，焦虑地琢磨这些惹他心烦的事。杜林琪歪着脑袋，泪眼蒙眬望着站在窗前的李河落，她并不知道眼前是个被世人称为魔鬼的人。她朝他喊："你坐过来吧，两个人坐一起好歹也暖和点……我们说说话活跃下气氛。"

李河落走到她身边，一根接一根地抽烟。

"你很冷漠。像个尸体，唯一的区别就是还能抽烟。"杜林琪说话总是这样，不经过大脑直言直语。她拨了拨解了冻的长发，"我搞不懂你为什么老往这湖区钻，村里人都不来这儿捕鱼也不来湖边放牧的。"

听到这里，李河落竟然微笑着对她说："这湖像有灵魂，似乎总召唤我过去。"

杜林琪瞥了他一眼，"你笑的时候不大像你。"接着说，"喀纳斯湖是审判的地方，水又深又寒，从前有罪过的人都会到这儿接受审判，惩罚总会有的，有的人因为罪过轻而且悔改了，平安走出这里，而有的罪人被湖水吞噬。"她望向李河落没有血色的脸，"陆先生，你有罪。"

李河落有些不自然了，保持着微笑，白森森的牙齿闪着幽光。

"只是这个世上又有谁没罪呢？"杜林琪神色凄婉地说，"我可能也来受审判了，我也有罪。"

"你的罪俗话说就是缺心眼。"李河落数落她，"西域的女人都像你这样？"

杜林琪呵呵笑，"说几句外国话听听。"

这样的要求，李河落理都不会理。杜林琪问："国外有像新疆这样的景色吗？"见李河落不做声，她继续说，"我始终是不能走出新疆的，命中注定困在这儿了。前些年，我一个人闯北京。你去过北京吗？那里不错。"杜林琪望了眼李河落，"可我有不好的感觉，我不知道我要是出国也这样，还有什么用。在北京，我才知道自己没底气，我以为自己懂的东西多，可你知

道我确实知道得比较多……因为我爸爸是研究新疆文化的学者，以前国家科
学院的领导还接见过他，妈妈又是土生土长的维吾尔女人，年轻时候是很多
维族小伙追捧的最漂亮的姑娘。我只了解新疆，可懂新疆这么多没用的！什
么用也没有。我倒想做个男孩子，心底一直都想变成个勇敢的男孩。"杜林
琪打量打量李河落，"像你一样是个男人，闯世界，多好呀。"

"出去了才知道，很多人向往西藏，新疆似乎只是大风大沙八月飞雪的
地方，其实并不是的！你现在知道了，这里照样美得离奇。说说我在北京吧，
就是一个傻姑娘在流浪，比不过别人的学历，专业也不好没前景，除了张脸
蛋一无所有，总之是没什么作为了。"

杜林琪笑着说："出去了也才知道，其实我是很漂亮的。"

李河落点点头，"非常漂亮。"

"谢谢。以前在家乡和院子里的女孩跳胡舞，我完全是埋没在里头的。"
杜林琪低着头，"在北京混了几个月，想回家，又怕被家乡人看成没骨气没
出息，我就熬着。最后……"木然地笑了笑，"最后，混不下去了，回了家。"
突然哭泣起来，"可是、可……一到家，我妈就扇了我一耳光，是啊，我就该打，
一个姑娘老喜欢偷偷往外跑，爸爸都病死一两个星期了，也找不到我。"

杜林琪啜泣道："老人家患心脏病很多年了，我爸爸最后一句话是想再
见一眼阿普热勒古丽。我想他不见我是好事，但是我不想这样的，我应该在
他身边，我还从没对他说过我爱他，你能理解这样的心情吗？他是带着很多
很多的遗憾上路的，我希望死的人是我，因为我爸他的书桌上还摆着很多著
作要编注，而我似乎真不会有什么作为了。"

李河落犹豫着，终于决定伸出冰冷的手帮她拭去眼角的泪。李河落很吃
惊，因为他的指尖从未接触过温暖，虽然是眼泪。

"回新疆了！都该安定了，不过混得还是不好，但是这里适合我，因为
我是新疆人呀。女人嘛，做不了大事，只能做到这个程度了，我也知道我迟
早会来喀纳斯的，我会来接受审判。"她迷惘地苦笑了一下，"现在，想到
的全是小时候在自家院子里，那里有片青绿青绿的葡萄架，那时我天天和一
帮维族姐妹在那下面跳舞。我爸总是喜欢坐在藤椅上边晒太阳边看着他珍藏
的那些古籍，我总是希望他能很专注地、像他看书那样看自己女儿跳支舞，
我不知道他到底有没有看。但愿他看了。"

"跳支新疆舞给我看看。"李河落说。

当然杜林琪也是毫无兴致跳的。但她说:"以后吧,等我心情好起来了再说吧。我们维族姑娘可是说跳就跳得起来的,我们不仅漂亮,还能歌善舞。"

李河落想象她扎着黑亮黑亮的大辫子、穿着维族姑娘常穿的鲜艳服装、戴顶花边小帽子的模样。他喜欢维族姑娘开朗活泼豁达大方的性格,而且她很勇敢也很善良。我想正是他自己不具备这些美好的性格特征,而且也很难具备,因为他的内心已经塑造完毕,内心住进了魔鬼,并且将永远沉沦其中,但至少他还是很向往。

夜深了,屋外狂风呼啸,屋里却升了些温度,虽然有冷血动物待在里面。风大了些,木屋也跟着颤动起来,还听得见有什么东西滑过屋顶的声音。

杜林琪抱着李河落的胳膊,恐惧地问:"这是在审判我吗?我没想到真这么邪!"

李河落没有拒绝的意思。他仔细听着户外的动静。

"阿普热勒古丽在维语里是什么意思?"李河落小声问。

"春天的花,最美的。"

李河落是盯着杜林琪美妙的嘴型听到的这七个字,这个姑娘很美,是的,她很美。他不知道自己冷酷的妓女母亲年轻时是否也这么讨人喜欢,只知道母亲抛弃他是因为他是个负担,不过他应该明白,母亲愿意把他生下来,证明对父亲还是有爱的,也许是父亲作恶多端,母亲忍受不了才出此下策。女人不像男人那样有斗志,她们用尽一生只是在追寻自己安定的未来。

"我也快熬到头了。"李河落于是说。

而对于身边的这个姑娘,李河落因为她才知道女人其实还是有那么一点点可爱之处的,和自己擦身而过的女人不少,哪个国家的都有,可自己却从未尝试着去了解她们。像这次来美丽的喀纳斯犯罪,并没想过"美丽"一词有魔力,因为他总是不在乎这个世间的美好之处,在他前半生飘零的旅途中,为了求生错过了许多好风景。

现在才意识到,晚了吗?他不知道。新生活即将来了,从前的毕竟都幻化成过往云烟,带着这些新的认识重新开始怎么样?这是个好主意,也许有人会说人不可能有第二次新生,那好吧,我倒想试一试。

李河落紧紧握住杜林琪的手,现在的他就像个失落的孩子,他做着那些要过崭新生活的美梦,内心却时时恐慌,每一次痉挛般的振动都会令他无助。他很孤独,只是他不承认,他也很脆弱,却不会对任何人倾诉。他想摆脱一切罪恶,却为时已晚。他已经犯错了,犯了无数回了,已经陷得深了,没有人愿意拯救他,只有那些打着拯救名号的警察直接把他拖向刑场来拯救他。他手上沾了罪恶的血,腰间别着冰冷的枪,虽然他有靠十多年江湖打拼积攒下的很大的一笔钱,但他仍不快乐,他没有充实感,永远也获得不了。

杜林琪的手给他传递了些许温暖。他微微发着抖,内心是战栗的。杜林琪问他冷吗,李河落像个受伤的小孩委屈地点了点头。两个人又凑近了些。对李河落来说,这是种很奇妙的感觉,一切和这个姑娘有关的都是新奇的,或是自己渴望却从未承认过的。

他对她说:"以前我以为我知道自己想要什么,其实我并不知道。"

杜林琪点了点头。李河落望了望无光的窗户,此时很想安稳地睡一觉。他想珍惜这种安逸感和依靠感,于是对杜林琪说:"我睡了。"杜林琪笑了笑。

杜林琪的手还被李河落紧紧握着,她接触到他冰冷的身体,在这种天气,想要温暖他,虽然她并不知道他的过去。她轻轻抱住他,她想把自己身体中仅剩的一点热量分享给他,因为他的身体太冷了,近乎可怜。

第 3 章

初识水怪

冷风极尽咆哮，受困的两个人越显渺小和卑微。直到阳光叫醒了他们，可他们的手却没有松开。

李河落甚至喜欢上了对着杜林琪练习微笑。杜林琪却对他说："陆先生，昨晚我们靠得太近了。"听到"陆先生"三个字，李河落像是受了重创，这只是谎言的开始，一场骗局的开始。但是他珍惜此时萌生的、这辈子第一次感受到的感觉。在灵魂中，这种感觉又像是最后一次。

很庆幸，李河落遇见了杜林琪，这是他走向新生活的第一天。

哈乐丹始终没有出现，更甚的是，哈乐丹居然对李河落不重要了。李河落埋藏在心底、源自天性的对爱的单纯正胆怯地要往外钻，任何事、任何人都阻挡不了他选择生活的权利和一夜之间突然迸发出的微妙情感。如果有人想干涉去破坏，李河落估计会说"你试试看"。没有人敢"试试看"。

喀纳斯湖上的天空干净透明，似乎比以往任何时候都要美。杜林琪望着犯了傻，夕阳洒满她的全身，清澈的湖泊、带着鲜花芳香的森林，闪现的野兔一跃而过，想到昨天恐怖的天气，喀纳斯变幻莫测，像是历经千古的羊皮卷，你根本不可能知道是谁的杰作。美到令人窒息，美到令人诧异。在黄沙蔓延的西域，竟然深藏着如此迷人的绿色天堂，这是神的馈赠。

回到图瓦村，李河落钻进附近的松林，杜林琪带着些快乐的情绪，望着他的身影渐渐消失。她愉快地向牧民们打招呼，一口流利的哈萨克语玲珑婉转。她看见村子里陆续来了些游客，抬了很多箱子，在村外搭起了好几个帐篷，似乎要长住。当这些人经过她身边时，她看着他们的眼睛，在这些满脸胡楂、粗壮的男人的眼睛里，她找到了许多像李河落眼中那种特有的狡黠，甚至更咄咄逼人。

来喀纳斯的游客都不像游客。她这么想。

这些人似乎比导游懂得更多。他们搭好帐篷便分成几组向各个方向散去。这些男人不像是新疆本地人，他们看见杜林琪觉得好奇，图瓦族部落外居然站着个维族女人，他们用蹩脚的维吾尔语和她打了声招呼。

李河落一直想着昨晚的事，他觉察到这种变化会带来不可预期的灾难，却又以为这并没有想象中那么糟。他躲在老树后，聚精会神地盯着一只雪兔，表面上看他似乎很专注，实则心里却隐隐浮现出杜林琪的影子，他有嘲笑自己的意思，第一次心脏生出了一道人工风景，有破坏他精湛枪法的意味。他叼着烟，老练地端着枪，一声不发要决定猎物的命运了。

但他没有开枪。

李河落扭了扭脖子，把泥洼中的雨水当成了镜子，瞧了瞧自己把胡子刮得干干净净的脸，很满意的样子。

回到离村庄不远的地方，看见几位记者在采访库库勒长老，李河落一望见摄像机便会胆怯，于是手抵了抵墨镜，准备掉头。刚走不远，听见库库勒和记者说："图瓦人敬畏安磨夫。"库库勒说，"自古以来，安磨夫就会把在湖边吃草的牛马拖下湖，图瓦人从不在湖周围放牧，村子里很多人都见过，最了解安磨夫的村民在1988年离世了。很遗憾哪！我本人最后一次见到它是2003年9月末，那天傍晚它出湖了，但我没有看清它，我老了，视力不好了。它消失后不到四十分钟喀纳斯湖西北百余公里的边境就发生了地震，还是个7.9级。"

拿话筒的记者示意库库勒停一下，对着摄像机说："《探秘发现-走进未知》带您走进神秘的喀纳斯湖探寻湖怪，从图瓦族库库勒老人的口中，我们了解到水怪已经存在了很多个世纪，并且有很多位目击者一睹过它的风采，可至今还没有捕获过一只活体，连标本都没有，湖怪到底是只什么样的神秘生物呢？"说罢摄像机转向库库勒。

库库勒已是白发苍苍的老人，反应有些迟钝，不能准确配合镜头方向的变动。等了好一会儿才说道："安磨夫，就是你们说的湖怪。长辈留下来的传说，它是喀纳斯的守护神灵，很久以前村上的一位姑娘嫁给了她的表亲，当时很多人反对，姑娘却置若罔闻，甚至还怀上了孩子，最终受到喀纳斯守护神灵的惩罚，生下了一个人头蛇身的怪胎……"

"人头蛇身？您是影射水怪，就是你们所说的安磨夫也许是条巨大的蛇？"记者问。

库库勒的儿女站在李河落身边，老人的儿子笑着对李河落说："我父亲扯远了。"

李河落点点头，"记者更扯。"并问他，"你叫什么？"

"格索。"格索说，"姐姐叫乌拉索。"

李河落转头对乌拉索说："你是图瓦村最漂亮的姑娘。你弟弟的苏尔吹得很好。"乌拉索腼腆一笑。

乌拉索指着格索说："我弟弟每年都是我们村吹苏尔比赛的第一名。"

李河落赞美着他们，这很不像他。他问："这里常有记者来吗？"

格索回答："这几年很多游客都看到了没见过的东西，便常有电视台的来。"

李河落安静听完这次采访，走回村外木屋，不经意望见对面几百米处许多个搭好的帐篷，杜林琪想是游客，李河落却想游客为什么不住在湖边的环湖山庄里。杜林琪说："你不一样没住在环湖山庄。"

　　李河落主动请杜林琪给自己补课，他有想探秘喀纳斯湖的冲动。现在的他终于对生活生出了点激情。杜林琪是能看出他在变化的，因为他开朗了些，并且笑得多了。

　　喀纳斯河区别于我国其他大江大河，因为它属于北冰洋水系，是额尔齐斯河最大支流布尔津河的发源地。也是中国唯一的西伯利亚区系动植物分布区。喀纳斯湖是西域的璀璨明珠，兼具北国豪迈之气和南国灵秀之美。

　　李河落对她说："湖怪似乎人尽皆知。"杜林琪深吸了口气，准备长篇大论。可李河落故意刁难她，于是打断她的话，说："前些年在英国，那儿也有水怪的传说，是尼斯湖。"杜林琪刚想开口，李河落接着说，"很多人都说是恐龙。"杜林琪丧气地鼓囊着嘴巴，坐在一边不吭声。李河落笑着说："杜小姐请说吧。"见她一脸怨气，于是又调侃道，"古丽小姐请发表您的见解吧。"杜林琪把头扭向一边不理他，李河落不知道该说什么了，心想往后还是不要主动答理女人为好，便冷冷地说，"想说就赶紧说吧，死憋着也不好受。"说完抽起了烟。

　　杜林琪说话了："你怎么这么古怪！"然后清清嗓子，"我觉得吧，喀纳斯湖怪不可能是恐龙。为什么呢，因为恐龙几千万年前就灭绝了，而喀纳斯湖只有二十万年的历史。我觉得湖怪是条大鱼，我是站在科学的立场上考虑的。"

　　李河落问她："高山的湖泊中哪有这么大的鱼？"

　　"20世纪80年代捕到过七十六斤的大鱼。我觉得有可能。"杜林琪很有科学家的风范，专业且自信地说，"这喀纳斯湖水深且寒，里头就那么八九种鱼，体形小的食草鱼就不算了，还有四种鱼有这个嫌疑。"杜林琪数着指头说，"哪四种呢，你看，北极回鱼、江鳕、细鳞鲑、哲罗鲑。"

　　李河落望着她说话的模样觉得滑稽。

　　"我爸爸以前总说那是哲罗鲑，这种鱼在新疆叫大红鱼，体大而且长，并且凶猛，一嘴锋利的牙齿。有幸见到湖怪身影的人说湖怪有偏似红色的皮肤，当然他们也没见到全貌，只是站在观景台上，就是那个观鱼亭，那么老远只能模糊地分辨点颜色了。不过！哲罗鲑在繁殖季节身上确实有红褐色斑点。"

　　李河落已无心听她说了，他告诉她："我觉得你爸爸不会有遗憾的，因为他把学识都给了你。"

　　杜林琪凄婉一笑。

　　杜林琪想展现自己的维族厨艺，却找不到合适的调料。她简单地做了些馕和烤羊肉便端上了小木桌。他们的屋子里没有供电，木桌上点着几根横七竖八的蜡烛。李河落看见馕是心生恐惧的，杜林琪说不想吃别吃吧，说完自己咬了一大口。李河落学着她咬了一小口，他也学杜林琪用手抓羊肉吃，问她："西域女人们都用手抓着吃？"杜林琪满嘴油渍，说不，只是现在她想体验古代西域人豪放的生活习惯而已。李河落无奈，却又觉得这种放肆更像是发泄，全然是豁达的，于是也大快朵颐起来。

　　两个被生活压抑已久的人在一闪一闪的烛光下疯狂进食，都是满嘴孜然，桌上摊满奶茶烈酒，空中羊肉横飞，两个人满面油光。杜林琪似乎醉了，两条腿伸上了桌，左手是酒杯，右手握着羊腿，对李河落大喊："大口喝酒大口吃肉，我们是丝绸之路上的新少年啊好少年！"李河落忍俊不禁，后面这句估计出自新疆童谣。李河落莫名地同情她，她像被困在人生中某一段已经消失的美好记忆里。

　　杜林琪像是流泪了，歌却没有停。李河落陪着她一起大口喝酒大口吃肉，直至夜深。这时杜林琪清醒了些，李河落却醉了。李河落指着酒杯，像在和杯子说话："我没醉！我是喝伏特加长大的！"

　　"我知道。"杜林琪望着他，"回国吧。这儿才是家。"

　　李河落满眼的血丝，木然地看着她那双清泉般的大眼睛。

　　杜林琪斟满酒说："西域酒，美！今天一醉方休！"

　　李河落问："今天是什么重要的日子吗？"

　　杜林琪傻傻笑了两声，"让我们在一起的每一天都像过节一样吧，这样或许能叫人快乐一些。"

　　两个人趴在桌上，蜡烛快燃尽了，微弱的光洒在他们身上。杜林琪迷糊地说："若是以后看见跳新疆舞的维吾尔女孩，那才是我。"随后又说了很多语无伦次的话。李河落盯着她噙着泪的眼睛，一言不发。

　　"抱我。"杜林琪的身子摇摇晃晃，红着眼呆呆盯着窗子。

　　李河落举起酒杯吞下一口酒，没有理睬。

　　杜林琪凑近他，下巴无力地支在他的肩上，"你、你别、别把我给想歪了……我、我不需要爱的拥抱，不要男人的拥抱，我想拥抱任何一个人，只要有温度，是个人……"

　　李河落刚想开口对她说什么，杜林琪把手上的羊腿塞到了他嘴里，傻傻大笑了一阵，突然又哭着说："我不需要劝导，不需要教导训导开导，我只想要安慰……"

　　两个人靠在一起，手攥在一起，像是焊死了。杜林琪感到李河落的身体终于有了些温度。蜡烛熄了，屋里只有清幽的月光在游荡。他们抱在一起，从餐桌一直滚到地上，盘子酒杯噼里啪啦摔在地上也无人顾及。李河落进入了她的身体，她不挣扎，她亲吻着他，她紧紧抱着他，像是获得了久违的安全感。她像只刚从雨中归来的小猫，蜷缩在他的怀中。他们从床上落在地上，翻遍了这间小屋，那块横在中间的亚麻布被杜林琪撕扯下来。

　　他们身上湿淋淋的，像刚从水里出来。两个湿透了的人抱在一起，分也分不开。

　　杜林琪轻声问他："你怕孤独吗？"

　　李河落把头埋进她的锁骨里。

　　杜林琪明白他的心总是被尊严胁迫着不敢出来，现在他只会向她倾诉，杜林琪感动于这一幕。她惊叹着发现原来自己对另一个人来说竟如此重要。

　　"你以前有和女孩子这样过吗？"她又问。

　　李河落微抬起头。原来他不是不会爱上别人，而是从未想过要去爱。杜林琪抱紧了他，"一个人来旅行，又喜欢独来独往。"

　　"现在是两个人。"

第 4 章
祭坛图腾

　　一大清早李河落便出门了，杜林琪还在沉沉地睡。我想他应该仔细考虑下某些事，他快爱上这个女人了。一切他不可能得到却向往的，杜林琪都拥有。他有新生活的规划，他急于摆脱重负，他甚至在一闪念之间曾想过和这个女人一起离开这里。

　　他到了喀纳斯湖，走近哈乐丹的住处，远远就望见一匹马乖乖地在门外啃着草。李河落兴奋到浑身颤抖，大步跃过栅栏，从小木窗朝里望去，看见一个少年躺在床上，还没醒。

　　他环顾一下四周，然后盯着木门。那匹马望见这个不速之客不停地跺着蹄。

李河落掏出手枪，不慌不忙地装上消音器，给了门闩一枪。

　　一声闷响后，门开了，里面受惊的少年在床上坐起来，盯着眼前陌生的黑衣男子不知所措。李河落走到他的床边，皮靴踏着木板的脚步声充满危险。他轻轻坐下，用手抚平了床单上的褶皱，摘下墨镜，点了支烟，然后望着门外秀丽的风景入了迷。哈乐丹注意着他的一举一动，手伸到枕头下摸出一把匕首，李河落抬起枪对准他的头，眼睛仍没离开门外的景色。

　　"喀纳斯虽然很美，但对你来说却是个笼。"李河落说，"你要跟我走。"

　　哈乐丹一时没反应过来。外面突然气候大变，天迅速暗了下来，开始听见狂风的呼啸声。李河落狠狠踩灭了烟，转身对着哈乐丹，"你不值得待在这个与世隔绝的地方，你应该走出去。"

　　"我是不会走的！"十九岁的哈乐丹的声音尖细到像未发育的童音，"每一年都有人胁迫我做些事，他们喜欢这个湖里的宝贝超过喜欢喀纳斯，但没有一个人能活着走出去！"

　　李河落凑到他耳边说："我倒想试一试。"说完一手揪起哈乐丹就往外拖。

　　"放开我！"哈乐丹尖叫着，"珍惜这个世界为数不多的奇迹吧……不然一切你想拥有的都不可能实现！"

　　"跟我走我就能拥有一切。"李河落把哈乐丹拖出木屋。

　　"这里需要我！不会准你带我走的，你不明白吗？你永远逃不出喀纳斯在你灵魂里织的网！"

　　这时，从湖中传出一阵令人毛骨悚然的吼叫声，乌云遮住湖面，但仍看见湖水被声波振颤冒出的滚滚水泡。李河落停了手，望着黑色的幽灵湖面。

　　"你逃不出阿勒泰你甚至连喀纳斯湖区都逃不出！在你有了想逃的念头的那一秒，整个喀纳斯的地形全变化了！"

　　李河落吃了一惊。手松开了，枪却还指着他，"它到底是个什么东西？！"

　　哈乐丹从地上爬起来，"跟我来，我带你认识我，认识喀纳斯。"

　　李河落跟在哈乐丹身后，手按在腰际，随时准备掏枪。雾气很浓，走进森林像是到了地狱，狂风在树林上空盘旋。这里只有无际的森林。李河落观察着哈乐丹的体型，与上次泥地中的脚印传达出的信息差不多，只是他起初以为这个男孩会有特异功能之类的，但现在看上去，他不过是个普通孩子。

　　"最好别耍花样。"李河落拨开参差的树枝，"也许你会腾云驾雾，但你跑不过我的枪。"

哈乐丹轻蔑地瞟了他一眼。

穿过一道山谷，又涉过一条浅溪，李河落已经劳累于奔走在暗无天日的森林里。最终他们来到森林中的一块空草地上。空地被一圈高大整齐的松柏围绕，空地中是松软的绿草，中间屹立着一块半米高的石碑，因为年代久远历经风霜，石碑歪斜在草地里，快要被覆盖了。

哈乐丹说这里的草不论什么季节都是青绿旺盛的。李河落踏进草地，每一步都令他恐惧，绿草极软，像踏进了泥巴沼泽。

哈乐丹指引他走近石碑。

石碑上雕刻着一缕一缕的水波纹，雕刻石画的工匠技艺精湛、刻画细微，水波详尽真切地浮现出来，似动非动。哈乐丹说这块石碑的石料和阿勒泰草原石人的石料出自同一座山，磐石如金刚，屹立在风雨间千百年不破损。李河落注视着石碑上的画，画下还刻有一串古老的文字，哈乐丹告诉他文字的意思是"灾难来临之时，安磨夫受笛音召唤出湖守护神圣土地"。这显然是为祭天地神灵而建造的祭坛，与众不同的是除了一块石碑，周围全是自然景观。天空为殿顶，绿草当地毯，以树木做石柱，古图瓦人竟如此注重自然与人的和谐，不去改变自然而是顺应它，把自然万物当做画布和颜料，在其上创作。

图瓦文化受萨满教影响较大，图腾崇拜是最大的特点，李河落本以为石碑上雕刻着图瓦人信仰的图腾形象，却没想到刻的竟是水。

这时哈乐丹却说："安磨夫也被完美地刻上去了，看看它的容颜吧。"

李河落心生疑惑，又仔细地近距离观察着石画，画面上只有大片大片的水波刻画，哪有什么水怪形象。

"这就是传说中的湖怪。"哈乐丹说。

"是吗。"李河落拔出枪抵着哈乐丹的太阳穴。

"这块石碑上确实刻画着安磨夫，安磨夫就是我们的图腾。"哈乐丹并不恐惧，"你很可怜，自身虚弱，只能靠枪支这些外界的保护力量保护自己。"

"你更可怜。"李河落毫不放让，"自身有超能力却不能施展，只能在身体里慢慢臭掉。"

哈乐丹淡然一笑，"你和那个维吾尔姑娘说话也这么咄咄逼人？"

哈乐丹似乎对自己的一切都了如指掌，李河落背脊发凉。

"当你把眼睛朝向我时，我才能看清楚你的心，我可以看清你来喀纳斯是否带着纯净的心。"哈乐丹和李河落对视着，"喀纳斯湖试着向每一个走到它身边的人指明生命的归属和这个自然体系应走的道路，明白的人却不多。"

哈乐丹伸出手触碰到李河落的肩膀，"我知道你想得到什么，你要的并不是我。"哈乐丹带着哭腔说，"你怎么能偷走喀纳斯的魂！"

"你到底是什么人……"李河落慢慢往后退。

"我是唯一能召唤出安磨夫的人。"

李河落望着眼前这位绝美的少年，仿佛画中人一样精致，像生出了幻觉，他似乎可以从少年清澈的眼眸里看见宇宙星辰。他听见缥缈的管弦乐声，像是催眠般指引他进入美梦。李河落躺倒在柔软的草地上，身体完全融进大地之中，可以很清楚地感受到大自然沉稳的脉搏。他的双眼望向森林上空。乌云翻腾一片昏暗，接着，他什么也望不见了。

李河落昏倒在空地中央，这时候从林子里钻出一个女子，却是杜林琪！

杜林琪提着一个装得鼓鼓囊囊的袋子，走到哈乐丹身边，低头看着不省人事的李河落。哈乐丹笑眯眯地对她说："姐，还真撂倒他了！"

杜林琪问："艾保，你在他身上抹了多少？"

"不多，照你说的剂量放的。"

"嗯——西域失魂藤下多了会死人的。"杜林琪说罢笑了，"这家伙带的钱还真多！都到手了。"随后狠狠踢了李河落一脚，"一包的子弹，不知道安的什么心，算我替天行道。"

艾保望了望天色，"咱们赶紧走吧，这里总让人觉得怪怪的，绝对绝对不能待久了！"

"嗯，村子附近来了越来越多心怀鬼胎的人，这里不能再待了。"

杜林琪正准备走人，却看见从李河落衣角中露出来的水果刀刀柄。

杜林琪和艾保按着事先制定好的路线逃跑，翻山越岭了一下午，却始终出不了森林，这里很诡异，那些被记得滚瓜烂熟的路线似乎全部被更改，宛如一座巨大的会变动的迷宫。

就快天黑了，两个人还在密林中游窜，隐隐约约看见前方似乎有什么，拨开树叶一看，是条很长的石桥。前方雾气浓重，看不清楚桥通向哪里。小心翼翼走过石桥，前方又是一片森林。

夜晚来临，两个人无奈，躲在石洞中。

艾保边哭边说："你的那些话应验了，我们要死在这儿了！"

杜林琪抚着他的头，"不要怕，以后我们再也不到这儿来了，最后一次了，我们能出去的。"

"姐！"艾保抹着眼泪，"你说的，在有想逃的想法时，这里的地形会变化，这也是真的？"

杜林琪没有回答他。这句言论出自《泊箩婆陀章经——大西域法海经》，艾保未必能懂。她只是望着哭泣的艾保回顾了这次旅程。

艾保是个流浪街头的回族孤儿。杜林琪可怜他，这几年一直把他带在身边当亲弟弟对待。他们俩搀扶着走过生活中最艰难的时刻，他们同信伊斯兰教，心中同住着真主安拉。

这是他们第二次行骗。第一次是在哈密市，她设了个圈套偷走一个旅行者的全部行李，警方似乎没有动静，一个月后她在乌鲁木齐车站巧遇李河落。刚开始，她只是单纯想做个优秀的向导，可看见这个外籍华人提着的神秘黑包，又动了歪心。这场骗局是杜林琪精心策划的，她先把艾保送上去喀纳斯的车，艾保准备好一切在这里等着他们。知道李河落对神奇少年哈乐丹感兴趣，杜林琪绞尽脑汁往上面演，这出戏把她在现实生活中无法展示的学识表现得淋漓尽致。

最终她成功了。

其实她完全不必大费周章去编排这么复杂的闹剧，她完全可以在任何时间任何地点把西域失魂藤往李河落身上一抹，她就可以轻松地拿到钱。我想她或许是喜欢上了这个男人，而耽误了许多好时机。

杜林琪从图瓦村民口中得知，真正的哈乐丹确实独居在喀纳斯湖，住处也是真的，不过哈乐丹那时去阿勒泰市参加一个关于喀纳斯旅游的宣传活动，至今还没回村。

她很惭愧，她不是李河落心中的女神，她只是个骗子。杜林琪不想这么称呼自己，但是她做了，她在喀纳斯犯错了。

杜林琪的心隐隐阵痛，凡事都会有代价，这个世界很公平，她对李河落所说的自己的身世的确是真的，她利用她的所有知识设下了这场骗局，她甚至不知道自己的美色也派上了用场，她更没有想到这出戏里会出现爱的影子。杜林琪突然想到李河落紧靠着自己胸怀的样子。他是个冰冷的男人，同时也怕冷，他和其他男人都不一样。

杜林琪望着阴冷的黑夜，压抑地抱了抱装满战利品的袋子。

因为她有罪，她的眼睛再也看不到喀纳斯的美景。如今她心头生出了恐惧，目光所到之处是一片无止境的阴暗。

艾保害怕极了，在李河落相信他是哈乐丹要劫持他的时候，湖中传来的那一阵恐怖的吼叫，牢牢镶嵌在他的记忆里。"姐，湖怪是存在的！真的存在的！但那块石碑上刻着的图腾根本不是什么湖怪！你却要我说那就是湖怪，你是不是知道些什么？你为什么什么都不告诉我？"

杜林琪摇了摇头，只说别怕。她所说的并不是无中生有。

祭坛石碑是真实存在的，建于元朝。蒙古族史诗《勃鲁穆思》第六十七卷："腾格里佑一方，羊肥草长，安磨夫居圣海，雪山绿洲。"这里的"圣海"，通常认为是北海，汉代苏武曾被流放到北海牧羊十九年，北海即现今位于俄罗斯境内的贝加尔湖。贝加尔湖曾划规进唐朝和元朝的疆域版图，元朝时属"岭北行省"，平均深度744米，最深处1642米，是世界上最深的湖泊，因面积之大水之深，常被比作海。

"腾格里"在蒙古语中为"天"的意思，诗中安磨夫与腾格里并为一句，可见都是至高无上的神灵。安磨夫理当寄身于幅员辽阔的贝加尔湖，但是气势恢弘的史诗文体不乏夸张的写作手法，并且"圣海"在史诗中的定位是"雪山绿洲"，和贝加尔湖周边的地理环境并不匹配。另一部蒙古族史诗《姆真汗赞歌》中对"圣海"地理方位的解释为："越过三音诺颜，沙之上是黄金之山。"说明安磨夫守护的地方是蒙古国的乌里雅苏台以西、新疆古尔班通古特沙漠以北，包括"黄金之山"在内的大片土地，而阿勒泰地区的阿尔泰山正因盛产黄金而闻名。安磨夫守护的地方就初步确定是在人间净土喀纳斯了。而且蒙古族流传的许多大型史诗并非是在蒙古草原上所著，著名史诗《江格尔》就诞生于新疆天山。

而关于安磨夫是哪个少数民族的图腾，杜林琪不敢确定。在图瓦人心中，自古就相信喀纳斯湖中盘踞着的怪兽就是安磨夫，它就是守护喀纳斯的神灵。如果安磨夫真是喀纳斯湖中的水怪，它究竟是什么动物？祭坛石碑上精心雕琢出"灾难来临之时，安磨夫受笛音召唤出湖守护神圣土地"字样的铭文，很显然安磨夫的形象应该就刻画在石碑上，可古图瓦人雕刻的仅仅是湖水。全是波纹。

杜林琪不相信水就是图瓦人的图腾，"笛音召唤出湖"六个字推翻了这个观点，并说明了最重要的问题。安磨夫确实是一种生物，它会"出湖"，而且要有一个用"笛音召唤"它出湖的人。图瓦族自古就流传着"天降神力予召灵人与安磨夫对言"的传说，图瓦族少年哈乐丹以能预知各种自然灾害而远近闻名，有个遇大难而不死的九命之身，并且独居在喀纳斯湖边，他是召灵人的可能性最大。

杜林琪并未见过湖怪，却从小受父亲耳濡目染，通读关于西域文明的各类古籍文献、经典，她知道许多自古就缠绕着新疆的美丽传说和奇闻逸事，她足不出户却像游遍了这片神奇大地，她知道这里的过去和现在，因此她比所有初来喀纳斯的人更了解这里。这里是审判的地方，并不是空穴来风，她知道这里的神奇来自世间罕见的美景、来自神秘的图瓦民族、来自北冰洋水系的喀纳斯湖和湖中的怪兽。这个世界上关于人类文明、神秘生物、天和地、凡人与神灵的不解之谜全集中在这里，这里是让人敬畏的土地。

因为只有她知道，当时和李河落在喀纳斯湖岸边发现走向湖里的足迹并不是艾保的，而且那时候，真正的哈乐丹还远在阿勒泰市。

杜林琪不禁打了个寒战。

第 5 章
水神玄武

　　艾保伏在杜林琪膝上，含着泪睡着了。半夜的山林中开始传来各种动物的低吟声，杜林琪时刻保持警惕。她疑神疑鬼，又回到了毫无安全感的状态。她想起昨晚与李河落共度的时光，那是她的第一次，是真情迸发却又不得不以丑陋的结局收场，因为它没有一个好的开始。对于这样一个男人，除了他说他名叫陆离外，杜林琪一无所知，也从未问过。他的年纪他的职业他的过去……通通不知道。但却浅浅地依赖上他了，依赖上他这个人。瘦高的身材、冷峻的脸孔、孤独的性格、脱离了世俗还有他扑朔迷离的身世……仅仅是纯粹地喜欢上这个人。

　　并且，在自然而然的情况下，他们曾结合过。杜林琪说不出激情出自哪里，她想一天一天和这个男人混下去，但一想到自己的本来目的便失了魂。

　　他就像本未完成的大书，总勾着杜林琪的强烈求知欲往里头钻，甚至让她在其中提升了自己的价值，自信且信誓旦旦地想要为他写出结尾。就在准备去写结尾的时候，她又停笔了，以至于现在的她蜷缩在山洞中惶恐不安。

　　杜林琪在传来的兽鸣中分辨出了狼的声音，萧萧索索地让人心慌。

　　她开始坐立不安，双脚不停哆嗦着。她并不害怕自己会有危险，她现在很担心昏迷在祭坛的李河落，那些野狼一旦循到他的气味就能把他撕碎！

　　她双手合十紧闭着眼，哆哆嗦嗦地、虔诚默念道：“真主安拉与他同在！真主安拉庇护他！”可是，仅仅是这样……杜林琪呜呜地哭着，把艾保和包都留在山洞里，再找些枯木遮挡住洞口，放心了才一个人朝祭坛方向奔去。

　　穿过漆黑的森林，一路上磕磕绊绊，如同魔爪般的树枝缠住她的披肩长发，地上尖锐的砾石磕破她的膝盖。小心翼翼越过石桥，奔入洪荒的黑色森林。她被怪石绊倒了不知多少次，却一次又一次、双手艰难地抵进稀稀滑滑的泥里支撑着自己站起来，继续向前跑。只有这个时候，夜盲症离开了她。她的眼睛里只有前方。

　　喀纳斯的神灵们似乎纠正了所改变的路线，杜林琪重获方向感，却因为距离太远，当她终于到达祭坛时，已经晨光初露。

　　但是，李河落却消失了。

　　杜林琪找了很久，她不知道这里发生了什么，他醒了？他被野兽拖走了？不知道，但是他确实消失了。她没有在草地上发现血迹，没有野兽留下的踪迹，但他人在哪儿？即便他苏醒了，也会迷路。西域失魂藤药效极强，一丁点粉末就足以令体格健壮的人昏迷几天几夜。

　　她的脑子里只有李河落昏倒在草地上的样子，那是她见他的最后一面。

　　杜林琪坐倒在李河落先前躺着的地方呜咽着，她是个纯粹的极端矛盾体，丢下道德去行骗，道德又找回她，她无所适从，始终徘徊在善与恶的边境惶惶不可终日。

　　她想她完全是可以不再回头的，但是她也许喜欢上了这个人，总想着再见一面。爱情就像灾难，两个人的灾难，一个人的末日。

哭到一阵眩晕，纤细的手指狠狠刮着草地。

她的人生总是不断失去再不断懊悔。直到把自己也失去了。她是罪人，逃不出心魔的折磨。当然也逃不出喀纳斯。

李河落缓缓睁开眼睛，他看见自己身在野营用的帐篷里。此前的记忆有些模糊，他也很虚弱。伸出手摸了摸身下细软的羊毛毯。

这时候有个黑影朝外喊："他醒了！"接着进来两个彪形大汉，坐在李河落跟前。帐篷中其他的陌生人物纷纷退去。

两个让人望而生畏的壮汉含糊地说着什么，一个脖子上挂着红线穿着的护身符，另一个是个光头。

光头男人拿着李河落的枪对李河落说："这位先生来喀纳斯准备干什么哪？"说着把枪塞进李河落手中。

李河落坐了起来。戴护身符的男人按住他的肩，"我们不是警察。我叫王泽，他叫郝力松。"

郝力松邪笑着说："先生一身衣裤可都是外国货啊，内裤都是。华侨吗？拿把枪、装着子弹、什么证件都没有，不是警察，想必也是来喀纳斯猎奇的吧。"

李河落把头扭向一边，一声不吭。郝力松不耐烦了，"你是日本鬼子还是韩国棒子？听不懂中文是咋的！"见李河落仍一言不发，郝力松猛扑过去，刚要掐住李河落的脖子，李河落的枪已经对准他的脑门心了。

"子弹都给卸了。"王泽说，"我在边境上混了二十年，从没见过像先生这样出枪速度之快之准的，相当佩服！"

李河落宛然想到自己也在黑暗中度过了二十年的光景，不禁看了眼王泽。和自己一样，眼睛像是狼。

郝力松虽也知道弹夹里没有子弹，却还是吓得半天没回过神。

李河落擦了擦枪，问："我怎么在这里？"

王泽说："先生当时昏倒在圣湖祭坛，我们一行人发现的。"

"你们是探险队的？"

郝力松笑了起来，露出一嘴黄牙，"还科考队呢，我们就是盗猎的！"话音刚落，王泽瞪了他一眼，便不做声了。

李河落随即明白了，放下了满腹戒心。他已经排斥和恐惧正义了，只有在邪恶当中他才能感到安心，当然，还有在杜林琪的怀里。于是问："我睡了多久？"

王泽说："有两天了。刚发现你的时候，你身上有一种西域迷幻药的味道，估计是被别人给迷了。"

李河落很是疑惑，他猜想并不是迷药让自己昏厥的，应该是那位神奇少年的特异功能所致。这些不方便向他们说，便起身向帐篷外走去。出了帐篷，发现这个盗猎集团的成员有十多个，而且这里正是在图瓦村外，还望见了自己的木屋。再转头望望这两个男人，想必就是杜林琪说的那些"游客"了。

李河落说："巧得很，我就住在对面。"

王泽和郝力松相视一笑，同样也是个不住旅馆、在图瓦村外安营扎寨的人物，身份是正是邪已经明摆着了。

李河落走到自己的木屋里，摆设一如往日的整洁，除了一地凌乱的子弹。李河落大惊失色，杜林琪发现这个秘密了？他找不到杜林琪的影子，自己的包也不翼而飞。他望着叠在床上的那夜滥情被杜林琪扯下来的亚麻布发了好一会儿呆。

王泽看着一地子弹，说："这里还住了一个维族女人，你们认识？"

李河落无心回答。王泽继续说："前天上午就看见她抱着个黑包急匆匆出去了。"

"包里是我带来的钱。"李河落的声音突然沙哑。

王泽似乎闻到了什么，开始在屋子里转着圈地嗅，这才恍然大悟，"这屋子里有那种西域迷幻药的味儿，可能是个女贼，卷了你的钱跑了。"

李河落盯着王泽，眼神却像残忍的兽类。

王泽又问："可你为什么昏倒在圣湖祭坛？"

晚上，这群邪恶的男人聚在帐篷外头喝酒，李河落也被邀请进来。他生性孤僻，本不会来凑热闹，但是他饿，他的钱没了，不能维持生活了，还没捉到哈乐丹，他还要在喀纳斯住下去。这些男人或许可以帮到他。

他问王泽："你们是盗什么的？"

王泽反问："莫非……先生和我们找的是同一种东西？"

李河落说："我是来找人的。"

郝力松忍不住插句嘴："那就是不同种了！我们找的是水怪。"

双方都放松多了。大家不是竞争对手。

王泽笑道："先生单枪匹马来这里，只能是找人，若是像我们这样的规模，就一定是来找大家伙的，那东西不好对付。"

李河落暗暗自嘲着，光对付一个孩子就够叫人脱层皮的了。

"安磨夫长什么样子？"李河落问。

"安磨夫？这是大西北少数民族传说中的水神。"郝力松说，"我们不认为这是安磨夫。"

李河落似乎来了兴趣，依稀记得自己和水怪有过几次遥远的接触。

王泽解释道："古籍可考的安磨夫的形象很是模糊，甚至不是具象的，只是空有其词，看那个元代祭坛上的石碑，本该刻着图腾安磨夫，可刻了些什么？刻的是水。怪物的影子长啥样都不知道，所以安磨夫可能和腾格里一样，意义范畴很广。"

李河落觉得王泽的话不无道理。

郝力松边喝着酒边说："非洲泰莱湖里的水怪、英国尼斯湖水怪被认为是蛇颈龙，还有什么奥古布古水怪、德罗拖水怪都被怀疑是恐龙，洋鬼子就认识恐龙，毫无科学的想象力没点历史文化底蕴，很是俗！可在喀纳斯湖就不一样了，你知道我们怀疑喀纳斯的水怪是什么吗？是玄武。"

《史记·天宫书》有云："东宫苍龙，南方朱鸟，西宫咸池，北宫玄武。"汉代《尚书考灵曜》记载："二十八宿，天元气，万物之精也。故东方角、亢、氐、房、心、尾、箕七宿，其形如龙，曰'左青龙'。南方井、鬼、柳、星、张、翼、轸七宿，其形如鹑鸟，曰'前朱雀'。西方奎、娄、胃、昴、毕、觜、参七宿，其形如虎，曰'右白虎'。北方斗、牛、女、虚、危、室、壁七宿，其形如龟蛇，曰'后玄武'。"

古人为方便观测日月星辰，选取二十八个星宫作为标志，又均分为四组，每一组代表东南西北四个方向，每个方向以一种动物为象征。东方青龙，代表春季；西方白虎，代表秋季；南方朱雀，代表夏季；北方玄武，代表冬季。这四种动物称为"四神兽"，道教称之为"四灵"，早在战国初年便已有记载。

《后汉书·王梁传》云："玄武，水神之名。"玄武是北方之神，介虫之长，同时也是水中之神。"玄武"即"玄冥"，"玄"乃"黑"，"冥"乃"阴"的意思，龟壳是占卜仪式中的重要道具，通灵性。乌龟去往阴间先人处把人们想知道的答案带回人间，就是"玄冥"。古代神话中，阴间位于北方，殷商时期的甲骨文有云："其卜必向北。"可见玄武地位的特殊且重要。

李河落觉得可笑，说："你们怀疑水怪是乌龟？"

王泽摇了摇手指头："玄武并不是乌龟，它是龟蛇合体的一种奇怪生物，是长生的象征。"

《梦溪笔谈》第七卷："四方取象，苍龙，白虎，朱雀，龟蛇。"《道门通教必用集》第七卷中更是明确指出："北方玄武，太阴化生，虚危表质，龟蛇台形，盘游九地，统摄万灵。"

王泽坚信这个信息，他说如果捉到这个动物将证实历史。李河落更觉得这像神话故事，遥遥不可及，也知道这帮人的眼里只有钞票，说到底就是为了捉了水怪去换钱，却总是想方设法在丑陋的脸上贴金。

王泽问李河落："兄弟可知，湖北曾捕获过十米巨鳖？"见李河落摇头，便说，"20世纪90年代中期，湖北龙潭的居民捕获了一头长十米的巨型王八，长得和小山一样大，你能想象捉到一头十米长、十几吨重的王八会是什么心情吗？这家伙在当地兴风作浪很多年了，众怒下终于把它给收拾了。说到这件事，再想想喀纳斯湖水怪，汉人不像少数民族，会把怪兽当神拜，汉人是积着怨气和怪兽相处的，汉人的心不纯、不净。"

李河落问他："你是哪族人？"

王泽答："汉族。"

李河落释然地点点头。

郝力松摇头晃脑的，"喀纳斯湖太大、又深又冷，这玄武又不是一般的动物，更是困难重重。"

说到这儿，在场的盗猎分子都气馁了，一个个像阳痿了似的喝着闷酒。他们从长白山天池出发，寻找玄武，一直游荡到喀纳斯，仍一无所获，甚至连怪兽的毛都没见着。有的只是满心的期待，如今估计心也空了。

失落的何止是这群苦命的盗猎者，李河落也暗自凄楚。这些男人可以帮他渡过难关，可是他的心也丢了，没有人能帮助他。唯有的那个女人，也失踪了。

这就是报应。

　　李河落连端起酒杯的力气都没了，他想借酒消愁，却总会想起和杜林琪缠绵的那个夜晚。适量的酒可以助兴，过度了就会乱性。李河落失败了，他第一次失败，居然输在一个女人手上，他除了无休止的愤恨再无其他。

　　邪恶的人心中常会失衡。他到了一生中失衡的顶点，心灵的天平马上就要折断了。

　　如果这个女人站在他面前，他一定会一枪了结她。

　　与盗猎分子相处了一段时间，李河落说自己名叫金石。除了在他们那儿混吃混喝，就是一起扛着猎枪去山上"购物"。从郝力松嘴里得知，神奇少年去阿勒泰市还没回来。

　　王泽很是羡慕李河落神乎其神的枪法，总是与李河落站在东山打西山上的野花，比谁枪法准。一场下来，李河落十枪十准，王泽十枪零准，却问："金先生起初练枪的时候拿花当靶子吗？我们可是拿活物当靶子的。"随后遥望见几百米外的山涧中蹿出一头盘羊，李河落出枪的速度比王泽快了不知多少，却迟迟没有开枪，最后王泽把盘羊打瘸了，发出很是快意的笑声。

　　盗猎集团似乎想把李河落吸收进来，经常与他待在一起，甚至去喀纳斯湖观察地形时也叫上他。

　　王泽相信古人能塑造出玄武的形象，一定有其对象。对象是乌龟？是蛇？或是真存在着龟蛇合体的神秘生物？神话和现实的区别在于你是否相信。

　　王泽本是大兴安岭猎户，后参与盗猎发家。20世纪80年代在四川偷熊猫未遂，后被抓，坐了几年牢出来死性不改，带着几个不学无术之徒前往可可西里做起贩卖藏羚羊的勾当。20世纪90年代走出可可西里，辗转到西双版纳偷猎野象，本打算靠盗猎获得的暴利建个鳄鱼饲养场，在电视新闻里看到长白山天池发现不明水生物的报道，于是邪心又起，越加狂妄，纠集了前几年一起出生入死的狐朋狗友，策划了一个私人捕捉神秘动物的计划。想到一旦捉到怪物，为国家作了贡献出了名又可以发财，还可以把前二十年的罪过洗刷得干干净净。结果在天池附近徘徊了近半年，一无所获。这期间，新疆喀纳斯湖发现湖怪的报道铺天盖地，王泽的眼睛转而盯向喀纳斯湖。在来新疆的路上结识了同样以盗猎为生的郝力松，两人一见如故，两群人合并成一支浩浩荡荡的队伍，驶进了喀纳斯。

第 6 章
龙生九子

　　今天天气不错，美丽的喀纳斯湖更显清澈无瑕。李河落跟着这个大部队到岸边准备撒网，看能捞到些什么。一张长十多米的大网撒到湖中，一群人躲在离湖不远的森林里观望。

　　四周安静极了。李河落紧盯着平静的湖面。他们是喀纳斯不和谐的音调。王泽边抠着耳朵边和他说："现在咱们这个姿势叫我想起当年在四川偷大熊猫了。那家伙长得肥。本以为它们傻乎乎，没想到竟然神出鬼没。当年我就是像咱们现在这样躲藏在树林子里，一躲就是三四天。"王泽和他比画着熊猫的模样，"这国宝啊，以前和水怪一样，在西方人眼里就是不存在的动物，结果 19 世纪被发现，全世界都轰动了。你看啊，这水怪啊就一定要等着被人早点发现，证实了它的存在，国家才会保护它，否则总有人打它的主意。"李河落冷冷地望了他一眼。王泽搓着手接着说："要是真被我给捉到了，我们都会上教科书，就像英国的那什么文哪？就是说猴子变人的那个，什么文来着？"

"达尔文。"

"对对！达尔文！那时我们就和他平起平坐了！我也改个名叫王尔文，还得给水怪命个名，我都想好了，就叫'中国新疆喀纳斯王氏玄武'……"

"这名字有气派！好！"盗猎分子们纷纷奉承道。

王泽继续问："'亚洲王氏玄武'是不是更气派点？"

"'东亚王氏玄武'准点……"

"东你个头，我不就成'东亚病夫'了！干脆要来就来狠点，'国际王氏玄武'！怎么样？"

众人道："好……"

一群人在树林子里等了三个小时，湖面上依旧毫无动静。当大家都灰了心，懒散地闲聊之时，远处的湖面有了起伏，像是一群大鱼仓皇逃窜，朝大网这边一跃一跃游来了。郝力松惊呼："大红鱼啊！"

等这群鱼游到埋藏在湖里的大网子上时，突然纷纷下潜，湖面恢复平静。郝力松问王泽要不要拉网，王泽说："等等，再看看，我们不捕鱼。"

这群鱼像是受了惊吓，它们后方一定有什么。不一会儿，所有人都亲眼目睹了水怪现身这一壮观的、激动人心的情景。

所有人都屏住呼吸，远远望见一个巨大的、黑色的椭圆物体缓缓隆出湖面，因为距离太远，都看不清楚。王泽已经看傻了，呆呆地说："龟头！龟头！"

椭圆物体渐渐向大网的位置游去。

"收网！"王泽一声令下，早已埋伏在湖岸两边的盗猎分子赶忙拉网，都很畏惧湖怪，于是手忙脚乱，忙活了半天，还是没能把网拉上岸。"大家使劲啊！"王泽疯喊着跑过去一起拉网，这才知道怪物比想象中要重许多。

费了九牛二虎之力，终于把网拉了回来。众人跑过去一看，只见六七条一米来长的哲罗鲑压着一大团黑糊糊的丑东西，这东西还跟着跳动的哲罗鲑一起扭动。拨开哲罗鲑才看清楚，怪物像条大黑蛇，四五米长，足有木桶粗，尖尖的酷似乌龟脑袋的头晃来晃去，绿豆大小的眼睛左右乱转，满嘴长长的利齿，发出"嗞嗞"的声音。像是条大蛇，在岸上却只能挣扎，应该是种离不开水的动物。

"真叫人犯恶心！"王泽失望地转过身，"拿枪崩了它。"

郝力松问："这家伙是啥？"

王泽端起猎枪对准怪物，"变了异的鳗鱼，一种少见的、生活在高寒地区的淡水鳗鱼。"

王泽刚要开枪，李河落阻止了他。叫来几个盗猎分子一起把怪物拖回了湖里。

盗猎分子测了测捕到的哲罗鲑的大小，最大的一条足有一点五米长、一百斤重。

"看似湖里的动物都挺大的。"王泽感叹，"光是配角就这样大，主角的体形……"

郝力松问："那你估计它有多大？"

王泽环顾着喀纳斯湖，"长度可能上了十五米，重量在十吨以上。"

"鲸鱼啊！"郝力松吓了一跳。

李河落说："你们十几个人也对付不了。"

"是啊是啊！只有老吊车才拖得动啊。"郝力松惶恐地说，"我们根本玩不转它。"

王泽一脸愁容，看了看自己的团队，再望望湖，不禁感叹自身的渺小。往来游客太多，在湖区盗猎怕惊动警察，这水怪又是个庞然大物，就凭十几个人、十几把猎枪怎么是它的对手？这张特意定做的大渔网，现在看来也显得太小。但这里是最后一战，王泽不想前功尽弃，毕竟跋涉了千山万水，付出的金钱和精力太多太多。

"不捉到玄武我他妈就不走了！"王泽的蛮劲上来，踢飞一块石头，愤愤地离开了。

这些天盗猎分子干劲十足，又偷偷摸摸撒过几次网，捞到过北极回鱼、大红鱼、淤泥、沉湖的巨石，虽然一次又一次失败，可当王泽在湖岸边发现动物尸骨时，信心又回来了。湖里绝对有怪兽！

一行人围着喀纳斯湖四周的山，设了很多个观察站。郝力松背着猎枪走下山，刚到湖岸边又吓得飞快地跑回来，边跑边骂："想死了敢拍老子！"问怎么回事，他说湖对岸有家电视台在录节目。

西部电视台正录制一部有关喀纳斯湖湖怪的科教片，还特地请来了两位专家，据说是什么什么大学的生命科学院教授，一男一女，是对夫妇。

摄制组来到喀纳斯湖边录节目，主持人戴着副金丝眼镜，一双富有智慧光芒的小眼睛瞟来瞟去，对着摄像机时一本正经，私底下疯疯傻傻。因为方才录制过程中，郝力松闯进了镜头，主持人摘了眼镜，朝他破口大骂："哪儿来的傻蛋来捣乱！"

教授夫妇见有突发情况，以为湖怪现身，忙问发现什么了，主持人笑了笑，"没啥没啥，发现一光头。"教授刚准备追问那是个什么动物，主持人示意开始拍摄。

对着摄像机，主持人故作遥望状，语重心长地说："这是个怪兽盛行的时代……"

"水怪、野人、不明飞行物是人类历史上最大的未解之谜，发现喀纳斯湖湖怪的存在已有上百年的历史，可至今它仍和尼斯湖水怪一样，笼罩在神秘的光环下。我们现在身处喀纳斯湖边，一探湖怪真相。湖怪究竟是何物？是漂浮在湖面上的朽木？是湖中变异了的大红鱼？或是一种从未发现过的新物种？到底有多么神秘？有多么离奇？有多么……"主持人瞬间严肃，"站在我身边的是边疆林业科技大学生命科学院的孙天、刘芝教授。孙、刘教授潜心研究喀纳斯湖湖怪数十年，成果显著，是湖怪研究的重量级人物。"摄像机对准孙天教授，"孙教授你好，我想您应该记不清这是您第几百次来喀纳斯湖观察湖怪了吧。"

"第一次。"

主持人低头无语，示意摄像师傅停止拍摄。

刘芝对孙天嘀咕道："老伴儿，主持人有点不高兴。"

孙天点点头，"电视事业不景气，工作压力大……"

年老的教授夫妇在湖边散步，很惬意的样子。这次是千载难逢的好机会，电视台邀请他们来喀纳斯录节目，等于来旅游。

李河落站在山头呆望着在湖岸边散步的老年夫妇，这是个美好的情景。老太太似乎找回了童真，双手掬着干净的湖水往老公公身上泼。李河落跟着淡淡地笑。

郝力松愤愤地凑到李河落跟前也一起望。

"哟！戏水呢。"

李河落懒得答理他。

王泽问郝力松怎么多出来两个老人，郝力松说："八成就是专家吧，电视台做节目最喜欢找些七老八十的专家胡诌八咧了。"

"真好！"王泽似乎很高兴，"若是专家，我倒有问题想请教请教他们。"

傍晚时分，电视台这一行人在图瓦村录制有关喀纳斯民风的情景。很多图瓦村民前来围观，王泽和李河落也站在人群里。

主持人对着摄像机说："在人间净土喀纳斯，居住着一个神秘的民族，他们是最早发现湖怪的人。他们来自哪里？他们去向哪里？湖怪在他们心中又是怎样的形象呢？"语毕，主持人把刘教授拉进镜头，"我身边的这位是边疆林业科技大学生命科学院的刘教授，她对喀纳斯研究颇深。那么请问刘教授，图瓦族的祖先来自什么地方？湖怪是图瓦人崇敬的神灵吗？"

刘教授含糊半天说不出话来，主持人急得扯了扯她的衣角，刘教授干脆甩手说："哎呀！我就是研究院专门研究瓜果种子的，我哪儿知道啊！"

众人哄笑，主持人尴尬地示意站在镜头外的孙教授进来圆场，刘教授指着孙教授对主持人说："我老伴研究化石的，那古生物都是死了几万年，给石头压得平平的骨头，他哪知道什么湖怪啊！刚开始你们栏目组电话里说的是叫我们来讲讲北疆都有些什么动物植物的，一来倒好，什么湖怪妖怪的都来了，我们还得装模作样……"

王泽在人群外插嘴说："我看你们还不如采访当地村民呢。"

主持人无奈，对两位老教授说："您二位先在村子里休息休息，我们先去采访村里人。"

两位老教授坐在草地上望星星。"当是旅游吧。"孙教授说，"干了一辈子研究，难得来这么个好地方。"

郝力松搬来两把凳子，老人家执意要坐在草地上。王泽他们也坐在老人周围，像一群小孩要缠着长辈讲故事。盗猎集团说自己是来喀纳斯研究水土的科考队。

王泽问："孙教授可知道玄武？"

孙教授说："我虽然是搞古生物的，古代文献看得也不少，神话动物也是知道的。"

王泽暗喜，"教授觉得湖中水怪会不会就是传说中的玄武？"

孙教授问他："知道玄武在古代是哪个民族的图腾吗？"见众人摇头晃脑，孙教授说，"是上古时代颛顼部落的族徽，知道颛顼族的南北疆域在哪儿吗？"众人继续摇头。"北到河北，南至南岭，西到甘肃，东至东海。玄武是北方座神，若真实存在也只分布于河北省一带。"刘教授也附和道："玄武是汉人传说中的神物，不可能会出现在西域。"

郝力松叹着气，"我们从长白山天池出发跑到喀纳斯，沿途各大河流湖泊都找遍了，什么也没发现，喀纳斯湖怪又久负盛名，这是我们最后一个希望了。"

眼看头脑简单的郝力松就要露馅了，王泽他们提心吊胆。结果孙教授却问："好好的水土不研究找什么水怪？你们这些年轻人做事总是三心二意半途而废的，小心最后一事无成，我说这些，你们还别不愿意听，搞科学研究的就得学会沉住气静下心，踏踏实实专一地干！"

在场的人皆装模作样地点头。

王泽严肃地说："我们这些年轻科学家就喜欢挑战自己……"

刘教授打断他的话，"年轻人别太狂，先把水土研究好，别三天两头跳专业。"

"是，是。"王泽说，"我从小就热爱动物……看您是古生物学界的前辈，很想和您探讨下生物……"

"也行。"孙教授说，"我们探讨什么生物？"

"历史这东西总是极尽变化，我认为玄武位于喀纳斯并非没有可能。"

"那你说说根据。"

王泽答不上来。

不过孙教授却赞同王泽关于历史的描述，"这文化史和生物史总是一样的，历史变化无穷，要掌握历史首先得猜。前面的事留给后人来猜，总不能原原本本、一字不漏地阐述出来，那样学历史就无味了。"孙教授转而说，"说起湖怪，我倒觉得如果真那么悬乎，湖中的生物有可能是龙，当然用科学的讲法就是一种未发现的爬行动物，也许是恐龙近亲也说不定。"

众人的兴致又被挑起来。王泽问："玄武是龟蛇合体，这种动物如果真实存在，毋庸置疑一定会是爬行动物。"

孙教授说："龟是龙的亲戚，蛇俗称小龙，我看这玄武本就是龙的化身。这湖里一定有条龙。"说罢哈哈笑了起来。

这句话一下就点燃了众人的激情，一个个眼睛发光。

刘芝教授跟着笑着说："错了，老伴！湖里不止一条，有一群，才能繁殖，生生不息到现在。"

现场气氛极度火暴，每个人都开始做着幻梦了。也没人发现这只是两位老人为活跃气氛说出的诙谐的话。

俗语"龙生九子，各不相同"。字面意思是神龙生了九个儿子，各有其特征和性格，却都没有成龙。当然，龙生九子并不是龙真生了九个儿子，而是数字"九"在中国传统文化中是最大的数字，比十还大，代表"极其多"和"无穷大"的意思。古人为配合这句俗语罗列了关于这九个儿子的名单，各类典籍中的名单排序各不相同，大致为："囚牛"，是条黄色小龙，喜欢音乐，常盘旋在琴上欣赏乐曲；"睚眦"，长得像豺狼，性子猛烈，喜欢血腥拼杀；"嘲风"，似小野兽，喜欢居住在地势险恶的地方，是吉祥的象征；"蒲牢"，住在海边，喜欢吼叫，鲸鱼是它的克星；"狻猊"，长相像狮子，喜烟好坐，很有耐心；"霸下"，形似乌龟，擅长负重，与龟唯一的区别就是它有一排牙齿；"狴犴"，长得像老虎，一身正气、仗义执言、明辨是非；"负屃"，是条性格沉静、喜好文学的小龙；"螭吻"，鱼形的龙，水性好，能灭火。

有一点值得注意，九子中形似龟的"霸下"，它在各类典籍著作中一般排在九子的首位。传说霸下体形巨大，背上背着三山五岳，在江河湖海里上下翻腾、兴风作浪，扰乱民心，最终被大禹制伏。之后洪水泛滥，它听从大禹的指挥和差遣，治水有功。大禹治水后，担心它本性不改，便制作了一块巨大无比的石碑叫霸下驮着，石碑上刻着它在治水中的功绩。霸下背负着巨大的石碑，从此行动不便。

霸下对中国古代文化的影响很大，喻义长寿、安康。许多历史名胜中的古碑都由一只雕刻巨大的石龟背负着，它就是霸下，也就是所谓的"龟驮碑"

的由来。

孙教授说："在你没有真正发现它时，不要妄自肯定它一定是什么，因为这个世界总是百般刁难叫人进不去，进去了也出不来。"

"这话怎么说？"王泽问。

"我国古代关于怪兽的传说太多太多了，光水中的怪兽就千千万万种，你可以认为是先人杜撰的，或是有根据的，总之有太多的新事物等着被人去发现。"孙教授对他说，"恐龙也好玄武也好，终归是这些争议和神秘给这么漂亮的喀纳斯又笼上了一层轻纱。"

孙教授给他们讲了许多神奇的故事，这些故事里有上古时期的传说，有各朝各代流传的奇闻。他说晋朝《搜神记》第十二卷写道："南海之外，有鲛人，水居如鱼，不废织绩，其眼泣，则能出珠。"《博物志》也有描写，说的是一种鱼尾人身、居住在大海和与海相通的大河大湖中的神奇生物。这种生物流下的眼泪遇到空气立即变化成珍珠，身体里的油脂燃点很低，可以用来做成长明灯。据传，很多古墓中的长明灯正是鲛人油脂所制。它们有语言、有社会分工，甚至有货币。当然这只是传说，要用科学语言解释它，可以参考《元史》《大德南海志》和《岛夷志略》，这些文献中记载着现今菲律宾的苏禄群岛居民的特征习俗，可以说是鲛人传说的现实原型。甚至有历史记载，曾有一位"鲛人"国王客死山东。

然而这个世界的神秘总是层出不穷，奇异的故事容不下结局，留下的是太多太多的谜团，这样，世界对人类来说才有意义。每一年，世界各地都有许多人发现人鱼尸骨，这种活在传说中的生物走进了现实。谁有充足的证据证明这只是个传说，或证明它是真实存在的？

李河落听着老人慢条斯理的讲述，像是到了一片未知的、神奇的世界。在喀纳斯的这段日子才叫他真正认识到人生的层次，也真正认识了这个世界。

第7章
森林迷宫

　　杜林琪带着艾保仍在森林里摸索出路，连她自己也越来越相信"地形会变化"的古训，因此她绝望了。

　　一个年轻女子带着一个少年在无边无际、遮天蔽日的森林中是无助的。庆幸的是杜林琪知道那么点常识，不然早就出意外了。前天，她们遇着了雪豹，虽然雪豹饿了，但体形不大，望见自己领地来了两个不速之客，仓皇逃到松树上。杜林琪装着勇敢，硬是牵着艾保越了过去，手中还攥着一把藏刀。

　　走到密林深处，从一棵巨柏上掉下一长条通红通红的东西，本以为是蛇，眼看着这条手腕粗细的家伙一扭一扭向它们游了过来，才发现竟然是条蜈蚣！

两个人吓得魂飞魄散，撒开脚一阵乱逃。两人奔向不同方向，边逃边哭。这条大蜈蚣可能一时想不清楚到底该追谁，于是放慢滑行速度，掉头离开了。杜林琪到现在还没摆脱那条蜈蚣给她带来的阴影，他们一辈子也没有见过这么大的蜈蚣，她猜那是蜈蚣精。

美丽的喀纳斯如今对他们来说是可怖的，没有方向、没有食物，两个人垂头丧气，运气好的时候可以碰见草地上的野果，杜林琪认得出哪些植物无毒。可是走进喀纳斯深处，却只有大片大片的松柏林，林子里很难找到可以充饥的食物。

他们已经疲惫到接近死亡的边缘了，但是却停不得脚步。趁着还有微弱的力气，就得继续往前走。希望总是有的，总是伴随着你前行的脚步的。

走了一夜，再从早晨走到傍晚，眼看着阳光缓缓消失在森林上空，杜林琪只听见各种各样的鸟的叫声。艾保已无力支撑下去了，他是个瘦弱胆小的男孩，他想停下脚步，却被杜林琪硬拖着。杜林琪对他说："千万不能休息！睡着的话，神灵会把你的魂带走。"

这是座永无尽头的迷宫。

两个人吐着舌头，狼狈不堪。机械的行走让他们想要丢掉沉重的包。不要那些钱了，那些钱现在会要了他们的命。他们的身心都太累了，不能再有任何一点会消磨体力的负担。

出了前面的森林就到了喀纳斯河，沿着喀纳斯河往南走，就会到布尔津河。"就快要走出喀纳斯了！"杜林琪听着浅浅的河水声这样想着，加快了脚步。

快要走出森林的时候，艾保一声尖叫，杜林琪回头一看，一只白色的巨熊站在离他们不远处对他们虎视眈眈。这是一种变异的熊，皮毛呈白色，比一般熊要高大很多，呼哧呼哧地想要吞了他们。杜林琪心慌了，就此时的体力无论如何也跑不过熊的！艾保发着抖对她说："姐，我们装死吧！"杜林琪皱着眉，不去听他的建议。装死也许是唯一有可能逃生的方法，可又有多少人能在熊把鼻子贴着你的胸脯时大气不喘一口？杜林琪做不到，艾保就更别提了。

"别动！"杜林琪咬着牙小声说，"站着，千万别动。"

她艰难地和白熊对峙，努力放松急速跳动的心，深深呼吸。一旦白熊有了要奔向他们的意思，杜林琪和艾保就会拼了命地跑。

两个人都紧盯着眼前的猛兽，谁也没注意他们身后还有一只埋伏着的巨熊。

当身后的白熊离他们近了，喘出呼哧呼哧的鼻气时，杜林琪才猛然发觉中了白熊的圈套。心咯噔一下，心想在劫难逃。

身边的艾保浑身猛抖，泪珠子大颗大颗往下掉，他斜着眼说："姐，我不能再跟你傻站在这儿了。"说罢，猛地把包丢给杜林琪，自己跑了。杜林琪被扔来的包砸了个趔趄，脚一滑，倒在落叶堆中。

杜林琪望着两只巨熊朝自己扑来，哭着闭上了眼。然而两只白熊却只是从她身边跑过，去追艾保了。

突然想起父亲曾说过"猛兽只看得见活物"这句话。她抹了抹眼泪，慌慌张张站起来，往喀纳斯河奔去。

她不知道从小就跟在她身边的艾保会在危急时刻离开她，也不知道他会是什么结局，她放声对着汩汩流去的河水呐喊，她已经心力交瘁，瘫倒在砾石上再也站不起来。

满载不义之财的包袱丢了，艾保也凶多吉少。杜林琪听见林子里猛兽的咆哮，浑身哆嗦。但她连一丝力气都没了，她只能在这儿等死。

艾保也许逃脱了，也许毙命了，总之两只白熊巨大的身影已经出现在离杜林琪仅仅十米的森林边缘。它们恶狠狠地盯着杜林琪，龇牙咧嘴，双掌刨着地，却似乎不敢接近河边，只是远远观望躺倒在浅滩上的杜林琪。

杜林琪闭着眼，当什么事也没发生，边哭着边哼起那首童谣："我们是丝绸之路上的新少年啊好少年……"

白熊在林子与河岸的边缘徘徊了一阵，最终离去了。杜林琪听见没了动静，才睁开眼，翻了个身，面对着美丽清澈的河水。

她蜷缩着身子，嘴咬着手指，边发着抖边呜咽着。

等她平复了心情，准备站起来，紧挨着河边沿河往南走。猛兽们都畏惧喀纳斯地区的水区，因为水区里存在着安磨夫。在这个时候，杜林琪要依靠恐怖的水区逃生，也是在这个时候，恐怖转化成正义，水中怪兽才是人们心中的神。

最后一丝阳光缥缈地消逝了，杜林琪继续赶夜路，即使头晕眼花、饥肠辘辘、蓬头垢面，双腿也疼痛难耐。

"这就是报应……"杜林琪自言自语着。隐约看见旁边的林子中藏着一群黑影，心又悬了起来。眼看着那群黑影开始活动，树丛中沙沙直响，她的眼泪又止不住地流，还带着哭腔。黑影从林子里猛蹿出来，直逼杜林琪。

杜林琪已经无力去逃命，眼看着朝自己奔来的一群黑影，木然地站在原地，双手抱着胸，两条腿剧烈哆嗦着，哭出声来。

一声凄厉的尖叫回荡在蜿蜒的喀纳斯河上空。

李河落还在睡梦中时就听见屋外人声鼎沸，开门一看，图瓦村村民聚集在村口，好是热闹。在村民的簇拥下，库库勒老人牵着一个少年走进了村。

李河落狂喜！真正的哈乐丹回来了！

王泽他们也走出帐篷打探情况。听说是个回村的孩子，便摆摆手，又回去睡觉了。

李河落细瞧着这个少年，十八九岁，长得白净，腼腆的样子，很受族人喜欢，库库勒和他的关系极好，一路牵着。

李河落热血澎湃，真是个非凡的少年。回了屋，再也睡不着了，擦洗了手枪，准备好子弹，收拾了屋子，计划天亮了就行动。

他要赶紧离开这里了，这里让他体会到从未体会过的狼狈。他就这样不歇气地抽烟，摸到皮带上挂着的那把水果刀，像摸到了污物，躲闪不及就直接从皮带上扯下来往角落里一丢，"哐当"一声后，就只剩下整间空屋子里压抑的死寂。

李河落坐在床沿，疯狂地吸着烟。

到了后半夜，他的精力仍很充沛。隐隐听见王泽那边有动静，撩起窗帘窥视，却看见郝力松提着个女人在和王泽交谈着什么。李河落心想估计是那帮男人熬不住寂寞。刚放下窗帘的那一刻，却模模糊糊听见了那女人的声音。

没听错，是杜林琪的声音！

李河落径直走向盗猎分子的聚集地，看见杜林琪披头散发倒在地上痛苦呻吟，似乎已神志不清，莫名生出了罕见的怜悯心。

"刚想把她给你送去呢。"王泽问，"现在这女贼给捉回来了，你说怎么处理？"

李河落望着杜林琪没有说话，身体肌肉却在颤动，脸上写满了一排一排的仇恨。

"在哪儿找到她的？"李河落问。

郝力松说："今天带了几个人去摸地形，沿湖往南走到了喀纳斯河，天快黑了，突然尿急，就去林子里拉尿，发现一具人的尸骨，估计是被野兽吃了，恶心得不得了！还少了条大腿，脸上的皮也给撕了，长相看不出来，看身材像是个少年。然后沿着血迹一直走，血迹里还发现了白毛，不知道这里有什么猛兽是披白毛的，再然后就听见女人的哭声。"郝力松指着杜林琪，"我们就躲在树丛里观察，就发现了她。"

听完，李河落扛起杜林琪回木屋。郝力松问王泽："你猜他会对这女的做什么？"王泽摇摇头，进了帐篷。

刚回木屋，李河落就把她往地上一丢，迷迷糊糊的杜林琪摔得"吱"了一声。李河落舀来一瓢冷水朝她头上一淋，杜林琪猛地睁开眼睛，像刚从噩梦中醒来。

我不知道这时杜林琪看到了李河落会是怎样的心情。总之噩梦还没结束，李河落恐怖惊疑的眼神告诉她真正的噩梦现在开始。

杜林琪刚想开口说什么，李河落的枪口已经对准了她的脑门。

杜林琪早就哭不出来了，艾保死了，自己现在也无处可逃，面对着这个被自己欺骗过的男人，杜林琪无言以对。她把头贴近冰冷的枪口，没有一点畏惧。心里仿佛在说打死我吧，这是我的报应。

可是，李河落始终没有开枪，只是像威胁般准准地对着她。

枪的黑影浮在杜林琪的脸上，他一时看不清她的鼻子，她的嘴。

李河落的手抖了。第一次。不是出于恐惧，而是出于心底的那道结。他知道眼前的女人不奢望自己能放过她，他犹豫着这一颗致命的子弹，因为只要它出来，一切现实都将不可扭转。

改变一切创造明天，就在一念之间。

"我以为你死了。"杜林琪颤抖着说，"我有回头找过你，你不见了，我以为你和艾保一样……。"

李河落只是一言不发静静地盯着她。

"你不知道我有多自责！你不知道我都做了什么！"杜林琪跪在地上，"我有告诉过你我有罪，即便你不开枪，我迟早也会遭天谴！我骗了你，但是关于我的身世我的故事是真的，当时我犹豫着要不要说，可是面对你的时候，我就情不自禁都说了，我现在……"她瘫倒在李河落的脚边，"我现在只想死，我不想这么生活下去了。"

　　李河落呆握着枪，他以为杜林琪会哭着告诉他，她爱他。但是杜林琪没有说这句话，甚至连"爱"字都没提。不过我想杜林琪若是真说了"我爱你"，李河落定会毫不犹豫地开枪射杀她。

　　李河落冷冷地说："你适合做演员。"

　　杜林琪疯了般地爬起来，"那是因为你不知道我和艾保在外面过着什么样的生活！"杜林琪扯着他的衣服，"他是孤儿，我不忍心！我每一步都很艰难！"

　　李河落放下了枪。他想他开始懂得珍惜自己好不容易获得的那种感情。他爱她，就会爱她的一切，包括她的缺点。他试着安慰自己，她回来就是好的。

　　杜林琪伏在地上打着哆嗦，长发散落在地上。

　　李河落蹲下来，盯着杜林琪白皙的脖颈，想着自己曾经亲吻过这里，像是此生唯一。他拿着这把枪十五年了，只有一次打不中目标，也只有一个人让他第一次对自己说不能打中她。因此再一次败给了这个女人。

　　"你是来偷猎的对不对？你是杀手对不对？"杜林琪轻声问。

　　李河落望着她透明的眼睛，胆怯得不敢回答。

　　杜林琪抱住他的手，"我们一起回头，一起离开这里！"

　　或许在他心里，她已经是他的唯一了，毫无疑问。

第 8 章
古老迷药

一夜未眠。

清晨，李河落对杜林琪说："办完事我们就走，这是我最后一笔买卖。"

"绑架哈乐丹吗？"杜林琪泪眼蒙眬，"已经死去一个孩子了，不要再发生了，不要了。"

"放心。"

杜林琪把那把水果刀系在李河落腰间。擦了擦眼泪。

王泽一伙纳闷地望着出了门的李河落。郝力松说："昨天好像没什么动静啊。"

　　王泽狐疑地说："不知道搞什么鬼，怪！真怪！"

　　郝力松抠着鼻孔，"唉，这里什么都怪。"

　　王泽朝郝力松吼："抠了一晚上了有完没完啊！去，叫几个人跟着他，看他搞什么名堂。"

　　郝力松张罗了几个手下，悄悄跟着李河落去了。

　　李河落先是穿过树林，在喀纳斯湖边散步，后又绕了个大圈回了村。郝力松把李河落的行程全说给王泽听了，王泽只"哼哼"了两声。

　　李河落回了木屋，一副不悦的表情。杜林琪正奇怪，李河落告诉她："有人跟踪。"

　　杜林琪吓了一跳。拉住李河落再也不想让他走远了。

　　"你待在这儿哪儿也不要去，要出门就往村子里去。"李河落叮嘱她，"好好给我休息。"说罢，从木屋后窗跳了出去。

　　杜林琪紧张于他的离开。望着他消失在森林里的背影，心揪了起来。

　　李河落来到哈乐丹位于喀纳斯湖湖畔山上的木屋，看见库库勒老人、库库勒的儿子格索、女儿乌拉索以及村上其他几位老人都在，哈乐丹更是显眼。

　　李河落若其事地走过去向库库勒老人问好，并称来湖区散步，无意看见这里一群人便上来看看。库库勒却说："太靠近湖很危险，往后在观鱼亭上观景就好。"李河落点着头，转头和哈乐丹对视。神奇少年有双好犀利的明眸！哈乐丹对他微笑，很是纯真。

　　如今的李河落冷酷的气质渐渐被消减，他在喀纳斯改变了。望着哈乐丹天真的笑容，心底那个恶魔伸出的爪子慢慢往回缩。

　　格索对父亲说："现在还不知道是谁擅闯哈乐丹的住处，哈乐丹的处境不太好。"

　　乌拉索指着门说："门是被枪打开的，里头东西没丢，目标显然就是哈乐丹。"

　　库库勒点点头，对哈乐丹说："你现在很危险，找你的人是带着枪来的。"随后和身边的图瓦长老们用哈萨克语商量着什么。

　　哈乐丹却耍起了小孩子脾气，忙说："我不走！我不要走，你们不要太担心我，我心里有数。"

　　"不行！"库库勒严肃地说，"你要去阿勒泰市避避。"

　　哈乐丹任性地跑下山，"我就是不走，说什么也不走！才回来又要我走！"

格索笑着对父亲说："也为难他了，一年中总要他避这避那，在喀纳斯总共待不到六个月。"

库库勒叹着气说道："这毛孩就是少管教，性格才这么倔，快二十的人了还那么不懂事！"

一行人跟着哈乐丹走到湖岸边，哈乐丹竟然要和格索比赛吹苏尔。格索吹完一曲，哈乐丹似乎有些惭愧，格索嘲笑道："你永远也比不过我！"哈乐丹不服气，抬着头说："我可以把安磨夫吹出来，你能吗？"

库库勒老人连咳几声，"毛孩，别胡言！"

所有人都意会到还有李河落这个外人在场，哈乐丹闷闷不乐，坐在一边望着湖水。

库库勒老人临走时，要带上哈乐丹，哈乐丹却说现在还不想回村，他要待在湖边玩耍。库库勒老人无奈，叫格索留下看着他，自己走了。李河落为避嫌疑也跟着走了。但他没有走远，在岸边的林子里观察着在湖边玩水的哈乐丹。

这时候，李河落突然发现离自己二十多米的地方，三四个不明身份的男人也躲在林荫下注视着哈乐丹。这几个人明显不是盗猎集团的成员，李河落赶紧离开。

杜林琪担心了一上午，看着李河落急急忙忙回来，才安心地笑了。

李河落坐在床沿，琢磨着该怎样捉住哈乐丹，慕名来喀纳斯的不法分子渐渐多了，再不赶紧下手恐怕形势会越来越严峻。

杜林琪走过来把召灵人的传说告诉了他，她说："我总感觉哈乐丹就是召灵人。"

李河落猛然想起哈乐丹对格索说的那句话，对杜林琪说："这个孩子看上去和常人没有区别。"又心想人心隔肚皮，光看外表能看出什么？就像眼前的这个女人一样。

杜林琪低声说："还是不要做了，你向你的老板辞职吧，我们赶紧走。"

李河落没有回答。

杜林琪继续劝他，"我的心总是跳得厉害，像有大灾难要发生了。我们平平安安出去，重新做人，一切都会好起来的。"

李河落是个说一是一的人，可他现在无法横下心作决定。他是想和杜林琪走了，但他也接了走私头目支付给他的定金，他必须把任务完成。这让他很是烦恼。摘了墨镜，躺在床上望着天花板。他对杜林琪说："再等几天看看。"

杜林琪躺在他身边，搂着他的腰。

"以后只穿浅色的衣服吧。你的皮肤白，深色只会衬得你更白，冷冷的感觉。"杜林琪整理整理他的衣领，"只穿浅色的，试试。"

李河落抓住她的手放在胸口。他不知道该不该再去相信杜林琪，但是只有和她一起才能感到安稳。午后和煦的阳光洒满屋子里的每一个角落，他真的开始想着要和这个女人过上平静安宁的生活了。以后每个安详的午后都要和这个女人一起度过。就像现在这样，安静地躺在床上，总不至于孤单和心空。

6月1日。

旅游局的人给库库勒老人捎来一大袋文具和玩具，是分发给村里孩子的"六·一"礼物。库库勒带着哈乐丹挨家挨户送到。

杜林琪在一旁看，跟着笑。郝力松朝她走过来，打量一番，说："那天是我把你带回来的。"

杜林琪望着他，说了声谢谢。郝力松很是纳闷，难道她就不记恨自己？于是冷冷地问："你很想回来？"

"嗯？"

郝力松就是个傻大粗，他说："说真的，我最恨小偷、骗子。"

杜林琪没了笑容，转身往木屋走。

"女的就是占便宜啊！"郝力松不屑地斜着眼，"金先生居然没舍得打死你。"

听到这句话，杜林琪又折回来，问郝力松谁是金先生。

郝力松扑哧一声，吐了口吐沫走开了。杜林琪追上去问："你倒是说说。"

郝力松很不耐烦，脸摆向一边轻蔑地说："偷了人家的钱，骗了人家感情，回头说不认识这个人，你还要脸吗？"

"你听好了，我和他的事与你们无关，在我这儿说说就算了，别在陆离那儿添油加醋，我们都不容易。"杜林琪说罢转身走了。

郝力松又气又疑，回去和王泽说金石这个名字可能是假的。王泽搓了搓手，"哼哼，这家伙有趣！"

"这家伙不够义气！"郝力松愤愤地说，"分明没把我们当自己人。"

"那要看他安的是啥心。"王泽阴笑着说，"派人全天跟着他。"说着走出帐篷，"他不是说来找人的吗？我倒要看看他找的是谁。"

郝力松心虚虚的，小声问："不会真是警察吧。"

王泽大笑道："我说你啊，眼光不好使。你见过警察一身外国货，枪也是外国货，成天和个维族女人鬼混，一身的邪气？"

哈乐丹每天都会去喀纳斯湖边，晚上回村，在库库勒老人家过夜。李河落有非常多的机会能接触他，唯一的障碍就是格索总与他形影不离。

李河落躲在林子里观察他们，却在想杜林琪说的召灵人的故事。湖中怪兽若真受神奇少年的差遣，劫持哈乐丹的难度将变得异常凶险。李河落历年来的屡屡罪行从未涉足过神异，如今整个事件背后尽是未知、未知、未知、未知和未知。在图瓦村住的时间长了，与自己接触的人多了，自己的真实身份已经不保险了。若用自己一贯的办事方法，在光天化日下明目张胆绑架一个神奇少年，无异于往火坑里跳，尤其是在喀纳斯湖区，谁知道湖中水怪会不会出现，一口把自己吞食。然而最大的问题在自身，李河落已经不像从前那样习惯于血腥，他现在不忍伤害任何生灵，特别是在这么纯洁的土地上。

他缓缓喘着气，迷惘地望着湖边的哈乐丹。

回村的时候，突然想到杜林琪的迷药。这倒是个好东西。

刚进屋，看见杜林琪痴痴地坐在凳子上，对着窗外发呆。李河落走到床边，摘了墨镜。

"金先生。"

"嗯。"李河落放下枪，自然地回答一声。随即反应过来，转头望着她。

两人目光相对。

"你刚才，叫我什么？"

杜林琪抿着嘴对他微笑，"没什么。"

双方都没再说话。李河落蹲下来，握着她的手一同向窗外望去。大地一片金黄，不远处的图瓦村庄，炊烟袅袅。

杜林琪不喜欢和王泽他们打交道。从库库勒老人家借来一些粮食，又开始自己的生计了。晚餐时，李河落突然问起迷药的事，这些事总叫杜林琪觉得尴尬。

不过她故作轻松，从腰包里取出一个拇指大的玻璃瓶，里面装着墨绿色的粉末。她说这就是西域失魂藤磨制的迷药。

西域失魂藤是种古老的毒药，药性猛烈，药效极强，实际上是可以致人死命的东西，称做迷药是因为少量粉末能使人休克、昏迷，短者数天，长者数月。

李河落很吃惊。没想到杜林琪曾在自己身上下过如此歹毒的药。杜林琪告诉他："若有意向他人用药，自己手上得先滴上蜡，与迷药隔绝，再涂抹在那人皮肤上即可。这种迷药有气味，但不会因为被吸食而起作用。"

李河落问："意思是必须要接触到别人才有效果？"

"这可能是无敌毒药唯一的弱点吧。"杜林琪告诉他，"失魂藤与其他毒药都不同，它只经过皮肤起药性。最重要的一点！不能下多了，滴过蜡的手指轻轻沾薄薄一层就够了。"

李河落点点头，把玩着小玻璃瓶。

杜林琪笑起来，"我以前就在想啊，这么毒的药被玻璃瓶拴着，唯独玻璃不会中毒。还真是一物克一物的道理呢。你看陶瓷，易碎的，偏偏不会被硫酸腐蚀，真是奇妙。"

李河落听着，感觉像是在影射自己。

吃完饭，两人在村边小树林里散步。夜色沉静，还到处游离着淡淡的清香。

李河落狡猾地问："你不怕我用迷药毒了你？"

杜林琪淡然一笑，"不怕。"

"你有解药？"

杜林琪摇摇头，"西域失魂藤自古以来就没有过解药。最早用在宫廷的王位之争中，后来流传到民间。丝绸之路开辟了，往来通商贸易多起来，沙漠里到处是土匪，旅人们便开始把它当做防身的工具了。"杜林琪注视着李河落的眼睛，"我才不怕你呢！我相信你。"

他对她笑了笑。"相信"这个词在李河落三十年人生里几乎是和他绝缘的。

"我想听你的故事。"杜林琪真诚地望着他，"若是不方便说就算了。"

李河落有些心慌，从前的事他一个字都不想提。前半生是发霉的，很久以前他就知道这将是永远不会揭晓的秘密了，也知道自己不会对任何一个人说。可是杜林琪出现了，如今她想知道这些晦涩的事情，李河落很矛盾。也许他渴望把心中长久的梦魇像火山喷发般倾吐出来，可是现在他不知从何说起，又怕这些喷射出的熔岩真能灼伤杜林琪漂亮的脸蛋，因此一直不言语，满脑子都是浑浑噩噩的画面。

杜林琪只是用柔和的目光注视着他，这让他很不自在。他盯着杜林琪漂亮的大眼睛，知道她的眼神中透露出一种强迫的意味，虽然杜林琪嘴上说："我不强迫你。"

终于，两个人坐在草地上，李河落准备试着透露一点。杜林琪手托着下巴望着他。

"都是不愉快的过去？"杜林琪问。李河落胆怯地盯着她，因为他准备说重点了，要把他长久被囚禁的灵魂解放出来了。

"其实我没有名字，也没有国籍，我是边缘的隐形人。"他说毒品、军火、走私、杀人他都干过了。

杜林琪惊讶地盯着他。虽然她想过这个人会身负罪恶。

杜林琪什么也没说，她想象着他小时候的样子，他儿时的欢笑和啼哭，他生活过的城市，他见过的景色，所经历的每一个阴雨天，他的每一次幸福与感动每一次的失落和悲哀。杜林琪一把揪住他冰冷的手。她开始紧张。她似乎能预见到他们的彼岸已经渺茫，几乎被黑夜吞噬。她只是大口大口吸着夜晚的清新空气，像是缺氧的鱼。

回到木屋，杜林琪小声告诉李河落屋子里有生人的气味。李河落掏出手枪，把屋子检查一遍什么也没有发现。杜林琪神情凝重，她总是能看出屋中摆设的移动变化，凭女人敏锐的直觉，她坚信屋里来贼了。

李河落查看了放在枕头下的钱包，发现关于哈乐丹档案的剪报丢了。他当然知道是谁干的，杜林琪也能感应到。

杜林琪急忙收拾衣物行李，"我们得走，这里不能待了。"

"不行。"李河落说，"我的事还没办完。"

杜林琪愁着眉，幽怨地说："我天天做噩梦，没有一刻是安宁的，我很怕，我怕到不行！"说完，继续忙着把衣服塞到行李箱里，"我们明早就走，我们回乌鲁木齐。"

李河落抢过她的箱子，"我马上就可以办完事了，几天时间就够了。"

"什么事比命还重要？你的眼里只有你的事事事！"杜林琪抢回箱子，"我不能再待在这里了，我们很危险，你也知道……你考虑下跟不跟我走！"

李河落直喘粗气，"你为什么不考虑我？"

"你尽可能说我自私！我是贼，我贪生怕死，你尽可能说！金先生！"杜林琪提高了嗓音，"你为什么不考虑考虑我？我甚至不在乎你是陆先生还是金先生！我失去了艾保，不想再失去你！我们必须离开这里，我们有罪，我们不能在这儿犯罪，我不想我们的以后都要在负罪的阴影里过！就这样。"

"听着！"李河落狠狠抓住她的肩膀，"若是我走了，我就算违约！会有人来干掉我，我始终逃不掉！"

杜林琪放下手中的箱子，捂着脸，背对着李河落坐在床沿。

又是一夜无眠。

第二天，李河落早早出门了。飞快把墨镜戴上，叼着根烟，腰间夹着枪和迷药。今天一定要抓到哈乐丹，他一天也不能再等了。

喀纳斯湖雾气很浓，侵入人的身体，冷到刺骨。李河落丝毫感觉不到寒冷，他的双眼满是杀气，直盯着在湖边玩耍的哈乐丹。

格索仍伴随在哈乐丹左右。李河落悄然掏出枪瞄准格索。然而格索突然离开，往湖东边跑去。李河落观察了一会儿，确定哈乐丹已不在格索的视线范围内，于是从林子中走出，向哈乐丹走去。哈乐丹正背对着李河落在掏湖中的水藻，李河落已经站在他的身后，在掏出迷药的那一刹那，李河落突感左肩受到一瞬间的撞击，伴着一声缥缈的枪响，差点把他撞倒。李河落立即反应到身后有埋伏，一把抱住哈乐丹往喀纳斯湖里纵身一跃。

跳入水中，仍能看见子弹穿射进湖水中生出的道道白线。哈乐丹望着眼前的李河落，满脸的惊恐，拼命挣扎。在水中，两个人不能交流、行动困难。哈乐丹的腿猛地一蹬，蹬到李河落的小腹，趁李河落松了劲，从他手中挣脱了。李河落渐渐下沉，虽然他水性很好，可喀纳斯湖就像来自地狱的旋涡，要吞噬他罪恶的身体。

越陷越深，已经沉入光线到达不了的地方，尽是死寂的黑暗。李河落身体里的氧气已经耗尽，他就要长眠于此了。

这时，似乎听见漆黑的深水中传来一阵悠远的古老的鸣叫，一阵掺杂着气泡的水流轰地涌向他。接着有什么东西将他托住，并把他带出了湖面。在即将出水的那一刻，李河落失去了知觉。

第 9 章

疑云笼罩

当他醒来的时候，发现自己躺在库库勒老人的家里，杜林琪在他身边呼唤着"陆离"。再仔细一看，格索、乌拉索都在，哈乐丹躲在格索身后，胆小地探出半边脑袋看他，显然是受过惊吓。再看看自己，左肩被白纱布包扎得严严实实，还在隐隐作痛。

库库勒在床边坐下，埋怨道："告诉你不要靠近湖，为什么你总是不听。"

格索笑着说："不过这次真是多亏了陆哥哥，不然哈乐丹就不可能站在这儿了。"

哈乐丹畏畏缩缩地走近李河落，虽然在往前走，却像是在向后躲闪。低着头小声说："谢谢陆哥哥。"

库库勒对格索很不满意，只说："你那个时候到哪儿去了？"

格索委屈地说："哈乐丹要我回他的屋给他拿苏尔，谁知道有坏人在林子里，等我回来的时候，看见哈乐丹趴在岸边浑身湿淋淋的，问他怎么回事，他说陆哥哥跳湖了。"

李河落想起深水中的影子，托住了自己带上湖面，于是问："我是被谁救上来的？"

格索赶忙说："是你自己游上来的，刚上岸就体力不支晕倒了。"

李河落心想着这根本不可能，格索明显是在刻意隐瞒什么。这时库库勒站起身说："陆先生可能是太虚弱了。你先休息，我们不打扰了。"

等库库勒他们走后，杜林琪关上门，告诉他："往后你养伤就一直住在库库勒老人家了，现在的局势越来越糟，我们那儿不安全。"杜林琪神色紧张，坐回李河落身边，轻抚着他的左肩，"现在这里不只你一个人在找哈乐丹了。我好怕。"

"帮我把纱布解开。"

"你要干什么？才包扎好。"

李河落执意要解开纱布，杜林琪只好从命，边解边说："库库勒大叔专程叫来卫生所的医生给你弄的呢，没事你解它干什么。"

李河落大惊！忙问："医生没问这是怎么伤的？"

"哎哟！是医生把子弹取出来的，怎么会不知道！"

"那、那医生说了什么？"

杜林琪摇摇头，"什么也没说，给你弄好就走了，子弹也没带走，丢在垃圾袋里。"

李河落叫杜林琪把子弹找出来，疑惑着医生为何视而不见。自己翻开伤口上的皮肉观察着。伤口很深，几乎打穿了肩胛骨，说明开枪人距离自己不出百米。杜林琪用卫生纸包着带血的子弹给李河落看。

李河落把所有嫌疑对象和嫌疑事件在大脑里梳理一遍。开枪者若是想置自己于死地，在不远的位置却将子弹打在了自己肩膀上，很明显，枪手是二流枪法。与自己接触过的、喀纳斯地区携带枪支的人无疑是王泽一伙，而他正是二流枪手。起初怀疑盗窃哈乐丹剪报的人是盗猎分子，现在看着带血的子弹，一切都验证了，因为这是一颗猎枪子弹。

然而，疑问还没完。

如果王泽一伙已经知道哈乐丹与湖中水怪有着某种联系，为什么当哈乐丹游出湖后没有抓住他？很显然，开枪者是针对自己，而非哈乐丹。但是自己从未与盗猎分子结仇，针对自己什么呢？发现哈乐丹是召唤水怪的神奇少年，因此铲除竞争对手，又为什么在当时那么好的时机放过了哈乐丹？

一切都说不通。

最匪夷所思的是在库库勒知道哈乐丹住所曾进入过携枪分子后，乃至今日的枪案，他都没有报警！无视哈乐丹的人身安全、竭尽全力在隐瞒什么不可告人的秘密。甚至喀纳斯地区的医生们竟然也对枪击事件不闻不问。

李河落对杜林琪吐了三个字："太悬了。"

库库勒老人暂借给李河落的养伤处是自家西面的小木屋，从前堆放些杂物，杜林琪打扫到后半夜才安下心去睡觉。小屋里安置了两张床，杜林琪把床拼凑在一起，方便照顾李河落。不过主要原因是她喜欢枕着李河落的胳膊睡觉。

左臂不能用了，杜林琪枕着他的右臂。坏笑着说："叫你还给我乱跑！"随后转过身对着李河落说，"你要答应我放过那孩子。等你伤好一些了我们就走，离开这儿，去没人能找到我们的地方。"

李河落象征性地点了点头，杜林琪的规劝对他来说就是耳边风，他始终坚持着自己的主张。绑架哈乐丹是如此困难，却激发着他越来越有斗志，总是想着要试试看。

李河落和她说起今天落湖后遇见的怪事，他感觉把他托上岸的就是传说中的水怪，可他不知道神圣正义的安磨夫为什么要救一个罪人。杜林琪虽然不是很相信，还是说："兴许是回报你救了哈乐丹一命的恩情。"

"我不知道，我只知道带着哈乐丹下水是怕有人抢了我的猎物。"

次日早晨，库库勒的女儿乌拉索给他们送来奶茶和煎饼。吃过早餐，李河落坐在窗边看着院子里杜林琪教乌拉索跳维族舞。杜林琪终于把长发扎成了大麻花辫，舞蹈时旋转着纤细的小手，很是动人。杜林琪哼着歌跳了一会儿，要求来些配乐，乌拉索把格索叫来吹苏尔伴奏，哈乐丹腼腆地站在一旁看。

杜林琪知道李河落在看自己跳舞，便很认真地跳完一曲，却总觉得美中不足，走到窗边对李河落说："苏尔配的乐太苍凉，下次带你到真正的维吾尔歌舞团去见识见识。"

李河落看着杜林琪的脸蛋早觉得已是十全十美。他喜欢明媚的阳光洒在这个女人脸上的样子。

哈乐丹问："陆哥哥怎么不出来晒晒太阳？"

李河落摇摇头，杜林琪说："你们陆哥哥不喜欢太阳，所以他皮肤才那么白。"

乌拉索笑着问杜林琪："哥哥黑了，姐姐还要他吗？"

一阵哄笑，李河落的脸又奇妙地红了。杜林琪瞟了他一眼，"黑了就不要他了。"乌拉索问为什么，杜林琪说，"追我的维族小伙一牛车都拉不完！"

哈乐丹指着李河落的墨镜说："这黑不溜秋的是什么？"

杜林琪一把摘下他的墨镜给哈乐丹戴上。李河落的眼睛突然接触到阳光不能适应，手捂着眼。杜林琪对他说："你也晒晒太阳，对身体好。"

李河落不肯。格索说："哥哥也太娇气了。"说着挽起袖子露出一大块伤疤，"看，六岁的时候被开水烫伤的，可比你严重多了，那时我还带着哈乐丹到处跑。"

"你们这群小孩都是不要命的。"

格索笑着说："还小孩，我们都快二十的人了。"

杜林琪趴在窗台问李河落，"你说以后要是看见自己的孩子长得比自己还高了，会是什么心情？"

李河落摇摇头。

杜林琪又说："不知道你当上了爸爸会是什么样子。"

库库勒的院子有络绎不绝的游客参观，李河落总是躲藏在阴暗的角落。他不善于与人交流与陌生人对视。等库库勒招呼完客人，杜林琪才揽着李河落走出来，一大家子围着丰盛的晚餐准备就绪。

饭后，李河落问哈乐丹今天怎么没去湖边。哈乐丹说："库库勒叔叔说了，从今天起不准离村一步，过几天就把我送到阿勒泰市去。"李河落"哦"了一声，再想到王泽一伙，他们似乎有意深居简出，取消了湖边的活动了。

月亮深藏在浓重的黑云背后，零零散散施舍着微薄的幽光。人畜安眠，整夜的寂静。

　　李河落轻轻下床，带上迷药，拿着枪。他的脚步和猫一般轻，连灰尘都带不动。幽灵般走到哈乐丹房间的窗边，隐约听见格索浅浅的鼾声。格索和哈乐丹是形影不离的，连睡觉都在一起。

　　李河落宛如一尊石像立在窗外。夜色之暗，甚至显不出他的影子。

　　他不确定哈乐丹是否也睡着了，因为他敏锐如狼的听觉根本无法辨别出哈乐丹均匀的呼吸，虽然四周极静。他暗想，除非这少年不用呼吸。

　　他对这一局没有把握。悻悻地回到熟睡的杜林琪身边。

　　之后的每一天，开始与自己顽固不化的生活方式作斗争，学着接受阳光了。在阳光下他始终坚持不了太久，他会很敏感地觉察到阳光快把他的皮肤烤焦了，不过戴着墨镜会好一些。杜林琪每天晾完衣服，都会在院子里架起两把藤椅，劝着哄着把李河落硬拖出来享受日光。她告诉李河落，阳光里有雪山上的冰雪味道，是很洁净的。并告诉他雪山上有种叫雪莲的花，能使人起死回生。李河落喜欢听她说故事，这些神奇的事物全装在杜林琪的肚子里，再从她一张一合的粉红色嘴唇中一涌而出，还带着她身体里的气味和温度。李河落视杜林琪的语言为出自她身体中独特的信息味道，只不过自己是用耳朵去嗅的。

　　哈乐丹、格索和乌拉索不太敢外出了，经常和李河落共用一个院子。这些少年喜欢坐在草地上吹苏尔，李河落很喜欢苏尔吹出来的曲调，似悠远的描绘命运的笛音。当然他也崇拜起这些孩子来了，因为会吹苏尔的图瓦人并不多，这些少年传承了图瓦族的文明，他们把图瓦文化高亢的声音保留下来。

　　杜林琪和他并排半卧在藤椅上沐浴日光，像两个慵懒的老人，望着坐在他们前面的少年们讨论音乐。她对李河落说一看见哈乐丹就想起艾保。她时常想起第一次见到艾保的情景，也是一个阳光明媚的日子，在乌鲁木齐市郊的一条两旁满是胡杨树的公路上，看见一个受了委屈躲在一旁哭泣的八岁男孩，杜林琪以为只是一个迷路的孩子，拿着一根棒棒糖走过去。艾保见到她喊的第一句就是"妈妈"，虽然那时候，杜林琪才十七岁。

　　那一刻，杜林琪动了恻隐之心。

　　杜林琪捂着胸口艰难地说："都是我，是我害死他的……"

　　一身的罪恶被暴露在阳光下，令人难以忍受。李河落顿感自己身处喀纳斯简直就是在亵渎天堂。这里是亚当和夏娃的伊甸园，不管李河落来这里是不是为了犯罪，总之他的脚一踏进来，就是在玷污神圣，即使是一个有前科的罪人在旅行。

喀纳斯湖的水洗不干净沾在你手上的血。

这样的感觉能让他对人生无望，用委婉的口气评价他与喀纳斯的关系吧，他来喀纳斯只会令这里越来越神秘。正是如此，没有人知道他来自哪里该去向哪里，包括他自己。

当然不仅仅是针对他，还说给所有胸中藏刀的、身在喀纳斯或正准备来喀纳斯的人们。

库库勒老人喜欢说一些民间神怪传奇。像他这样的老人，可以说是图瓦历史的活化石了。酒足饭饱后总会很有兴致地来那么两句。许多前来的电视台和报社记者也都会围坐在他身边听他讲述一些秘史。孙天和刘芝教授是库库勒的常客，三个老人时常饭后闲谈。

从库库勒的话中得知，成吉思汗在西征时期曾经到过这里，被喀纳斯女神的美色所震撼。成吉思汗曾说，他要死在喀纳斯的怀抱里。

成吉思汗于 1227 年病逝于宁夏六盘山附近，至今仍不确定他究竟安葬在何处。西部电视台的主持人说："元代所有皇帝一律秘葬，不建冢不立碑，很难找到，如果是传说的那样，成吉思汗的葬地在何处又多了一个可能性。"

孙教授笑着说："这儿本就是块处女地，有这么多的奥秘也不足为奇。"

主持人扶了扶金边眼镜，问："若是长老能透露些湖怪的秘闻就好了。"

库库勒摆了摆手，不愿说。

孙教授对库库勒说："这里曾有些年轻的科学爱好者跟我询问过湖怪的一些事，他们认为湖怪是四神兽中的玄武，远古传说也是依着现实根据诞生的，不能说这是个荒谬的想法，不过我个人认为湖怪只是种体形较大的鱼类。"

"玄武！"主持人很兴奋，"又是个新角度！这是个好观点，只是涉及中原文明是如何与西域文明连通的这一问题，或者说，玄武怎么跑新疆来了？"

孙教授道："新疆出土过春秋至西汉时期的竹简。新疆不产竹子，说明在西汉之前很久远的一段时间，中原已经和西域有文化的交流了。他们的这些想法给了我很多启发，比如说复原蛇颈龙的化石可以发现，这种恐龙脖子如蛇，身躯像棱龟，再看看玄武，正是龟蛇合体的生物，而且玄武和蛇颈龙皆是水生，我在想古人虚构出玄武会不会是以少数幸存下来的蛇颈龙为原型的。”

主持人很是吃惊，拿出笔记本刷刷记录着，“孙教授你也赞同湖怪系恐龙说？”

“我只是在想象。”孙教授笑道，“喀纳斯地区的地层中并没有发现过恐龙化石，我不能叫自己也信服湖怪就是恐龙的后裔。”

主持人停下笔，“好扑朔迷离啊！从神话说到科学，现在又不知道要说到哪儿去了。我想听下去。”

孙教授继续说：“我也想像你们年轻人那样疯狂地想象一把，来到这里我才发现自己真是老了，我应该早一点来这里的，不过大湖怪把我消失很久的激情催生出来了。”

大家都在笑。他说：“我想说说我都大胆地想了些什么。比如古代传说的蛟龙，照现在看，就是生活在长江下游的古人把扬子鳄当成了龙，因为人们没见过，因为鳄鱼性情凶猛，人们畏惧它，把它比作龙。还有人把儒艮当做美人鱼。我从报纸上看到在阿拉斯加发现了白色的虎鲸，这种虎鲸是传说中的动物，近年来也有目击者见到过，这次发现证实了它的存在。因此说传说与现实并不一定不可逾越。”

孙天教授继而说起玄武，大胆地猜想得出结果，是未发现的新的巨型物种，也是许多神话中的动物原型。

说到“龙”一词，可以说是华夏民族的图腾。关于龙的原型，有鹿说、鳄说、鱼说、蛇说、野猪说以及各类动物混杂说。更多人相信先祖取下每种动物身上的优势特点，创造出新的、更强大的动物。取其鹿角和鲶鱼须，是威严的象征。取其鹰爪，锋利无比。取其蛇身，灵活自如。取其鱼鳞，能畅游深水。总之能上天入水、吞云吐雾、神通广大、无所不能。联系起玄武，便可根据“龙生九子，各不相同”一说。蛇和龟同是与龙关系至密的亲属，龙子“霸下”就是有齿巨龟。

再把龙的九个儿子与湖怪联系起来，有两种龙善水性，分别为霸下和螭吻。螭吻乃鱼形的龙，身处大洋，有灭火的本事。

听到这儿，李河落想到1994年发生在喀纳斯的农场火灾。心想，莫非是湖怪灭火把哈乐丹给救了？李河落望了望哈乐丹，他是了解湖怪最多的人，不知道他听着这些大人们在异想天开会不会觉得可笑。不过他只是坐在一边很专心地听着，没有什么表情。

趁着格索、乌拉索都在，库库勒笑着向众人说出了他内心的一个想法。

他说："难得的盛世年，希望今年秋天，喀纳斯最美的季节，格索与乌拉索能结成连理。"

满座大惊。格索和乌拉索也怔住了。刘教授问："你怎么可以安排他们结婚？"

库库勒老人叹了口气，"这是神的旨意。"

库库勒再也没说下文，举起酒杯，邀众人一饮而尽。

回屋的路上，杜林琪说："没想到库库勒大叔会给自己的儿女作这样的决定。"

"偏远地区都这样迷信。"

"也不知道格索和乌拉索会有什么想法。"杜林琪却说，"我觉得格索和乌拉索像是默认了，居然也不反对！家中大人说一是一，他们居然也能欣然同意，不知道他们怎么想的。"

李河落问："他们也许只是在大人面前做做样子。"

"但愿是这样。"

第 10 章
哲罗鲑

有天深夜，有人在敲李河落房间的窗棂，噔噔噔噔的，杜林琪套好拖鞋把窗子拉开一看，竟是哈乐丹。

哈乐丹心神不宁，一看见李河落就小声央求："哥哥能不能带我去湖边？"

杜林琪揉着眼睛问："现在？"

哈乐丹焦急地点着头，愁容满面。

"都几点了？库库勒大叔不是不准你去吗？"杜林琪说，"陆哥哥手伤还没好……"

李河落走到窗边问他："这个时候去那儿做什么？"

哈乐丹焦急地说:"我不知道……心里老有个声音在叫我过去。"

李河落和杜林琪对视一眼,穿上衣服拿上枪就往外赶。杜林琪不放心他,也跟着去了。

三个人偷偷摸摸越过栅栏,跑到村口,杜林琪说:"黑灯瞎火的会迷路的!"哈乐丹吹了声口哨,一匹高大健壮的枣红色大马从林子里奔驰出来。

哈乐丹利索地上了马,说:"上来!"

杜林琪问:"马载得了三个人?"

李河落一只手把杜林琪抱了上去,杜林琪再把他拉上马。朝喀纳斯湖飞驰而去。

李河落问哈乐丹:"林子里这么黑,你能看清路吗?"

"马能。"

一路上尽是野兽嘶鸣和耳边飕飕的风声。赶到喀纳斯湖,看见湖岸上黑影涌动,还传来人声,毋庸置疑是盗猎分子在活动。

哈乐丹跳下马欲往湖岸奔去,李河落一把抓住他,带着杜林琪跑进湖边森林卧倒。杜林琪拍着哈乐丹的脑袋小声训斥道:"死孩子你不要命了?"

哈乐丹哭着说:"安磨夫有危险,它困在湖里了……"

李河落捂住他的嘴,望着杜林琪。杜林琪咽了咽口水。

"先别出声。"李河落对哈乐丹说,"我们要先观察观察。"

湖边的人似乎在撒网,人声喧闹,听不清他们说些什么。过了不久,他们像是捞到了什么,高声大叫起来,一群人乱作一团,拼命要把网给拖上岸。

哈乐丹的情绪越来越不稳定,挣扎着要跑过去。李河落和杜林琪死死拖住他。

一声枪响划破静谧夜空。接着第二声、第三声,湖面上一片闪光。

被网困住的一大团黑影眼看着就要被盗猎分子拖上岸了,李河落和杜林琪注目凝视,想看看水怪究竟是什么。这时,哈乐丹挣脱开杜林琪的手,跑出森林。

哈乐丹站在岸边吹起了苏尔。盗猎分子架起猎枪冲向他,湖中突然传来一阵古怪、令人毛骨悚然的叫声,连湖周围的山都在震颤,所有人都吓呆了。

李河落掏出枪,边开枪边向岸边走去。盗猎者们听见枪声,也跟着一阵胡乱扫射。实际上此时双方都看不清楚对方。杜林琪抱着头趴在森林里,吓得直哭。

身边满是穿梭的子弹，李河落始终不能以一敌众，他尽全力靠近哈乐丹。

湖中心开始冒出巨大的水泡，一阵波涛汹涌。湖水浇在盗猎分子身上，他们已是一盘散沙，叫的叫、逃的逃、乱开枪的乱开枪，连网都不顾了，网中的黑影慢慢往湖中滑入。

李河落看见有盗猎分子被湖水卷走，这时他与哈乐丹近在咫尺。刚抱住哈乐丹躺倒，就感觉腰间受了撞击，自己中弹了。

愤怒的湖水渐渐平息，恢复了宁静。盗猎分子都撤离后，岸上空空荡荡，只留下遍地的弹壳。湖上还漂着一张大网。

杜林琪疯了般跑过来抱住李河落，哭着问："你吓死我了呀！"

哈乐丹惊魂未定，摸着李河落的脸，发着抖说："谢、谢谢哥哥……"

李河落微微一笑，才想起自己中弹了。撕开上衣一看，一颗子弹不偏不斜正好打在系在腰间的水果刀上。李河落长舒口气，抱住早已泣不成声的杜林琪，在她耳边说："也谢谢你。"

回村的路上，李河落问哈乐丹："湖中有多少个安磨夫？"

哈乐丹说："安磨夫只有一个。"

杜林琪问："那些坏人抓到的是什么？被你召唤出来的又是什么？"

哈乐丹笑着说："安磨夫保护湖中所有的生灵。"

杜林琪凑近李河落对他小声说："我估计安磨夫有个家庭。"

回到禾木村已能看见初升的太阳。在村外，李河落留意到盗猎分子的帐篷，一片安宁的样子。三人小心翼翼回到各自屋里，装作什么事也没发生。

杜林琪躺在李河落的右肩，很后怕。手指头在李河落的头发上不停地绕啊绕。李河落用下巴蹭着她的鼻子说："没事的，这种小场面见得多了。"

"伤口还疼不疼？"杜林琪问着又快掉泪了，故意把眼睛睁得很大，不让泪落下来，"快快好起来呀你，以后更要保护好自己。"

李河落拿出那把立下功勋的水果刀，望着上面被子弹打凹的印痕，这在他眼里就像世界第一大奇迹。

喀纳斯水怪的故事在图瓦族流传了几百年。20 世纪 80 年代中期才第一次被科考队拍摄到，初步鉴定水怪为巨型鱼类。近几年，拍摄到喀纳斯水怪影像的游客越来越多，给喀纳斯湖中存在未知生物的传说提供了佐证。从抓拍的照片与录像上看，水怪游动时产生巨大的水痕，有些录像拍摄到的模糊影子表明，湖中不止一头水怪，多则一百多头，少则两头或单独游动，目测它们的身长在十米到二十米之间，实在巨大。

李河落对杜林琪说起与王泽一伙曾在湖里捕捞出怪物的事，说怪物是条基因变异的淡水鳗鱼，至多五六米长。杜林琪想到遭遇过的白熊，也是变异后白化了的。

喀纳斯与世隔绝，又是高原，生物很有可能在此长期进化，变异成新的物种。从现有的影像资料和目击者的口述以及科学家的观察研究来看，湖中水怪露出水面的背部为红褐色，并且有鳍状物，流线体形和行为习性皆相似于鱼类，并且有时是群体活动，都和鱼类特点挂钩。联想到喀纳斯湖中的哲罗鲑，繁殖季节身体呈红色，亦有群游的习惯，可以为水怪找出科学合理的解释了，除去令人诧异的体形。不排除这可能是哲罗鲑长期变异后产生的新品种。哲罗鲑可活百年，行踪诡秘。科学界关于喀纳斯水怪就是巨型哲罗鲑的说法越来越普遍和强势。

哲罗鲑在我国分布于黑龙江、额尔齐斯河等冷水水系，是淡水中凶猛的食肉性鱼类，属于鲑科。鲑科鱼类的主要特点即繁殖季节的洄游，喀纳斯湖上下游的一些河道水浅几乎如溪，试想一群长度在二十米，体重超过十吨的庞然大物如何通过这里？几乎不可能，除非它们已不再具备洄游的本能，生老病死都在湖中。

喀纳斯湖长二十四公里，最宽处三公里，最窄处一公里，难以想象能容得下几百头二十多米长的动物从古至今在此繁衍生息。迄今发现的喀纳斯湖的最大鱼类，长度仅仅接近四米，而喀纳斯水怪的体形之夸张，令人瞠目结舌。哲罗鲑生性凶猛，根据图瓦部落"水怪吞食岸边牛马"的传说，疑惑于这么多庞然大物都拥挤在喀纳斯湖中，它们食量之大可想而知，哲罗鲑本已是湖中的大型鱼类了，长成水怪如此庞大后，它们在喀纳斯湖有限的空间和资源里以吃什么为生？喀纳斯湖中没有能喂饱几百头这样大的巨兽的鱼群，那么它们吃什么？它们在喀纳斯湖生存了几百年、几千年、几万年都靠什么为食？生物总要新陈代谢，这是自然界铁定的法则。除非，它们不需要进食、不需要洄游繁殖，它们不是哲罗鲑。它们是自古就盘踞在喀纳斯湖中的隐秘生物，过着吸风饮露、神怪变幻的神话生活。

关于这一点，科学家就照片分析，从观鱼亭观察到的"水怪群"有别于一般鱼群，因为它们个体相距很远，且体形悬殊，游速极缓，可以把这些特征猜测为它们在警惕危险。因此不像是群体。科学家猜测，它们很有可能以大水怪吃小水怪这样的方式构成了在喀纳斯湖有限空间里的一道生物链。

不无道理，曾在三叠纪晚期的腔骨龙化石中发现成年腔骨龙体腔中有幼龙的残骸化石，说明在极度饥饿下，腔骨龙会蚕食同类。荷兰学者发现鲟鱼也有自相残杀求生存的本能，包括蛇类、个别品种的蜥蜴、蜘蛛、螳螂都有类似行为。

话说回来，人类都会同类相残，动物又有何奇怪？

曾有科学家、探险队无数次精心筹划的探秘水怪的行动都以失败告终。有撒铁丝巨网的，后被不明生物攻击出一个大洞而逃跑。有潜水下水调查的，却因湖中是冰川融雪极其寒冷而无奈放弃。所有科学的猜想都没有实物证明，永远都以"谜"的形态盘旋在喀纳斯湖的深处。

一条体长近两米、一百来斤的哲罗鲑已可以称为同类中的巨人了，试着想象，把它放在一头二十米长、几十吨重的喀纳斯水怪边上会是什么效果，无异于鲸鱼比金鱼。化学污染、核辐射能导致物种夸张变异，可喀纳斯是纯天然、从未被污染过的"人间净土"，也许这里的生物过着天堂般的衣食无忧、不被打扰的日子，因此慢慢进化成体形丰硕的形态，只是怎么也想象不出一条鱼是如何进化成如山般巨大的怪兽的。

李河落于是想，生物会在被污染与从未污染两个极端中变异，污染得越严重，变异得越厉害。而越纯净、越无瑕的地方同样如此。大自然总是遵循着物极必反的法则。

杜林琪曾为李河落唱过一首歌，第一句就是"新疆是个好地方"。是的，这里很美，这里是西域，是黄沙与绿洲、传说与传奇交会铸成的神秘世界。这里是"胡天八月即飞雪"的地方，这里是丝绸之路的故乡，这里是各种辉煌文明交错的小宇宙。这里有气候最严酷的地界，这里有世界上最美丽的世外桃源。

这些，李河落以后会深刻地体会到。

一个月后，李河落的伤势有所好转，除了时不时会隐隐作痛，他感觉自己基本已恢复了八成。杜林琪总是无视他的自负，很细心地照看他。

这段时间，喀纳斯基本安宁了。盗猎分子没有大动静，虽然山林里偶尔会传来枪声，却完全被当做是附近猎户在正常打猎。不过枪声总是令人心有余悸的，库库勒就要送哈乐丹离开这儿了，这些李河落当然也都知道。他奇怪库库勒竟然并不提防他，似乎还把他当成了自家人，这令他感激，也令他迷惑。哈乐丹显然是知道他有枪的，不知道哈乐丹有没有向库库勒说过。哈乐丹没提起这件事，库库勒更没有，兴许哈乐丹怕那晚偷溜去湖边的事情败露，一直不敢告诉库库勒。

在喀纳斯经历的这些事令他迷惘。他不想顾及感情、走漏风声、打草惊蛇，他只想着直接抢来哈乐丹一走了之，这貌似很简单。

只是貌似。

李河落和杜林琪坐在游艇上遨游喀纳斯湖。游艇疾驰，在风中穿梭，前方是一望无际的水蓝。李河落感觉他们似乎在进行一场无期的旅行，像在飞翔。湖水全幻化成潮湿的空气，一个劲往鼻子里钻。他摘了墨镜，看清了喀纳斯真正的肤色。

"若是秋天，色彩斑斓到一定要你眼花！"杜林琪迎着风大声喊着。

喀纳斯湖总是在变，五月的湖水颜色酷似深海般凝重，六月水色变绿，七月发白，八月像是染了淡墨的绿叶，八月之后，喀纳斯湖成了碧玉，那个时候两岸植被色彩绚丽，火红、金黄、浅绿、粉橘，围绕着天蓝与纯碧融合的湖水，加上时而辉煌时而柔淡的阳光，光影辉映、娇翠欲滴，是美到极致的时节，这个时候的喀纳斯湖是爱美到贪婪的青春少女，岸边多姿多彩的树影、明媚清澈的阳光、凄美的落叶，甚至连天边的云朵也不放过，全吸聚在一汪会聚万千妩媚的湖水中。到了十二月，湖面封冻成晶莹剔透的明镜，照出你皮肤间每一处缝隙。

喀纳斯总是给你最好的、最美的。秀美、理性、洁净、变幻多端、姿态万方，它总是拿出最完美的一面，毫不吝啬地呈现给你。

杜林琪像是晕船了，捂着嘴要呕吐。

下了游艇，缓缓走了一节路，回到住处，李河落让她上床休息。等杜林琪握着他的手熟睡后，他学着像蛇蜕皮那样，轻轻地把手抽出，走到户外一片大好的阳光下，边散着步边观赏美景。喀纳斯贪婪地呈现，自己就要贪婪地索取。他要把喀纳斯的所有美丽全部吸进肺里，往后要载着这些美好的记忆度过未来的每一天。

枯木长堤是喀纳斯自然保护区的一大奇观。李河落跟在许多游客身后专注地望着。有人用手指点了点他缠着纱布的左肩，有些疼痛。回头一看，一个身材臃肿的外国老男人对他笑。这个陌生男人又矮又胖，笔挺西装被他穿得有些猥琐。提着个黑包，和自己一样戴着副大墨镜。

李河落有些惊恐，左右环视了下四周后目不转睛地盯着他。

陌生男人笑着说："Hi！Mr. X。"

李河落带着他绕远路来到村外的木屋。两人进屋后，李河落紧张地锁上门。他万万没想到，他会来得这么早。

陌生男人放下手提包，坐在床边，翻看着李河落带来的《圣语录》。

"你一个人？"李河落问。

陌生男人抬起头，摘下墨镜，露出一双狰狞的晦暗蓝色小眼睛。

"我一个人来的喀纳斯，其他人并没安排一起来，他们还留在不远的地方。"

李河落也坐下来，"加尔，这桩买卖很难办。"

"我知道。"加尔点点头，放下了《圣语录》，"可是鲁道夫等不及了。"

李河落无奈，点起了烟。

加尔笑着说："你知道，我们很相信你，鲁道夫知道你在纽约和莫斯科做过的两桩生意后，一心一意要委托你帮他办事，甚至派我专程去里约热内卢找到你。我从未见过鲁道夫如此器重一个黄种人，你也知道，酬劳真的很高。"

李河落把头扭向一边，吐着烟，"其实是因为我会汉语，是中国人。"

加尔低下头，伸了伸舌头，"我们事先就知道哈乐丹是中国人，不过我们当然也评价过你的资历，你非常非常适合这单生意。"

李河落冷笑了下。

加尔走近他，"已经两个月了，哈乐丹不见踪影，鲁道夫不知道你都在这儿干什么。"说着，摸着李河落的伤口，"我很替你着急。"

李河落感觉加尔的手似乎要往自己的血肉中钻。

他凑到李河落耳边小声说："你比我清楚，这四周都蛰伏着对哈乐丹虎视眈眈的人，别人总想着要抢在我们前头，我们就快没有时间了。"

"这里除了一队愚蠢的盗猎分子再没其他人。"

"你似乎太年轻，身手好，却一点也没长经验。你的眼睛能看得到全局吗？"

李河落只说："这和我历年的买卖都不一样，我要尽快办事，也要在我的国家保全我自己，我走的每一步都必须极其小心。"

"我们的时间很宝贵，你却用你的小心浪费我们的时间。"加尔戴上墨镜，提上包，"我必须提醒你，《圣语录》的折角停留在第二页，我不知道这两个月来，你只读到第二页还是看到第二页就无心看下去了。我非常担心你的思想在慢慢被一些外界事物颠覆，就像我开始去信仰无产主义。"

加尔打开门，"那样，就不是你了。"说完"砰"一声把门扣上。

李河落急匆匆赶回住处，一时不知道下一步要做什么，转而却发现杜林琪不见了。

第 11 章
赛里木湖

　　傍晚时分，听见屋外马车的声音，李河落朝外望去，看见乌拉索和杜林琪从马车上走下来。

　　吃晚饭的时候，当着库库勒全家的面，李河落忍着怨气。杜林琪随便吃了点东西，便起身回到他们的屋子。李河落也心不在焉地嚼着嘴里的炸奶酪，喝了口奶茶，突感吞咽困难。和库库勒浅聊两句也起身离开。

　　推开门看见杜林琪坐在床角，像有心事。

　　她看到李河落走进来，问："伤好点了吗？"

　　李河落不回答她，只问："你一天都去哪儿了？"

"身体不舒服。"杜林琪没精打采地低下头，"叫乌拉索带我上卫生所看看。"

李河落走过去蹲在她身边，"你收拾收拾东西，我们马上就走。"

杜林琪有些奇怪。李河落把迷药丢到一边，抽出手枪，上满了子弹，对她说："不能再等了，我直接带走哈乐丹，你往湖的上游走，我们在那里会合。"

"你疯了？！"杜林琪惶恐地跑过去，一把抓住李河落，"他们全家都在，你岂不是自投罗网？不行！你给我坐下。"

"这是唯一的办法！"李河落双手捧着她的头，"我不能再等时机了，我没有多少时间了。"

"我怀孕了。"杜林琪死死抓着李河落的衣角，很轻地说出这句话，却重重地撞在李河落的心上。

命运无常。我到现在才真正体会到。李河落此时的心情一如当年他那个妓女母亲。他和杜林琪再也不可能分开了，因为这颗小小的受精卵，他们都被刻进双方的生命之书中，而且是在最显眼的位置。这个时候，人的自私会作祟，当年他的母亲估计也在犹豫着这种事，可李河落毕竟不是女人，他此时的苦闷根本不能和杜林琪相提并论。孩子不用他生，他也完全不能揣摩杜林琪的心。

杜林琪一心全为李河落的事发愁，当一个女人爱上一个男人，就不会思考了，或是她思考的全是他们的爱情。孩子在她身体里，而他们现在有危险，她所想到的就是摆脱当前的重负，远离这里。

李河落的魂没了，杜林琪会有失落，她感觉李河落并不想要这个孩子，因为李河落已经一天一夜没有开口说话了。但是李河落仍会陪着她去散步，与她形影不离，这让杜林琪觉得像是牵强附会。

明天哈乐丹就要被送到阿勒泰市，李河落的心理压力足够让他窒息。库库勒老人同意在哈乐丹临走前再让他亲近一次喀纳斯湖。哈乐丹、库库勒家的孩子还有李河落、杜林琪来到湖边，库库勒老人也许发现了一地的子弹，皱着眉凝视远方。

哈乐丹脱了衣裤往湖里纵身一跃，像条鱼，游进湖里不见了。格索也跟着跳进去，两个孩子在水中打打闹闹，玩了半个时辰。

杜林琪很吃惊，湖水可是冰冷刺骨的，真不知道这两个少年怎么受得了。乌拉索笑着说："他们从小就这样，早习惯了。"

杜林琪望着乌拉索问："你能忍受和亲弟弟过夫妻生活吗？"

乌拉索先是一怔，续而说道："神的旨意。父亲也同意了，我也没什么意见。"

杜林琪惊讶地摇了摇头。

李河落坐在岸边横倒的枯木上，望着两个在湖里灵巧如鱼的孩子入了神。哈乐丹和格索像是在比试肺活量，都把脸蒙进水里。几分钟后，哈乐丹受不了了，从水里钻出来大口喘气，而格索仍把脸埋在水中，冒着泡泡。看着天真淘气的孩子，李河落全然忘记了一切的不愉快，就像走进了一个从没去过的天真世界。

库库勒老人走过来对他说："你坐着的这棵松树，在我很小的时候就倒在这里，现在仍没有变化。"

李河落摸着泛黑的树皮，不像想象中那么干枯，上面竟然有一层薄薄的水汽。

库库勒说："在我们这个地方，只要是干净的，就能不朽。"

夕照下的图瓦村庄错落有序，屋顶朝着同一个方向，像是一群虔诚的信徒。一些哈萨克族和图瓦族的牧民赶着牛马在草原上缓缓走着。瞬息万变的阳光使远处的群山起着细微的变化。

李河落作了一个决定。要知道他这一生从未因为作个什么决定而焦头烂额过，这次焦了。他能感觉到身后开始有暗地追踪他的人了。他想为自己作一次决定，平生第一次。

那天深夜，他亲自给杜林琪收拾好行李，然后坐在她身边，亲了她的额头。他说："你明天早上离开这里，我和格索说了，让他把你送出去。然后你在布尔津等我，我们一起离开新疆。"

"我们去哪儿？"杜林琪心慌了。

"我们只能越境去阿拉木图，再去华沙，永远也不回来了。"

杜林琪走到窗边，很难过的样子。

"不要多想什么了。"李河落看着她的背影，"我已经安排妥了。"

"我不想离开新疆的！像你说的那样永远也不回来！"

"人总要学会适应，我们……"

杜林琪打断他的话，"我生在这儿长在这儿，你说的那些地方对我来说只是一些地名，你懂不懂，地名！没有感情的，不是所有人都像你那样适应力超强的，而你竟然还准备永远不回来！"

"不走我可能就得死！"

杜林琪擦着眼泪，不去看他。

"不要和时间耍性子好不好。"李河落擦去她的眼泪，"我们玩不起。"

李河落把水果刀小心地放进行李箱里，坐在床沿。两个人的闹剧，俨然变成了一道难题，每个人心里都有周全的想法，那么，谁该向谁妥协呢？

"你不必和我一起离开新疆。"李河落轻声说，"你回乌鲁木齐，去你妈妈那里，我也得赶紧脱身。"

杜林琪听到这句话，却像是告别前的台词那样凄婉，她是无论如何也接受不了的。

她挽起李河落的手说："亲爱的，我不怕，我要和你一起走，不要离开我好不好。这样，我在布尔津等你，我不能见我妈，她会担心的。然后我们一起到一个远一点的地方，我有几个好姐妹在喀什，我们去喀什避一避。"

李河落望着她，他不知道自己的未来会是怎样的，他只知道眼前的这个女人能创造出他的未来。我想在他的心里，杜林琪的家乡就是他的家乡，杜林琪就是他的翅膀。李河落兴奋于这个广袤的世界上终于有个地方、这个地方有一个女人要挽留他。这样很好，长久的漂泊也终该靠岸了。

"看看还有什么落下的？"李河落整理行李问杜林琪。却在床角发现一叠照片。杜林琪说这是清理屋子里的杂物时扫出来的，因为是照片，都是段回忆，因此一直没丢。李河落随便翻了翻，都是些风景照片，最底下是库库勒老人的全家福。从照片看上去，那时的库库勒很英武的样子，旁边坐着的无疑是库库勒过世多年的妻子，身边站着的哈乐丹和乌拉索还是稚嫩的儿童。

本想让杜林琪把照片给库库勒送去，突然像被电击了似的，一把又抽回来反复地看。

他发现了一个令他呼吸困难、浑身血液倒流的问题。

第二天，天还没全亮，库库勒和几位长者一起，就要悄悄赶着马车护送哈乐丹去阿勒泰市了。杜林琪跟着他们的马车顺路去布尔津。

库库勒很理解李河落，他和李河落一样不放心让一个女子独自留在未排除危险的地方。库库勒对格索说："到了布尔津，你和杜姐姐一起下车，在那里保护她，等我们把哈乐丹安全送到阿勒泰市再回来接你。"说完，丢给格索一把蒙古刀。

　　格索身负重任，接过蒙古刀，勇敢地点了点头。格索把衣角撩开，左右腰间各插两把匕首。库库勒欣慰地微微笑了。他忍不住对旁人说："儿子快长成真正的男子汉了。"

　　这才是图瓦民族的男孩。

　　眼看着马车渐行渐远，李河落转过身就不再回头。

　　回到住处，用清水擦拭着手枪，这是把陪他转战多年的老搭档了。李河落望着枪，淡淡地笑了笑。口袋里的子弹已所剩无几。低头一看，杜林琪把那把水果刀留下了。李河落把刀别在腰际，收好枪，走了出去。

　　路过村外盗猎分子的驻地，帐篷都收拾干净了，不见他们的人影。询问赶着牛路过的牧民。牧民们有的说他们是被湖怪给吃了，有的却说是被警察带走了。牧民们争论着，这时候路过一个图瓦族妇女，她说："来了一帮人，说他们在湖里非法捕鱼，就给带走了，还上了手铐。"

　　李河落的头皮发了一阵麻，这么大的事居然没有任何动静！自己就住在不远处，竟然也未觉察！

　　图瓦妇女说："还跑了一个。"

　　李河落忙问是谁，图瓦妇女想了想，说："好像是个光头，躲到山上去了，有人去追他，结果没抓到。"

　　郝力松！算他福大。李河落倒抽了口冷气，匆匆离开这里。此地的确不能久留了。

　　李河落和游客一起站在观鱼亭上俯瞰喀纳斯湖。他摘下墨镜，让两只浸在黑暗中多年的眼睛暴露在阳光下。

　　下午三点，在喀纳斯高级旅店的咖啡厅里，李河落与加尔面对面坐着。

　　他斩钉截铁地说："我退出。"

　　加尔深深吐了一口气，盯着他。

　　"我会把我手上的那一半酬金转入你们的账户，我也会赔偿你们，甚至是我这十多年的所有积蓄，我全当做对你们的补偿。"李河落想起身离开。

　　"你以为一句话就可以了清了这笔买卖？"加尔冷笑着说，"我们这行人的眼睛，只看得见最终结果，但是你不看中结果了，你在变化，你开始享受过程，享受和那个女人在喀纳斯的每一天。"

　　李河落也冷冷笑了，"是的，我害怕了，我不想沉沦下去了，我要走了。"

"可爱的 X 先生。"加尔露出两颗锋利的犬齿，"我为你净化了心灵而高兴，可你浪费了我们宝贵的时间和我们宝贵的耐心。你很让我们失望知道吗？"

加尔攥住李河落的手，加尔的手比李河落的手更加冰冷。

"X 先生，你已经成功进入了哈乐丹家庭的内部，磨蹭了两个月，现在你却要停手，把一堆烂摊子丢给我们处理！你知道，前些天警方在这里逮住了一部分盗猎分子，可你不知道越来越多的盗猎者已经涌入这里，警方也有部署了。现在呢，我希望你能继续把你的分内工作做完，可以吗？我们可以考虑给你双倍的钱，那个时候一伸手一把的女人，哪一个比不上那个土著女人？你想想。"

"你们在监视我？"

"是关心你。"

李河落甩开他的手，起身便走。

加尔朝他说："不要做会令自己后悔的事。"

李河落很清楚鲁道夫派加尔来喀纳斯的用意，他们不会善罢甘休，自己现在处于极其危险的境况，不知道什么时候走在路上就会被从天而降的子弹了结性命。李河落匆匆走出旅馆，尽量往人群中钻，他跟在一个旅行团后面，一直跟到一条公路上，拦了一辆过路的卡车，司机说可以顺路把他带到布尔津县城。

和司机浅聊了两句，李河落一直处于警惕中。开到人烟稀少的草原上时已经天黑，天边只有隐现的红色霞光。突然，一颗不知道从何射来的子弹正中车门。

"砰"的一声把司机吓坏了。想要停车看看究竟，李河落赶忙示意他不要停，掏出手枪对他喊："我是警察，加速开！不然我们都得死。"

司机吓得一身冷汗，眉眼聚拢在一起都快哭了，连忙加足马力向前驰去。

这时身后一枪，击碎了后车窗玻璃。司机已无心开车，眼看着卡车左右乱拐，李河落忙扶稳方向盘。

"你给我好好开车，其他事我来应付！"李河落朝他吼。

"我、我我……"司机惊慌地说，"我连命都快没了还开什么车！"

"蠢东西！不开车死得更快！"李河落话音刚落，又一颗子弹打穿车门，钉在座椅上。

李河落深吸了一口气，"听说新疆蚊子很厉害，你就当是些蚊子在你耳边嗡嗡飞。"李河落小心朝后望去，夜色漆黑，发现不了敌人埋伏在什么位置，也许他们是驾车跟随自己的，要是这样就很棘手了。

李河落对他说："若是被打中了，就当是蚊子叮了你一口，继续加速开，不能停。"

司机已经吓得眼泪鼻涕横飞，抽泣着说："你见过这么猛的蚊子吗……"

听子弹射击时的声音辨别出这是重型机枪，李河落的掌心也冒汗了。好在开到离布尔津县城不远的地方，身后已没了动静。

李河落靠在座位上，松了一口气。

一进城，司机忙把李河落推下车，自己到派出所报案去了。

格索与杜林琪在布尔津车站等着他。当杜林琪看见李河落时，猛地蹿到他身上咬了他一口，在他耳朵下的颈部吸了一小圈红。她不知道他留在喀纳斯是为了做什么，她太担心他了。现在看见毫发无损的李河落，岂有不咬的道理。

李河落只说："我们要在一小时内离开布尔津，格索也要一起走，没时间等库库勒来接你了，一起走。"

杜林琪和格索都明白大事不好，现在他们是在和时间赛跑。也没时间去想下一站该到哪儿，三个人随便搭了辆长途客车。

杜林琪靠着李河落的肩膀，闭着眼。格索趴在车窗上望着窗外漆黑的一片。

李河落也望过去。他们终于离开喀纳斯了。可悲的是事情还远没结束，他看不到头。窗外一片模糊，李河落蓦地想起第一次和杜林琪见面的情景。也是在车上，那时杜林琪告诉他："喀纳斯美到你根本不想出去。"

李河落对格索说："你们都知道喀纳斯来了携枪者，包括帮我取出子弹的医生，但是没有一个人报警或向有关部门反映，我想，那是因为你们都知道已经有警察埋伏在村子里了。"

杜林琪坐起身，惊讶地看着他的侧脸。

格索笑着低下头，说："哥哥很聪明，只是知道得晚了点。"

李河落也低头一笑。他问："为什么没有抓我？"

"哥哥不是坏人。"格索笑着说。

李河落不再说什么，攥紧了杜林琪的手。喀纳斯就是一个巨大的、琢磨不透的笼。

路过准噶尔盆地，渐渐到了满地沙砾的地区。在车上待了两天两夜，刚到石油重城克拉玛依，又匆匆忙忙坐上了前往伊宁的长途车。李河落要把那些杀人如麻的魔鬼远远甩开，因此一刻也不能停。

又是一天一夜。快要到伊宁时，杜林琪呕吐得厉害。

李河落决定中途下车。三个人站在广阔的、没有人烟的大荒原上很是迷茫。便朝着车开往的方向走。杜林琪缓了缓后，指着西边对李河落说："赛里木湖。"

若是以为新疆只有喀纳斯湖有水怪，那就错了。赛里木湖中的水怪传说流传之久、目击者之多，堪与喀纳斯水怪媲美。就正史记载、野史记载这一部分的证据，甚至远超喀纳斯湖水怪。这是因为赛里木湖位于古丝绸之路的北道，文化、经商往来频繁，因此地理位置极其重要，自古就备受关注，乾隆时期更成为清政府每年都要举行重大祭祀仪式的名胜之一。而喀纳斯湖是从未被开发和践踏的稀世宝地，深藏于大山之中，除开少量蒙古族史诗略有只言片语的提及，就很难在历史资料上找到了。因为近年来旅游业的兴起，喀纳斯湖水怪才从湖中露出了头。

关于赛里木湖中的水怪，萧雄的《赛喇木泊》中记录："深不可测，无鱼虾，惟夜间时闻博激吟吼声，非神物必怪物也。"椿园氏的《西域见闻录》写道："其南有巨泽曰赛里木绰儿，其神青羊，大角而多须，见则雨雹。"方士淦《东归日记》："中有海岛，内有海眼，通大海，有海马，人常见之。"林则徐的《菏戈纪程》："土人言，中有神物如青羊，见则雨雹。"徐松的研究西域地理和历史的巨作《西域水道记》更是有详细的描写。乾隆年间，当地居民惧怕水怪，修建了靖海寺和龙王庙。

至于赛里木湖中的水怪是什么，和喀纳斯湖水怪一样，行踪诡秘、神秘莫测。据古书中的记载来看，这是一个长着羊角，长满胡须，身体青灰色的中型生物，还带点神话色彩。据20世纪80年代以来的目击者描述，这个怪物的体形已经十分巨大，上了十米。究竟为何物，众说纷纭。

李河落刚摆脱掉喀纳斯湖水怪的魔影，又进入赛里木湖水怪的领地。

当他第一眼望见赛里木湖，就被扑面而来的澎湃美景撞了个心动。

他总结今年之前，眼看之处尽是灰黄灰暗，直到靠近了喀纳斯，才从黑白世界进入了天堂，如今看见一望无际的赛里木湖，一切都生出绚丽的色彩了。

这湖面的广阔完全可以拿来和大海作比较。

李河落从未见过这么蓝的湖水。他甚至想把这么大的一块湖给吞进肚去。杜林琪说这是新疆最大的湖，并问："知道'水天一色'是什么意思了吧。"

她摸了摸肚子，"要是孩子以后知道他在妈妈肚子里时就跋涉过千山万水，想必他会有个骄傲的人生。"

李河落的脑海里顿时浮现出孩子以后的模样，自己定会要他走光明正道，万万不可像他的父亲这样，背着一身罪还觉得轻松。

远处的湖岸上有两头双峰骆驼，格索想要追逐它们。李河落拉住他："这么大的动物可不要碰。"

杜林琪也说："骆驼会咬人的。"

"看上去很温顺嘛。"格索说。

"看上去？"李河落说，"看你的杜姐姐很温顺的样子，其实连杀手都敢惹……"

三个人坐在草地上望着大湖。

"我有一年在埃及，第一次见到单峰驼，那家伙长得高。现在发现，单峰驼远没有双峰驼高大。"

"野生的双峰驼已经快绝迹了。"杜林琪指着散着步的骆驼说，"这一定是牧民家养的。"

格索说："比我家的马还大。"

"瘦死的都比马大。"杜林琪斜着眼瞥向他说。

李河落用胳膊肘捅了捅格索，"见过河马和犀牛吗？也是那一年去非洲，在塞伦盖蒂国家公园看到一头犀牛在撒尿，那泡尿能把墙冲垮。"

格索半信半疑，"哥哥你的话好悬乎！"杜林琪忍俊不禁，捂着嘴笑。

"哥哥去过的地方太多了。"格索问，"那你去过这么多地方，哪里最漂亮？"

"还是这里。"

格索口渴了，便跑到湖边掬着湖水喝了一口，却噗地全吐了出来，伸了伸舌头。杜林琪对李河落哈哈大笑起来，"看那个傻孩子，这湖的水是带咸味的！湖水多是地下水补给的，这儿蒸发量又小，里头的矿物质不是一般地多。"

格索抹了抹嘴巴，愤愤地走回来。

"附近应该有哈萨克族的牧民放牧，我去他们那里找点吃的喝的。"杜林琪说着起身去了。格索兴奋地站起来，也跟着去了。

傍晚的时候，杜林琪和格索拖着个蒙古包回来了，还带了些馕和奶茶，说遇见一对蒙古族的牧民夫妇，就借了点东西，用完了还得还回去。三个人把蒙古包撑起来，坐在里面大吃大喝。杜林琪看着李河落狼吞虎咽的样子问："你以前不是不吃馕的吗？"

李河落停了嘴，也奇怪自己竟觉得馕真是美味。

杜林琪哼哼了两声，边洗着瓷碗边说："还真是这个道理，饿起来连草都吃。"

吃了东西，好好的蒙古包不睡，三个人伸开手脚，躺在松软的草地上望着满头的繁星。不远处的赛里木湖清澈如碧，满天星斗全部映射在湖面，让人产生错觉，这里的夜晚竟有两片星空。相互辉映，极其美丽。

湖对岸可以发现几点光亮，那是牧民夜宿生的柴火。

"亲爱的，你觉得这里和喀纳斯哪里更漂亮？"杜林琪侧着身问李河落。

李河落想了想，"不能比，都一样的漂亮。"

"嗯……"杜林琪把头靠在他的左肩上，闭上眼想睡觉了。

杜林琪粗心地把头枕在了李河落的左臂上，他很疼，但是一声没吭。再看看身旁的格索，已经打起小鼾了。

李河落望着被星光照亮了的宇宙，突然发觉这里实际上并不只有他们三个人，还有杜林琪肚子里未成形的小孩。

赛里木湖边是一片澄绿色大草原。当李河落站在山丘上朝远处望去时，总觉得草丛间藏着无数双小眼睛，似有人在跟踪他们。如此广阔的荒原，满眼的黄绿色，风吹着软草左右摇摆，时疏时密，又不见人的踪影。

"我们得走了。"李河落说。

"就快到七月底了，要赶上蒙古族和哈萨克族的那达慕大会了，我觉得你应该看看。"杜林琪站在他身边。

李河落明白，他们绝对不能等到月底。

一天下午。

他们在湖边散步，湖里有只白天鹅，杜林琪很兴奋。刚要离它近些，天鹅却拍拍翅膀，在湖面上助跑了一阵，飞上了天。这时，格索在不远处大叫："快看！"

湖中心开始出现越来越大的涟漪，明显的水痕显现出来，依稀看见一种大动物的背脊露了出来。黑糊糊的看不清楚，但知道它很大，像是个湖中岛。湖光天色的照衬下，水怪游速缓慢，像是饭后的散步，向湖东方漫游了大约十分钟，便沉入湖底。远处的牧民都高呼着纷纷跪下来膜拜它。

更远处的三四个游客一边尖叫一边给水怪拍了照片，信誓旦旦地抱着宝贝相机说要送到电视台去。这些中原的游客很不能理解，为什么李河落他们见到水怪不惊奇却是很平静的样子，难道是吓傻了？

李河落和格索苦笑着解释道："见多了见多了……"

杜林琪对李河落说："这是今年青羊第一次浮出水面，上一次是几年前首届环赛里木湖自行车赛的比赛期间。"

来到这里的游客总是说着同一句"要是能长住就好了"。李河落每每听到别人说这句话，都会有反应。人在提心吊胆的情况下是恐惧空地的。这个时候，李河落并不适应广阔的草原，他甚至会畏惧。他们很容易被敌人发现、成为目标，而且不好逃生。他觉得他们应该赶快去一座人口密集的城市，或是像喀纳斯那样的森林中。在这里度过的每一天，都让他感觉是把肉体完全暴露在敌人的枪口下。

杜林琪指着西边，"一直走一直走就是哈萨克斯坦了。"

李河落不明白杜林琪说这句话是什么意思。

杜林琪静静地望着他。

"我们去不去？"李河落开口问。

杜林琪勉强地笑了笑，"你想去哪儿，自己作决定吧。不要顾及我。"

"我们必须一起走。"

杜林琪不肯迈开脚步。眼泪已经填在了眼角。

赛里木湖宁静得出奇，像在注视着他们。

也许李河落会觉得杜林琪不可理喻，他完全体会不到杜林琪的心情，因为他从没有过归属。

"我不能要我们的孩子还没出生就在逃命。他应该是个幸福的孩子，像其他幸福的孩子一样幸福甚至更幸福，我们应该做孩子的榜样，去面对而不是选择流亡……"

李河落似乎很专心地听着她的话。

他有想过的，为了孩子的明天放弃自己的今天。更像是坚持着一个信念，因为他刚认识到信念比物质可贵。他要留给孩子一份完整的信念，让他家庭完整、有归属、是个幸福的孩子。

"那么，明天开始，我们继续旅行吧。"

第 12 章
魔鬼城

在赛里木湖度过了七十二个小时的美好时光，把蒙古包还给牧民，三个人要上路了。心地善良的牧民得知杜林琪怀有身孕，愿意骑马把他们送到伊宁。

杜林琪坐在牧民的马上，李河落和格索各骑一匹。杜林琪笑看着笨拙的李河落。李河落天生是与动物无缘的，连马都不愿听他指挥。这匹可爱调皮的马带着他东走走西走走，总是走得最慢，还不时撩起尾巴，一马尾"啪"的一声打在他的背上。

伴着很有节奏的"啪、啪、啪、啪"声，到了伊宁。李河落刚下马，便想掏枪了结这头畜生的命。马似乎在嘲笑他，抬起鼻孔"扑哧扑哧"朝他喷着热气。

在市里，杜林琪去银行取了钱，租了一个旅舍，便带着李河落和格索去拜吐拉清真寺。拜吐拉清真寺始建于 1773 年，雕梁画栋、雄伟大气。杜林琪前去朝拜，为李河落和孩子祈祷。回去的路上，杜林琪又胡侃起来，对李河落说："以后你病了，我带你上巴彦岱的火龙洞去烤烤。"

杜林琪说话经常有伤风化。听到这几个字眼，格索惊讶地问："你指望哥哥生病啊？还要把哥哥烤熟？"

"我哪敢指望他生病，他病了还得我照顾呢。那个'烤'说的是地下蒸汽，对人体有好处的。"

刚走到离旅舍不远处，李河落看见旅舍柜台前站着两个外国男人和服务生打手语交流着，腰间鼓鼓囊囊。李河落叫杜林琪和格索躲进小巷里，自己躲在墙角观察。

其中一个外国男人东张西望，李河落发现他左脸有伤。没错，是枪伤！

李河落拉上杜林琪和格索飞快地朝巷子外跑去。

格索边跑边问他们是谁。李河落不回答。他们直跑到市中心广场才停下来。

半夜。李河落握着枪，偷偷回到旅舍，把行李箱里重要一点的东西和钱装在一个小包中带走。他猜鲁道夫的人可能就住在附近，应该是沿路追踪过来的。猜测他们也许看见自己带着一个和哈乐丹年纪相仿的孩子，以为自己要私带哈乐丹远走高飞，因此不出声响地跟踪自己。

李河落刚走到巷口，听到一声闷响，一颗狙击枪子弹直射墙角，顿时墙灰四溅。李河落迅速匍匐在身边一辆轿车的后面。

"见鬼！居然通晚守着！"

狙击手见轿车掩护住李河落，便要下楼。李河落知道时间紧迫，两个狙击手，一个仍站在楼上等着自己探头，一个正朝自己逼近。千钧一发时，李河落一拳头砸在车门上，轿车的防盗功能立即启动，开始鸣响。刺耳的防盗警报在小巷里飘荡，开始有住户打开窗户察看了。狙击手吓了一跳，躲藏了起来，李河落趁机逃脱。

三个人搭上去阿克苏的车。杜林琪紧张地抱住李河落的胳膊，也不说话。

李河落把脸贴着她的额头。杜林琪呜呜地哭着，"我好怕你会死！"

李河落笑了笑。

"这些事多久可以平息呢？"杜林琪难过地问，"我们多久才能过上安稳的日子？"

李河落也不知道，除非自己死了，否则就不可能有停止的那一天。但是他想要好好活着，因为他觉得自己有未来了。

杜林琪搂住他的脖子，幼稚地含着泪笑了，"以前我想以后有了喜欢的人，我会要他需要我，不仅仅是爱我。可我也希望他能爱我，不仅仅是需要我，你能明白吗？"

格索望着这对苦难情侣，说："你就直说希望他爱你、需要你不就好了，说这么一堆……"

"你不会理解这些话的真正含义的。"杜林琪说，"这很复杂，是最矛盾的心情。"

格索都有些急了，对李河落说："哥哥你就直说你爱她吧。"

李河落一愣。这三个字对他来说是遥远的，并且绝对不能轻易说出口。有时候嘴巴才是爱情的真正缔造者。但是李河落不知道这些，也许这三个字对他来说没什么，可是真正要运用了，还是会胆怯。当然，每个人都有爱一个人的方式。

杜林琪知道他不会说这句话，却还是解嘲般用手捂住李河落的嘴。她说："我爱你又不是因为那三个字。"

格索故意打了冷战。

杜林琪瞟了格索一眼，对李河落说："我爱你。"然后对格索说，"怎么样，我说了。"

格索手舞足蹈倒向一边，"我受不了了，我受不了了！"

杜林琪哈哈大笑，转过脸看李河落，惊讶地问："你的脸怎么了！"

李河落摸了摸烧得滚烫的脸，小声问："红了？"

杜林琪微笑着望着窗外说："看来这三个字是要命的。不过我还是说了。因为我爱上的是陆离，他不善于说那样的话。也许我永远也不知道他有多爱我，但至少他不会永远也不知道。所以我要告诉他。"

路过巴音布鲁克，草原上的旖旎风景令所有人都发了会儿呆。沼泽间的白鸟成群起飞，从他们的视野中一闪掠过。

车在黑英山乡停下了。步行往前走就可以到阿克苏。

这里满地沙砾，一片干旱。世界上总有这样的地方，黄色的大地和无尽的蓝天各占一半，便是沧桑。

这里是塔克拉玛干大沙漠的边缘。杜林琪有身孕，所以他们走得很慢。太阳落入地平线下了，轻轻洒着缕缕微光。夜晚来临，温度骤降，风暴卷着黄沙灰尘向他们袭来。这里有许多大沙丘，三个人边在沙丘后躲风沙，边缓慢向前走。

朝远处望去。夜色中一个个影影绰绰的黑影奇形怪状、张牙舞爪着。格索很害怕，小声问这是什么，杜林琪不敢确定这些是什么东西，向前挪了挪。这些黑影有的像人的侧脸，有的像形容枯槁的鬼爪，更像是些巨大的动物，像是骆驼，像是老虎。这时，从鬼影中传来一阵可怕的低吼，接着，左边的一群黑影中传来狂暴的咆哮，右边的黑影间也响起呜咽的哀鸣。

李河落掏出枪，杜林琪和格索躲在他身后。沙漠的风暴把沙子吹进李河落的眼睛里。李河落眯着眼，发现前方似有什么物体朝他扑来，情急之下开了一枪，却发现只是些风。

四面八方的狂风卷着沙石击打在李河落身上。他们四周已经满是奇形怪状的黑影，他们被包围，无路可逃了。影子间传来高高低低轻轻重重的吼叫，像是哭泣声，又像怨叹。他们被困在中间只能听见刺耳的、令人毛骨悚然的怪叫。杜林琪和格索捂着耳朵，闭上眼睛，惊恐万分。

"我知道了！"杜林琪尖叫着，"我们到克孜尔魔鬼城了！"

左右两阵急速蹿出来的风快要将他们压扁。有些时候，恐怖的不是真正的危险到来，而是视听效果导致精神崩溃。当然这里的狂风是要命的，里头还夹杂些砾石碎片，从身上掠过，足可以刮下一层皮来。

三个惊慌失措的人缩在一团，应该是四个，还包括那个在肚子里受到惊吓的小宝宝。等风势渐渐弱了，怪物们的嗓子似乎也叫哑了，夜又恢复了宁静。只是那些怪物的影子纹丝不动。再仔细一看，哪是什么怪物，就是些高高矮矮的岩石，像这片沙地上林立着的小楼房，就是模样很古怪。

克孜尔魔鬼城的怪石已经沙化，经过常年的暴雨和狂风的冲刷腐蚀，一个个都变得古怪嶙峋。而那些怪声，无疑是狂风吹进怪石间迸发出的声响。

杜林琪拍着李河落身上的沙子说："从前魔鬼总是要带走一些人的，我们算命大。"

"我看不大。"李河落说。

杜林琪抬起头，跟李河落一起望了望四周。满眼尽是大同小异、千篇一律的怪石和黄沙，层层叠叠、连绵不绝，望不见尽头。

杜林琪迷茫地呆站在原地。他们迷路了。

这天晚上，由于风暴刚过，满天都是浮沙，根本看不到北极星，就无法找到方位。也不能乱走，魔鬼城处处危险，怪事甚多。便在原地熬一夜吧。

"我最怕沙漠。尤其是塔克拉玛干这样的大沙漠。"杜林琪悻悻地说，"知道塔克拉玛干在维语里是什么意思吗？是进去就出不来的地方。这里就是片死亡之海，现在进了克孜尔魔鬼城，稍走偏了就拐进了塔克拉玛干。"杜林琪浑身一抖，"想想就可怕。"

李河落望着矗立在夜色中的一座座黑漆漆的雕像，心想这也是很独特的风景。他凑到杜林琪跟前说："等风波平息了，我们穿越塔克拉玛干吧。"

"你疯了！"杜林琪说，"那我们的孩子怎么办？"

李河落笑道："让他外婆带。"

杜林琪嘻嘻笑了一阵。

"我们从沙漠这头走到那头，就直直地走。"

"走不到终点的。"杜林琪说，"你不知道，塔克拉玛干还不是最可怕的地方。"

李河落疑惑地问哪里才是最可怕的地方。杜林琪神秘地说："在塔克拉玛干的东方，那是飞鸟都不敢穿越的地方。"

日出的时候，晨光洒进魔鬼城，怪石都染上了色彩，鬼喊鬼叫停止了。光把岩石的纹理显现出来，宛如黑暗的夜魔们瞬间化做死石。对李河落他们来说，就像噩梦初醒，终见光明。

他们必须在魔鬼城再待上整个白天。赌赌运气，若是运气好，遇见一个月明星稀的晚上，便循着北极星找到方向，当晚就可以起程了。

魔鬼城的上午温度还算舒适，正午过后，太阳性情大变，膨胀着吐出毒辣的紫外线，如利箭一般，地上的沙砾被烘烤着发出"吱吱"的声音，红黄色的土地时不时爆出一道裂纹。三个人躲在一座巨岩的阴影后，跟着太阳的移动而移动。

杜林琪和格索已被烘烤得昏昏沉沉，有气无力地靠着岩石发呆。

"若是有那么几只小虫子爬过去也好。什么都没有，什么都没有。"杜林琪呆呆地说，"一地的乱石黄沙，我感觉我就像在受惩罚。"

"我肚子饿了。也渴了。"格索咕咚咽着口水。

"唉，拿着钱有什么用呢？到了这里也花不出去。"杜林琪叹着气道，"全世界视钱如命的人都来这里受受教化吧！我已经接受教化了，那么就放我出去把钱都给花了吧……"

李河落走到高地上，望了望魔鬼城，好大一片雅丹地貌，看不到尽头。他好奇于这些奇特形状的岩石，感慨于大自然的杰作永远都如此富有魅力，视觉特效、音效都具备了。李河落走着走着，走到怪石越来越密集的地方，忽然听见身后有响动，转头一看，一块小石子从小丘上滚落下来。

李河落掏出手枪。等他逼近小丘一看，什么也没有。他想兴许是风吧。突然身后又传过一阵急促的脚步声，转身一看，空荡荡的山谷里只有他一个人。

夜晚来临，上天决定放他们一条生路。夜空很干净，北极星给他们指明了方向。

等走出了荒漠，沿着公路往南走，前方就是阿克苏了。

阿克苏在维吾尔语中意为"干净的水"。汉代为姑墨国，唐高宗时隶属安西都护府，宋朝被西辽控制，元朝是蒙古宗王察合台封地。

李河落他们走到阿克苏已是次日清晨，不禁感慨道："新疆真大！"

直冲向街边的拉面馆。三个人饥如虎豹、灰头土脸、满身沙。起初老板以为是逃难的，差点没准他们进去。

看着三人狼吞虎咽，面馆老板笑眯眯地问："你们从哪儿来呀？"

格索说："喀纳斯。"

老板吓了一跳，忙问："脚走过来的？"

"我们不会飞。"杜林琪已经吃了两大碗面，和老板说，"上只全羊。"

老板乐了，招呼着厨房做全羊去了。格索望着杜林琪问："姐姐能吃得下这么多？"

"我现在是两个人，两张嘴巴，两个胃。"

吃了丰盛大餐，走在街上，看见路边水果摊上摆着一大串葡萄，杜林琪又看得垂涎欲滴。买了两斤,还买了一大袋的葡萄干。三个人坐在阴凉处吃葡萄。李河落看着人来人往的还不好意思,只听见杜林琪边嗍出声边说:"我妈其实是吐鲁番当地的维民,那里产的葡萄是又大又甜又多汁。"说着要喂给李河落一颗,李河落不吃,杜林琪问怎么了。李河落说在大街上吃葡萄不文雅。

"我就说你这个老外太矜持。这是情调。我们享受自己的,皮又不乱扔。"

李河落很勉强。像变色龙吐舌头飞快地把杜林琪递过来的葡萄给吞了。

杜林琪说:"倒是那些边走路边嗑瓜子、边啃甘蔗,垃圾还满街乱丢的该死。"

"瓜子?甘蔗?"李河落问。

"嗯。"杜林琪含着葡萄,含糊地说,"锻炼牙齿的。"

"口香糖是吧。"

"挑战自己。"杜林琪说,"相当刺激。能把门牙嗑飞你信不信?"

李河落摇摇头。杜林琪咽下葡萄,"哪天带你试试。"

下一站就是喀什了。李河落却明白喀什也许不是他们的最后一站,他能感觉到不明身份的人在追踪自己,追杀风波远没有结束的意思。

一路上,杜林琪唱着顺口溜:"新疆美新疆怪,古丝路上地名怪,香甜瓜果不会坏,井底全部连起来,马车跑得比汽车快,美玉伴酒酒更美,敬酒歌声不外卖,吃的烤饼像锅盖,大盘鸡里拌皮带,鞭子底下谈恋爱,男人爱把花帽戴,胶鞋穿在皮靴外,夏天要把棉袄带,铁床摆在大门外,结婚宴席没酒菜,风吹石头砸脑袋,你说新疆怪不怪。"

"怪……"李河落说,"我看还得加。"

杜林琪继续唱道:"罗布湖里没有水,魔鬼城里怪事多,赛里木湖有青羊,喀纳斯湖有水怪。"

在车站刚要搭车,李河落就看见出站口徘徊着几个警察,似要检查出行车辆。李河落他们下了车,改变路线,买了个登山包,里面装满压缩干粮和水,步行去阿瓦提。

路上,李河落觉得警察似乎摸清自己的底细了,加尔的杀手也紧跟其后,像是无所不知、无所不至。这种时候他总会怀疑是不是身边有人是卧底,通风报信才使得敌人步步靠近。然而身边只有杜林琪和格索。虽然杜林琪有前科,但她怀了自己的孩子,理所当然站在自己这边。而格索,只是个单纯的从未走出喀纳斯的图瓦孩子，怎么可能会是卧底。

李河落又一次提道："我们不能留在新疆了。"

杜林琪幽怨地说："我们能去哪儿呢？身后总有人跟着，纵使逃到天涯海角也是徒劳。"

"我倒想试试。"

晚上，三人在半边沙漠半边草原的空地上休息的时候，李河落有所决定。

"我们要走塔克拉玛干沙漠。"李河落说。

杜林琪和格索恐惧地望着他。他们以为他疯了。

"只有进去才能摆脱那些人。"李河落点起一根烟，"这是最后的选择了。"

"听着亲爱的！"杜林琪愁容满面，"我们不能进去。那里是死神的土地。我们穿越不了……"

"那你认为该去哪儿？喀什？乌鲁木齐？我们走到哪儿都有人跟来。不知道什么原因，他们个个料事如神。我们没有下一站的城市了，现在的生路只能向死神要！里面只有我们三个人，不会有人敢跟进来。"

"可是、可是……"杜林琪神情迷茫。

"没有可是了。我、你、格索都很危险。你们不知道鲁道夫的手下有多残暴！你是想被别人一枪打死还是抓住一线希望？既然是条独木桥，那就走过去。"

杜林琪沉默后轻声说："我累了。我不想这样下去了。我们去自首吧。"

"你也听着。"李河落很平静地对她说，"我所犯过的罪足以给我判上好几个死刑。以前那么多的血战都过来了，我不怕死也无所谓生死，真的。但是现在，我想活，活下去。我想见一见我的孩子。我们必须去逃亡，而不是什么去斗争。当你杀了第一个人，'逃亡'两个字就属于你了，永远也摆脱不了。我们现在必须活着逃出去。我们，还有我们的孩子，我们都要。"

杜林琪抱住李河落哭得泣不成声。

"我们穿过去后，要告诉我们的孩子我们很爱他，也很勇敢，我们要做孩子的榜样。"

第 13 章
死亡之虫

　　在阿瓦提镇买了指南针便起程了。横穿塔克拉玛干当然是不可能的，靠他们那点食物和水以及体力都是不可能完成的。他们只是沿着沙漠北部边缘往东走。时而深入沙漠，时而在偏僻的沙漠边陲村庄小憩。没有任何追踪者能明确他们的行踪。除非真像李河落猜测的那样，身边有线人。

　　即使这样，他们也有危险。进了塔克拉玛干，就等于与魔鬼同一个饭桌吃饭，哪怕你只是游弋在边缘。因为你永远不知道黄沙下都埋着些什么。

　　格索时常说他想念喀纳斯，有时甚至还要掉眼泪。李河落只当做没看见。谁进了地狱不想念天堂？只是身不由己，形势所迫。若是再怨天尤人，无疑是在已身处地狱的自己身上多加了一种折磨。李河落就当是在旅行。但是他越想轻松越不能轻松。不得不承认这是场悲壮的旅行。唯一的幸福只是有个爱着他的女人和一个未出世的孩子伴随左右。

格索站在沙丘上对他们说："人的求生意识真强！我们竟然要用脚穿越塔克拉玛干！"

"这叫狗急跳墙。"杜林琪拉着李河落也走上沙丘，"我是例外。我宁愿被一枪了结掉也不会想着从这里穿过去。我是为了孩子和孩子那个疯狂的爸爸。"

从沙丘上放眼望去，流沙宛似磅礴海洋，昏黄色的沙海了无生机。这里的沙子会发光，远方的天空本应是碧蓝，却也被照得变了橙色。

"知道野生的双峰骆驼为什么要灭绝了吗？"杜林琪说，"气候和环境越来越恶劣了。"说罢蹲下来拨了拨沙子，"不仅是这儿，蒙古那边也一样。"

"我听说西藏那边偷猎藏羚羊很猖獗，也快绝迹了。"李河落说。

"人类是祸根啊。新疆从前有高鼻羚羊，现在也没了。没栖息地了，杀它们的人太多了，要的只是它们头上的那对角。"

李河落转而想到喀纳斯的水怪。这时格索说："每一年打扰安磨夫的人也不少。"

李河落问："格索，哈乐丹和安磨夫到底是什么关系？"

格索愣了一下，迟迟不语。

杜林琪对李河落说："还记得召灵人的传说吗？"

图瓦民族崇敬水神有很久远的历史了，可以追溯到元朝以前。民间传说水神守护喀纳斯，确保人间仙境的太平。上天把神奇的法力赐予一位图瓦族人，让他能够与水神对话。水神会告诉他自然万物的真谛和宇宙的奥秘。这个人被称为"召灵人"。召灵人不仅起到翻译官的作用，还会在确定安全的情况下召唤水神出水呼吸喀纳斯富有灵性、能养生的空气。召灵人除了有召唤水神的魔力外，就是一个普通凡人，也会生老病死。于是这种特殊的法力便一代一代传下去。时至今日，不知道过了多少代，为确保水神与人类的和谐相处，召灵人仍起到至关重要的作用。

在这里要提到内蒙古一个特殊的部落——达尔扈特部。他们原是13世纪兀良合部的一部分。成吉思汗去世，达尔扈特部忠心守护成吉思汗的陵寝，不让外来者入侵和破坏。几百年来，他们世世代代守护鄂尔多斯，被称为"守灵人"。

图瓦族与达尔扈特部的性质基本相同。图瓦族人保护召灵人和水神安磨夫，形成了一个特殊的团体。图瓦族人都知道召灵人的真实身份，也知道安磨夫的真面目。为保护喀纳斯不受外来者干扰，他们忠心耿耿，都隐藏着这个秘密。整个"护灵团"竭尽全力庇护召灵人的人身安全。

杜林琪对格索说："如果传说是真的，哈乐丹无疑就是这一代的召灵人。而且我和陆离亲眼看到过哈乐丹吹着苏尔召唤出安磨夫。"

格索不语，浑身不自在地抠着指甲。

"这就是哈乐丹之所以全年有好几个月被送到其他地方避风头的原因。"杜林琪深追道。

三人用帆布和枯枝支起了小帐篷在沙漠中过夜。塔克拉玛干沙漠白天与夜晚的温差极大，此时的温度几乎接近零度。格索睡在帐篷里的毛毡子上发着抖，蜷缩成一团。杜林琪搓着手，吐着白气，畏畏缩缩站在帐篷外，盯着空空荡荡的远方。远处似有一群动物跑过，杜林琪叫李河落出来看，"有野驴！"

野驴群渐渐消失在夜色中，身后留下滚滚悬浮的沙尘。

"还记得我们第一次去找哈乐丹在湖边发现的那些脚印吗？"杜林琪神秘地说，"现在想来，估计是哈乐丹进了水中去找安磨夫玩。"

李河落说："我很奇怪他居然受得了那么冷的水。"

杜林琪的表情恐惧起来，"可问题是……那个时候哈乐丹不在喀纳斯！而脚印也绝对绝对不是艾保的！"

听到这儿，李河落身上的汗毛都立起来了。他摇醒格索问："哈乐丹另有其人？"

格索揉了揉眼睛，"哥哥，你在说什么呀？哈乐丹现在在阿勒泰市呀。"

"不对，那不是真正的哈乐丹。"

"哥哥，我和哈乐丹从小一起长大的，我还会不知道？"

李河落问："难不成他会分身术？瞬间转移？"

格索无奈地摇了摇头，躺下继续睡了。

李河落心想原因只会有一个。真正的哈乐丹另有其人。但是李河落和杜林琪是亲眼见过这个哈乐丹召唤出安磨夫的，他无疑就是传说中的召灵人，而且就是真正的哈乐丹。可是那排走向湖里的神秘脚印……据李河落的经验，从脚印的长宽和深度估算过，这是一位青年男子的新鲜足迹，并且是向湖里走去。足迹边还有马蹄印，图瓦人从不敢靠近喀纳斯湖，更别说牵着家畜来这里了。

除了哈乐丹。

这排恐怖的脚印像是梦魇搅得李河落睡不好觉。

鲁道夫也是个知识渊博的人，早就知道召灵人的传说。李河落每每想到这些便心慌慌的。被神秘包裹着的喀纳斯，豺狼虎豹云集于此，水里头还有个大水怪，一个个谜团接踵而至。想到艾保冒充哈乐丹时说过的那句话："你永远也逃不出喀纳斯在你灵魂里织的那道网。"

李河落坐在沙堆上陷入焦虑之中。

三人从漫无边际的沙海中钻出来。沙漠边缘有处萧条的塔塔尔族的村庄，村子里只有五户人家。塔塔尔人能听懂一点维吾尔语，当杜林琪问一个塔塔尔小姑娘村子里的人为什么这么少的时候，小姑娘点了点头，说着塔塔尔语，杜林琪完全听不明白。看小姑娘说话时的表情，似乎很恐慌的样子。杜林琪说也许是这一带逐渐沙化，很多人都迁走了。

李河落看着塔塔尔族小姑娘棕红色的卷发、碧绿色的眼珠，漂亮极了，于是说："她像欧洲人。"

"嗯。"杜林琪环顾一下四周凄凉的景色，"他们属于白种人。"

小姑娘的家是间破旧不堪的茅草房。在她家门外用土砖围成的院子里休息了一会儿，灌了些水便又赶路了。这时候，小姑娘突然拽住杜林琪的衣角，嘴里说着塔塔尔语，小姑娘的父母也从屋子里跑出来拦住他们的去路。

小姑娘慌慌张张地比画着什么。李河落他们看不懂。小姑娘跑回屋子拿出来一张皱皱巴巴的报纸。李河落打开一看，醒目的大标题"五名探险队员消失在诡异地带"，往后细读：

中新社消息，一上海自发横越塔克拉玛干沙漠的五名探险队员在沙里里克地区以南的荒漠失踪。此前，此探险队曾自发穿越神农架、登上珠峰，此次横穿塔克拉玛干沙漠是探险队行程的最后一站。有关部门已派部队于沙里里克地区进行地毯式搜索，除发现沙地上有无数神秘洞孔外一无所获，初步猜测是流沙……

　　杜林琪说："洞孔？会不会是黄沙下陷造成的？"

　　李河落摇了摇头，"我们不能走回头路。"

　　临走时，塔塔尔小姑娘送给李河落一把酷似大镰刀的刀具，锋利无比。

　　沙漠深处寂静得可怕。黄沙像张地毯被狂风掀起来直往李河落三人身上盖。这个时候是最能体会到人之渺小的，只能任凭风沙摧残。李河落伸出双臂护着杜林琪和格索，风沙打在他的背上，每吹一阵便是一阵钻心的疼痛。

　　他们坚持走了很远的路，从清晨走到日暮。眼看着太阳就要消失了，三人已筋疲力尽，躺倒在黄沙之上。这种时候都顾不得形象了，想怎么躺就怎么躺。格索终于享受到放松这一美妙的时刻，从这头滚到那头，浑身沾满了沙子。杜林琪摸了摸沙地，温度已渐渐降了下来，再看着逍遥自在的格索，忍不住也要在软软的沙子上放肆。刚要向前滚，突然想到肚子里还有个孩子，便矜持了些。

　　格索顺着沙丘一直往下滚，最后停在一处平坦的沙地上，对着天空傻笑。宽广的天和地，四周又寂寥无声。格索激动到不行，躺在沙子上遥望夜空的暗蓝。

　　李河落在沙丘上喊格索回来。格索赖着不肯走，手一放，像是摸到了什么，转头一看，吓得把手猛缩回来。他发现一个黝黑的深坑！

　　格索凑近了些，隐隐约约听见沙下有碎碎响动，想看看究竟。突然从黑坑中飞出一个东西，还带着点液体，洒落在格索脸上。格索一摸，闻了闻，竟是带着臭腥的血。再看看从坑里喷射出来的东西，是一只腐烂了的人的手臂。格索吓得要尿裤子，连喊叫都不会了，连滚带爬往沙丘上跑去。

　　李河落看到格索疯了般跑过来，知道大事不好。这时，他们周围的沙地底下发出唑唑的声音，无数个黑坑从沙漠表面显现出来，从洞里喷射出人的肢体。有人手、人脚，甚至头骨。杜林琪尖叫一声，往李河落身后躲。格索更是蹲在地上哇哇直哭。这些恐怖的深坑像火山喷发般乱吐着腐臭的肢体，最后喷射出来的都是些牛、马、羊的肢体，都是些已接近白骨的腐尸。

　　李河落放眼望去，远处一片也尽是大大小小的黑坑，都往外喷着血肉。

　　突然间，所有的深坑同时停止了喷射，大地恢复静谧，只有满地层层叠叠的人和动物的残骸散发着冲鼻的臭气。李河落对他们说不要出声也不要动。三个人静静地站在尸骸之间。

深坑中开始传来轻微的蠕动声，声音越来越近。杜林琪和格索听着这些诡异的声音，紧张得要断了气。这种感觉就像等死。

从深坑中爬出来的是他们从未见过，甚至想象不到的东西。一条条粗壮肥大的深红色的巨蛆摇头晃脑地钻出来，要逼近他们了。这些魔鬼般的蛆有人的大腿粗，两米多长，看不出哪儿是头哪儿是尾。每个深坑中都钻出来一条。他们被包围得严严实实。李河落的汗大滴大滴地流下来。他掏出了手枪。

"这就是传说中的……"杜林琪发着抖说，"死亡之虫？！"

砰！砰……李河落连击数枪，打在肥虫头部，似乎没有作用。这些虫子只是摇了摇身子，又朝他们逼近。死亡之虫打不完，也打不死。眼看着要没子弹了，抽出了塔塔尔小姑娘给他的那把大镰刀，镰刀的锋刃在月光下熠熠发光。

格索抹了抹眼泪，也掏出了库库勒与他临别时丢给他的蒙古弯刀，要和这些怪物决一死战。

李河落挥着刀在前面开路，格索防卫后方，杜林琪躲在两人中间。

肥虫似也灵活，边躲闪边从长有三瓣利齿的嘴中喷射出一长串强腐蚀性液体，溅在李河落的衣服上，瞬间烧成一个洞。

"知道干掉它们的方法吗？"李河落呼吸急促。

杜林琪一阵发蒙，突然灵机一动，"打蛇打七寸，它们的构造与蛇无异，砍七寸！"

格索叫道："它们可是虫子，和蛇不同！"

"现在不是讨论这个的时候！"杜林琪用脚踹着一条肥虫，叫道，"试试啊！"

李河落算准了长度，一镰刀划下去，怪物被劈成两截，吐着臭水倒在地上。看来这个方法很管用。李河落闪电般挥动着镰刀，格索也拼了命乱舞弯刀，顾不了那么多，都疯狂到无所谓生死，豁出去了！李河落闭上眼，要突出重围。这种关头不是你死就是我亡，我想活！

等再睁开眼时，面前没有了怪物。往后一看，一地死肥虫的尸体堆在尸骸上。零零散散几条较小的怪物也纷纷钻入沙坑不见了。

李河落和杜林琪长舒口气，再看看格索，还紧闭着眼乱舞着弯刀。

"格索，安全了。"杜林琪揉着脑门说。

格索睁眼望了望四周，停了下来。

　　刚要往前走，从沙子里猛地钻出一条巨型肥虫，三颗锋利的利齿嵌在格索的大腿上，要往沙子里拖。眼看格索的下半身已完全陷在了黄沙下，李河落扑过去，牢牢抓住他的手。

　　不远处的沙地里又浮现出众多的沙坑，一条条令人作呕的大蛆虫缓缓爬了出来。杜林琪左手捡起镰刀右手拾起蒙古弯刀，保护着李河落和格索，摆起了女侠的姿势，仇视着渐渐逼近、数不清的怪物，自言自语道："我的宝贝，以后你能和你的同学吹牛说我有个世界上最勇敢的妈妈了！"正要高叫一声大开杀戒，望着可怕的死亡之虫张开的血盆大口，又退了回来。

　　李河落就快抓不牢格索的手了。格索又疼又怕，呜咽地说："哥哥一定不要丢下我啊！"

　　"不会的！"李河落咬着牙，紧紧抓住格索的手。李河落手臂的伤口似乎裂开了，鲜血从衣服里渗出来。

　　地下的巨虫力气太大，李河落的脚陷进沙子里有一尺深。杜林琪挥舞着刀，望着这一幕，吓得大哭起来。

第 14 章
人头沼泽

　　远方突然传来喧嚣的声音。五六个骑着高头大马、手上握着大刀和土制矛的神秘人赶了过来，一刀了结一条肥虫的性命。杜林琪抬头一看，竟是那个塔塔尔族少女和她的家人。

　　没一会儿工夫，肥虫们死的死，逃的逃。杜林琪安全了。少女握着长矛，笔直朝沙下扎去，只听见黄沙下一声闷吼，李河落把格索从沙子里拖了出来。

　　少女示意要他们上马。三人都各上一匹马，朝着塔里木河奔驰而去。

　　格索昏迷了，腿上三道深深的、血肉模糊的齿印，看得人触目惊心。塔塔尔少女撕下裙摆给他做了简单包扎。杜林琪用维语问报纸上的探险队员是不是被死亡之虫吃了，塔塔尔少女点了点头。杜林琪拍着胸口叹道："我的天啊！"

李河落的手臂旧伤复发，他强忍着没吭声。杜林琪发现了他手臂上的血，心疼极了。

再回头想到死亡之虫，所有人都心有余悸。

死亡之虫的传说历史悠久。在塔克拉玛干沙漠和蒙古戈壁沙漠，死亡之虫数量最多。它们暗藏地下，诡异恐怖。早在1926年，美国科学家安德鲁斯的著作中就有提及，这是死亡之虫第一次出现在科普文献中。

《汉书·西域传》："南北有大山，中央有河。"这就是新疆的母亲河塔里木河。

流经塔克拉玛干沙漠边缘的塔里木河，黄沙变化为淤泥，河边芦苇丛生，胡杨树林繁荣茂盛，灰杨红柳竞相辉映，骆驼刺环绕四周，塔克拉玛干屈服于伟大的生命河，变得渺小。

善良的塔塔尔姑娘指引他们沿着河边芦苇湿地去往前方。

初生的朝阳像是刚从河中沐浴出来。杜林琪脚点着淤泥，在前方探路。李河落背着格索。杜林琪看了看昏睡中的格索对李河落说："我们始终还是要回一趟喀纳斯的。要把他送回去。"

"现在还不用急着想这个。"李河落说，"现在处境凶险，估计他还要跟着我们很长一段时间。"

"亲爱的……我们似乎罪孽深重，还要他跟我们一起逃。"杜林琪不安地说。

李河落没有说话。危险的旋涡总是会卷走很多无辜的人。他会把格索安全地送回去，只是时间问题。

这片沼泽越走越不对劲。李河落灵敏的听觉能感知到一丁点风吹草动。他告诉杜林琪，他宁愿选择在沙漠里走也不愿在沼泽开道。水边半人高的杂草丛是敌人最好的掩护，这让李河落提心吊胆。他们前进的速度太慢了。三个人，两个受伤，一个孕妇，无论如何都快不起来，只能挪一步算一步。

他们走到一处更潮湿的地方。由于李河落背着格索，重量全往脚上压，一不小心踏进乱草丛中就拔不出来了。这里的泥土是沙子与灰泥混合的软物质，李河落动弹不得，还在慢慢往下陷。杜林琪吓了一跳，赶忙上来拖住他，结果一脚踩空，三个人都陷在湿泥里。

李河落那张冷静的脸，看上去，似乎不关心自己的生死。依然稳稳地背着格索，纹丝不动跟着泥泞往下陷。他当然知道此时挣扎是做无用功。唯一的一点惊恐是从他看见杜林琪惊慌失措的样子，想要过去帮她，身体前倾所表现出来的。

没人能帮到他们，周围只有飞禽萧索的鸣叫和杜林琪声嘶力竭的求救声。杜林琪就是个小女人，叫着叫着没力气了，对死亡的恐惧导致她心力交瘁，再看看自己，湿泥巴已经埋到了肩膀。而李河落镇定自若，背上的格索还在昏睡没有知觉，泥巴只埋到他的腰。李河落刚要伸手去抓杜林琪，杜林琪只剩个脑袋在泥潭外，绝望地号啕大哭。

对于死亡，李河落虽然也会恐惧，此时看着杜林琪流着满面的泪水却想笑。

"法网恢恢啊！"杜林琪大哭着说，"我们始终逃不掉的呀！我早就知道有这一天……"

李河落的手长，指尖刚好触碰到她的脸颊。他逗她说："多好啊，我们能死在一起了。"

杜林琪放声大哭，"我不想死啊！虽然我该死，可苟且偷生着也好，我真的不想死！"

李河落望着面前心爱的泪人很是感慨。杜林琪哭了好一阵，直到李河落的肩膀也陷入泥沼中。杜林琪看着和自己面对面的李河落和格索，突然"呀"的一声高叫起来。

"我的头怎么还露在外面？"她惊奇地大叫。

李河落发现自己也已不再下陷，长舒了口气说："这块沼泽就这么深了……"又望着杜林琪，"你的脚都挨着底了，自己都感觉不到？"

杜林琪破涕为笑，狂喜："我现在好像感觉到了……嗨嗨！还真是到底了！一时吓傻了都！哎呀呀！吓死我了。"说完又拉长了脸，带着哭腔说，"可我们现在动不了……"

三个人被牢牢包裹在泥沼中。双手双脚都埋在沉甸甸的泥巴里，任凭使多大的力气也抽不出来。挣扎了很久，直到日暮，空阔的泥沼上仍然只有三颗绝望了的人头。

"都别挣扎了。"杜林琪有气无力，"我们只有一条路可走了。"

"哪条？"

"死路。"

杜林琪松缓了些情绪，仰着头望着昏暗的天空。

"有些话不知该说不该说，都这种时候了，我就说了吧。"她凝视着李河落，"到现在这个地步了，我们的孩子还没来到这个世上就要给我们陪葬了吧。我很对不起他，很内疚。我们没做过多少好事，即使死了还要拖着自己的孩子和格索。我们罪大恶极，不会超生的。"

李河落和杜林琪仰着脑袋数着星星。一颗两颗三颗……无精打采地数，循环往复。

"南非有种海底的泥巴可以美容，这里的泥巴看上去挺像，但是味道……"李河落说。

"我常用蛋清。"

"蛋黄应该更有营养吧。"

"你不懂。蛋清就和面膜似的。先在鸡蛋上打个小孔，让清流出来，往脸上抹。等它吹干了，紧巴巴贴着你的脸，可舒服了。"

李河落问："有男人美容的土方吗？"

杜林琪说："你夏天吃了西瓜，皮别丢。往脸上那么一抹，等于美容了。男的女的都行。"

李河落歪了下嘴巴，"真脏。"

"你自己吃的西瓜皮往自己脸上抹还嫌脏啊？美容的方法很多，你自己找个合适的不就好了。你看我这眉毛。维族少女的眉毛都是又细又黑又长，那是因为我妈在我刚满月的时候用一种神奇的植物反复涂的，这是新疆土方。"

说罢，伸长脖子凑近李河落要给他展示。这时格索醒了，一睁眼就看到杜林琪凑过来的披头散发的脸，吓了一跳。

辽阔的塔里木河湿地上有三颗谈笑风生的人头。我想他们三个人也会觉得此时的处境极其不堪，因此都不言语了。一阵风缓缓吹过，飘动着的只有三人露出泥沼的头发。

杜林琪觉得太凄惨。

受困其中，眼看着太阳从夜幕中钻出来，这块沼泽仍了无生机。除了几只从沙漠里前来饮水的沙鼠和两头从他们面前悠闲走过的鹅喉羚。

"我肚子饿了。"格索说，"口也干了，我们现在怎么办？等死？"

"我们毫无办法。"杜林琪摇着头说。

"等到太阳出来，把泥巴晒干了，我们就死死被封在土里了。"格索焦急地想要挣脱。

李河落望了望快被风干了的泥巴，试着动弹，仍无济于事。泥巴像强力胶，在里面根本无法发力。

"这里可能就是人头沼泽了。"杜林琪说，"我爸以前和我说过一个故事。说是明朝那时候东厂西厂抓了很多江湖侠客入狱。这些侠客在被押送的途中逃跑了，往西域逃。结果路过一片沼泽全都给埋了。等到追兵追到那里，看见方圆百米范围的沼泽上散布着这些侠客的人头。沼泽不深，却还是要命的。追兵拿大刀把侠客们的头砍下来，再用长矛把这些人头像戳果子一样一个个扎上岸带回京城，说是天降神力，朱元璋很高兴，命名那片沼泽为'大明神旨大官'。"

李河落和格索冷笑三声，都沉默了。

"知道吗？"杜林琪对李河落说，"我现在似乎勇敢了，不那么怕死了。你看我们走了那么远的路，什么样的危险也都经历过，好像习惯了。真的呢，是有点习惯这样的生活了。我想若是以后过上平凡的生活，也许还会觉得索然无味。当然，不可能有以后了……"

光照火辣刺眼，像要榨干他们身体里仅有的水分。他们身体里的液体从头上源源不断地往外冒，滴落在泥土上，又迅速被快要枯干的泥土吸食得无影无踪。他们即将从这个世界上蒸发。

李河落强忍着燥热望着昏昏欲睡的杜林琪。格索暴躁地扭着头，汗水流进他的眼睛里，又不能擦拭，很叫人难受。

又到了黄昏，温度降了下来。杜林琪欲哭无泪，轻轻地说："我很痛苦。"

李河落望着她的眸子，朝她吹了口气，"你给我讲讲新疆的故事吧。"

杜林琪苦笑着说："新疆大着呢。只是可惜了肚子里的孩子和格索。"

李河落扯开话题，问："你以前说塔克拉玛干的东方还有个最可怕的地方。"

杜林琪瞪着他，"你还想去那儿？"

李河落笑了笑，"美的丑的各个地方都该见识见识。"

杜林琪"唉"了声摇着头，"新疆有三十五个自然保护区，风景个个都如画，漂亮地方你有生之年未必看得完……这样，我从第一个开始给你说……"

半夜的时候，三个人都冷到不行。埋在泥土中的身体似乎已经冻结。湿泥渐渐风干，就要变成干土了，三个人的躯体就快形成这片沼泽中的土冢。泥土有如蟒蛇缠身，干燥后紧紧挤压他们的胸腔，逐渐感到呼吸困难。

时间随着沙土中的水汽一起流失。等到早晨，杜林琪和格索已经奄奄一息。

"给我醒来！"李河落乏力地朝昏睡中的杜林琪吼道。

杜林琪疲惫地晃了晃头，连抬眼皮的力气都没有。格索也仰着头、张着嘴，一动不动。李河落看着他们，就像干死在岸上的鱼尸，知道死神已悄然走近，茫然地向芦苇地望去，一片萧索。

没有吃没有喝。一晚上的冰冻。被泥土压缩得即将窒息。直到李河落也失去了知觉，昏昏沉沉要把高抬的头低下了。

他模模糊糊看见有个影子从芦苇丛中钻出来，之后就什么也看不见了，脑袋"砰"的一声磕在干土上。

杜林琪和格索似乎长出了翅膀，像蝴蝶破茧，从泥土中钻出来，要往远方飞去。只剩下李河落还埋在地里。他朝他们大喊。空中的杜林琪微笑着望向他。

"我们要离开你了。亲爱的，我们要走了……"

李河落惶恐至极，奋力在泥土中挣扎，一个鲤鱼打挺坐起来，发现竟是一个梦。

他大汗淋漓，吐着气，发现自己躺在一间昏暗的茅屋里。简陋不堪的小窗淡淡露出几缕惨淡微光，再看看身边，杜林琪和格索还在安然熟睡。他擦了擦满头的汗，摸了摸腰间，发现手枪不见了。

这时，一个男人走进来，站在李河落面前，摘了帽子。

"是你！"李河落不敢相信自己的眼睛。

"没想到会是我吧。"

李河落冷笑着说："知道你潜逃了，没想到居然是你和我们如影随形。"

"你怕我跟着你，是想杀你？"

杜林琪和格索睡眼惺忪地也醒来了，望着面前的光头男人都怔住了。

"郝力松！"杜林琪叫道。

郝力松朝杜林琪笑了笑，说："我是警察。"

原来郝力松是潜伏在王泽盗猎集团的卧底。当时东北警方提供线索说有不明身份的盗猎团队在长白山天池非法偷猎，如今在去往新疆的路上。郝力松一行人埋伏在昌吉，以"盗猎者"的名号掩饰身份成功潜入王泽盗猎集团内部调查案情。得知盗猎集团的猎物是水怪，等证据确凿、时机成熟后对他们一网打尽。图瓦村的村民也显然是知道这一内情的，因此都不露声色，以至于盗猎集团全军覆没都不见一丝风吹草动。

李河落暗暗焦虑，问："你们还在盘查我的底细？"

"这种话不用问。"郝力松拍了拍肩上的沙尘，"在调查盗猎集团时刚巧碰着你。你是什么身份自己心里有数。"

"你要对我们怎么样？"杜林琪哭丧着脸问。

郝力松笑了笑，"能抓就抓了，在喀纳斯能逮几个算几个。不过现在还不急着把你们捉拿归案。"他对李河落说，"在调查你的过程中发现你受雇于境外的走私集团。现在，你们也都清楚，他们已经进入国境到了喀纳斯了。这些人狡猾得很。你们一路保护格索，心并不坏。希望你们配合我的工作，把他们给铲除了。"

"怎么个配合法？"李河落问。

"和我一起回喀纳斯。我们没有他们的犯罪证据，你必须做污点证人。"

李河落紧闭着唇。他问："你是怎么跟踪我们的？"

郝力松迟疑了。

李河落猛地扑向格索，掐住他的喉咙。杜林琪吓得忙上去拉扯。

"一直是他在通风报信！"李河落吼道。

杜林琪惊讶地盯向格索。格索被掐得透不过气，眼睛都翻白了。

郝力松说："他是个正义的孩子。你们去一个城市，他就会在这个城市的车站留下一张便条。在偏远的地方，他也在地上留下线索提供给我们，他也告诉我们……"

"你们？"

"你放心，为了不引人耳目，只有我一个人跟着你们。而且人手也不够，我们的人都留守在喀纳斯。"郝力松呼了一口气说，"他告诉我们，在他和你们相处的这段时间里，他发现你们并不是坏人。"

李河落想到在克孜尔魔鬼城发现的响动，估计就是躲藏着的郝力松了。

他松开手，格索倒在床上痛苦地蹬着腿。

"我并不相信格索的话。一直以来你都是个游走在世界各地的残酷杀手。"郝力松说，"但我及时赶到塔里木河的湿地，听到你们的对话，开始相信你远没有我想象中那样危险。"

"陆离反省自己的错了，他准备离开喀纳斯的。知错能改就是好的……"杜林琪为李河落辩解。

"他还叫陆离？还没坦白身份？这叫知错了？你们这是在潜逃！"

"因为……"杜林琪低下头，"我怀孕了。我们要有孩子了。他必须收手，我们不想让孩子承担我们的罪过。"

郝力松坐在床边，正纳闷着，"这些我知道，格索告诉过我。要不是看在你怀孕了，你们还救过格索一命，我早就给你们上手铐脚镣了。我就搞不懂了，水怪也有人敢偷！"

"偷不走山水，便要偷走它的魂。"李河落说，"鲁道夫他们并不好对付，个个都凶险无比。"

郝力松瞟了他一眼，"先生不知道胜利永远属于正义吗？"

在塔克拉玛干沙漠开路的计划被格索破坏了。自由离李河落越来越遥远。郝力松带着他们沿着塔里木河走。李河落的枪被他没收了。唯一庆幸的是身边只有一个警察，潜逃的希望还是有的。然而西域之大，一时令他失去了方向。望着一半黄沙一半绿洲，满眼尽是迷惘。他已经尝到疲倦的滋味了。不过他依然想要试一试，为了初见起色的未来，为了活下去，他宁愿坚持逃亡。

即使每一天都在重复昨日的挣扎。

第 15 章
召灵人之谜

郝力松背着格索，被从土中露出来的石块绊了一跤。

"新疆到处都有古城遗迹，沙漠里更多。"杜林琪说。

楼兰、乌孙、于阗、姑墨、龟兹、若羌、狐胡、西且弥、东且弥、纤弥、且末、小宛、渠勒、车师前国、车师后国、车师尉都国、车师后城国、戎卢、焉耆、皮山、山国、疏勒、伊耐、卑陆、卑陆后国、莎车、尉头、尉犁、温宿、乌贪訾、单桓、劫国、西夜、蒲犁、蒲类、蒲类后国，并称"中国古代西域三十六国"。黄沙埋没了许许多多个城市，总有辉煌也总会落幕。

杜林琪说大沙漠中最出名的无异于尼雅古城和楼兰了。李河落很有兴趣。

杜林琪说去尼雅不顺路，还在南方，而楼兰就在前方，只是楼兰处在可怕的地区，还是别去的好。

郝力松笑着对李河落说："先生不知道，你肩膀上的那一枪是我开的。我那时是为了保护哈乐丹。"

李河落淡然一笑，"当所有人都发现枪击事件而没人报警的时候，我便知道所以然了。只是没想到警察会是你。"

杜林琪好奇地问郝力松："你们那次曾在半夜撒网捉到过水怪，那究竟是什么动物？"

"王泽一伙从未在夜间活动过。"郝力松答。

"不可能，那次也发生了枪战！最后哈乐丹召唤出水怪才吓退他们。"

"难道还有其他非法组织潜伏在喀纳斯？"郝力松长长叹了口气，"本以为抓了王泽就可以收工了，可又发现了你们，连带着调查出境外走私集团，办完你们总该完事了吧，如今又引出一伙，说不定到时候又能引出另一伙，没完没了……"

格索说："只要安磨夫还存在，纷争就不会停的。"

"那里啊就是个巨大的人肉火锅、大杂烩！"郝力松怒气冲冲。

杜林琪说："可奇怪的是，谁都不知道安磨夫到底是什么，却仍乐此不疲要探个究竟。"

郝力松对格索说："你就说了吧！那家伙到底是个啥！"

格索无奈，"祭坛上的石雕刻的就是安磨夫！先人已经告诉你们一切了，却始终没人看得懂！"

"石碑上刻的全是水波纹，没有生物的形象。"杜林琪问，"莫非安磨夫不存在？你们的图腾是水？"

"说不通。"郝力松摇着头，"图瓦族自古流传的传说、半个多世纪来如此之多的目击者和影像资料完全能证明湖里是有个大家伙的！"

"《勃鲁穆思》中关于安磨夫的介绍少之又少，仅仅十个字，毫无形象介绍，只是说明它所在的地理方位。考古界文史界数十年来一直认为圣海是贝加尔湖，直到发现《姆真汗赞歌》中关于圣海方位的注释，才注意到喀纳斯湖。"杜林琪手缠着胸，疑惑地问，"祭坛石碑无历史资料记载是何人所建。年代是元代没有错，估计是游牧部落留下的。石碑上的雕刻会不会有什么特殊的机关？"

"没听过这一说。"郝力松不赞同，"原始民没理由要把自己民族的图腾隐藏起来。"

格索始终没有透露安磨夫的真面目。李河落坚信整个图瓦村的村民都是护灵组织的成员，村里每一个人都在竭尽全力保守秘密。

骄阳落山。杜林琪指着前方沙漠告诉他们："那里是三十六国中的若羌，北面是尉犁，南面是且末……"

听杜林琪这样说，李河落明白这是个暗示。地理坐标从这个女人嘴里出来，一个个精准地安插在毫无人烟的大漠。情人永远是最好的向导。只是此时的他很混乱，像站在十字路口迟疑着该往哪儿走该怎么走。

他和她或许不会有未来。郝力松的出现预示着李河落甚至等不到亲眼见孩子一面就要下地狱了。已经确切预见了未来。一个残酷的现实摆在他们面前，不能不去接受。他深知报应会如期降临，如今的悲哀只是他还未作好承受的准备，他甚至不准备承受，而是打算反抗到底。这与他以往任何一次逃亡都不一样，从前只是为了自己关于生的本能，如今是为了一个女人。

杜林琪知道凡事都有一个尽数。她只是不想多看李河落的眼睛。擤了擤鼻子拍了拍他身上沾着的沙粒。

沙漠中的月亮又弯又亮，月光洒在阴沉沉的沙子上散发出淡淡金光。据说月光能指引寻宝的人找到埋藏在大漠中的金银珠宝。这些财宝是从前横行在沙漠中的强盗留下的。他们打劫途经丝绸之路的商人，却因掳掠珠宝无数、用之不尽，最终深埋在沙漠里。塔克拉玛干是世界上最大的流动沙漠，风沙四处飘摇。一年中总有些时期，黄沙深处的金砖银块会显露出来。

郝力松决定在沙漠中过夜，选了处沙丘便坐下休息。李河落和杜林琪走在月光下，踏着细沙没有脚步声。

杜林琪装作若无其事，小声对李河落说："到了库兹勒克你就逃，坐上沿途的车去青海，能走多远走多远。"她盯着李河落，"永远不要再回来。"

"一起走。"

"我走不远的！"杜林琪压低声音，"我犯的都是小罪，不会有事的。"

黑夜里，李河落看不清她的眼睛。

"亲爱的。"杜林琪摸了摸他的脸，"要是人有翅膀就好了。"

甩掉了鲁道夫的追杀者，追来了警察，他们始终逃不掉。

回到沙丘上，四个人都沉默地坐着。突然郝力松对格索说："噢对了，哈乐丹早就安全到达阿勒泰市了。他很想念你，叫我把这个给你带来。"说完从挎包里拿出一根苏尔。

格索拿着苏尔摆弄了好一阵，吹奏起来。

"哈乐丹和你谁吹得好？"郝力松问。

"当然是格索了。"杜林琪说，"哈乐丹那小鬼爱玩。"

郝力松笑着问："格索，脚伤好些了没？"

格索撩起裤腿，看了看布缠着的大腿，说："血已经不外渗了。那虫子似乎是无毒的。"

杜林琪看到格索腿上露出块伤疤，上前问："这是多久的伤？"

"就是六岁那年被开水烫的呀。"格索挽起袖口，"手臂上还一大块呢。腰子上也有一块。"

郝力松看着这些伤疤，歪着嘴说："你身上怎么这么多疤？人家哈乐丹多灾多难都白白净净的，人家可比你调皮多了。"

听到这里，李河落突然意识到什么，把所有疑点在脑子里一个个串上号。拿出包里的那张照片，呼吸开始急促。

格索站起身往沙丘下走，边走边吹着苏尔。

李河落问郝力松哈乐丹住在阿勒泰市什么地方，郝力松说是库库勒老人一位故交的家里。李河落轻声问："库库勒当鲁道夫的人是傻瓜吗？竟把哈乐丹安置在没有安全保障的地方！"

郝力松说："我们也和库库勒说过，只是他说不要紧。不过库库勒的做法还是不妥，哈乐丹毕竟是远近闻名的神奇少年。"

"哈乐丹每年在外避难都住在那儿？"李河落追问，"没有一次被绑架过？"

郝力松点了点头，"有被绑架过，而且是很多次。不过最后总是被安全地送回来。天生有神助吧……"

"库库勒老人这么做还是草率了点，哈乐丹可是关乎图瓦民族命运的精神支柱。"杜林琪问，"但那些绑架哈乐丹的人，无疑是要他召唤出水怪，那为什么还要把哈乐丹送回来？"

"说了有神助。"

李河落浑身颤抖着说："那是因为哈乐丹对他们是无用的。"

杜林琪和郝力松大惑不解，"这话怎么说？"

李河落望着格索的背影说："我想，那是因为哈乐丹并不是召灵人。"

杜林琪和郝力松大惊失色。远处的格索停下脚步，停止了吹奏。

李河落站起来，朝格索说："我曾听库库勒说过一个故事。他说很久以前村上有个姑娘嫁给了他的表亲，还怀上了孩子，因此触怒了安磨夫，生下了一个人头蛇身的怪胎。"李河落走近格索，"库库勒显然知道乱伦会触犯神，却荒唐地安排了你和你亲生姐姐的婚事。我想原因只会有一个。你不是库库勒的儿子。"

远处的格索没有转过脸。

"祭坛石碑上的铭文清楚地写到要用笛音召唤出安磨夫，这个笛应该就是图瓦族的传统乐器苏尔。听乌拉索说每年村里苏尔比赛的第一名都是你，你的技艺比哈乐丹不知好上多少。"李河落接着说，"我想安磨夫既然是神，应该更欣赏技法娴熟的笛音吧。况且，你曾和哈乐丹比水中憋气，你异于常人的肺活量比他强很多，说明你长期在水下活动。这一切都制造了你更能接近安磨夫的条件。"

格索静静地站在夜的黑色深处。

"你手臂上、腿上和腰上的伤并不是开水烫伤，而是烧伤。虽然烫伤和烧伤留下的疤痕看上去没有太大区别，但是我相信我的眼睛，我还没老，眼也没花，烫伤水疱生出的疤痕与烧伤炭化了皮肉的疤痕，我还分得清。"

杜林琪忙说："没错！我也觉得奇怪，分明是火烧的……"

李河落冷冷笑着，"据我了解，真正的神奇少年曾在1994年，也就是他六岁时经历过一场特大火灾，十五个孩子被大火困在封闭的农场仓库中，在这种情况下，不受伤几乎是不可能的。而你身上的烧伤也是六岁那年……"

格索浅笑着，转过身对李河落说："哥哥，我欣赏你丰富的想象力，但是你胡猜着对号入座真的很可笑。"

"是吗。"李河落跟着冷笑道，"我一直有个疑问。当哈乐丹还远在阿勒泰市时，我和你杜姐姐曾在湖边发现一排少年的脚印，这排脚印朝湖里走去。我很疑惑，图瓦村的孩子们除了你和哈乐丹还有谁敢在湖边甚至是在湖中活动？"

格索刚想狡辩，李河落把那张照片举在格索眼前，"这是在库库勒家杂屋发现的一张库库勒家的全家福。你看站在库库勒和库库勒夫人身边的哈乐丹和乌拉索多么天真可爱。我想问你，那个时候，你在哪儿？"

格索失语了。头垂得很低。

"如果没猜错，照片里的哈乐丹才是库库勒的儿子。"

杜林琪和郝力松听得目瞪口呆。

"你说得很对。我不是库库勒的儿子，我不叫格索。"格索抬起头，"我的名字叫——哈乐丹。"

李河落虽然早已怀疑过他的身份，如今听到他亲口证实，还是不禁倒抽一口冷气，后退了一步。

杜林琪吃惊之余，还是要问："但是我和你陆哥哥都亲眼见过那个哈乐丹召唤出安磨夫！"

"这件事一直是最大的疑问。哈乐丹和格索是从小到大推心置腹的好兄弟，可哈乐丹在危急关头却把心中的惊悸告诉我们这两个外人。后来我才想到，这是因为护灵组织摸清了我来喀纳斯的目的，因此特意制造出的假象。而我们看到和认识的哈乐丹，只是真哈乐丹的替身。我想，那时召唤出安磨夫的并不是假哈乐丹，而是躲藏在一个隐秘地方的真哈乐丹的所为吧！"

"哥哥包里的那些剪报是护灵村民拿走的。"格索说。

"我的菩萨啊！"郝力松跑过来，"护灵组织隐藏哈乐丹之神秘，历来无人识破！如今竟然被你给揭穿了！真正的神奇少年竟然就在我们身边！"

"哥哥，你是我见过的最聪明的人了。"格索笑着说。

李河落也笑了，"以后我们还是叫你格索，这样安全。"

格索点着头。杜林琪冲上来捏着格索的脸，尖叫着："我的天啊！你真的是传说中的神奇少年吗？真的是哈乐丹？"

"是的，我就是你们一直在寻找的哈乐丹。"

李河落、杜林琪和郝力松的全部注意力都集中在这个神秘的孩子身上。虽然哈乐丹的身份已经确定，可还是有大大小小的未解谜团挥之不去。三个人最好奇的莫过于水怪的真面目。格索却说："湖中本无怪。"当问起护灵组织，格索把苏尔收好，坐在沙地上要和他们长谈了。

"在我很小的时候便接触安磨夫。它并不是传说中的神明，它只是一种有灵性的独特生物。至于到底是什么，我不能说。这是祖先定的规矩，必须严守的秘密。"格索小声道，"我把你们看做图瓦人的朋友、我哈乐丹值得信赖的朋友，我会告诉你们一些你们想知道的。"

杜林琪问："喀纳斯湖里不仅仅只有一个安磨夫吧？"

"安磨夫是所有湖中生物中年纪最老的。"格索看着她，"你可以把湖中其他的怪兽看做是安磨夫的家人或臣民，它是水中之王。"

"既然安磨夫不是神明，那为何还有召灵人和护灵组织？"郝力松问。

"因为我们尊敬它。"格索说，"它才是喀纳斯的原住民。自古以来我们的祖先感激它愿意和我们分享这片土地。它陪伴我们五百年、共处了五百年，我们尊敬它、崇拜它。从前先人们每一年都会在湖边祭祀，向湖中投放牛马，来回报安磨夫的恩情。最早的召灵人便是祭祀主持，一个萨满法师，而不是什么用笛子召唤安磨夫的人，我便是第一代祭祀主持坦普图衮的后人。"

李河落点了点头。所有人都把水怪神化了，现在想来着实有些荒谬。人类喜欢在极为平常的事物上灌输人文精神，以至于凡人成了神仙、生物成了神怪、人间有了鬼魂、琐碎小事成了千古之谜。不过这也正是人类存在的意义。

杜林琪挠着头问："你可是身有特异功能的神奇少年呀！又是坦普图衮的子孙，这无疑就是天降神力，召灵人在你这一代已经是这个传说的巅峰了。"

格索严肃地说："我并没有神力。"

听到这句话，所有人都大吃一惊。

"很多人开始注意到我是因为我预知过地震。"格索摇着手说，"我并不能预知地震，那是安磨夫的反常举动给我的暗示！安磨夫在2003年边境大地震前曾反常地跳出过湖面。那年它又一次跃出湖面，而且比上一次更加狂暴。若是说我有什么特异功能，那一定是我比任何人都要亲近于它，如果这也算是。我能和它在一起待好几天，它就是我的家人。"

杜林琪捂着合不住的嘴，呆滞地看着格索。

"我不相信。"李河落说，"1989年特大交通事故，你是唯一的生还者。1994年农场火灾，你是唯一的生还者。2000年水难事故，全船仅你一人幸存，等等，这种巧合已经不能算巧合了。"

"1989年父母带着我在喀纳斯到布尔津的路上遭遇车祸，是我母亲把我保护在怀中，父亲保护着母亲，用背梁承受住扭曲变形的车厢。1994年大火，共难者为保护我这个坦普图衮的后代，让我脚踩他们的肩膀逃出农场。2000年乌伦古湖水难，船长把自己的救生衣套在了我的身上……我能有什么神力？因为他们对我的爱、对安磨夫的崇拜、对坦普图衮后代的尊敬，他们用自己宝贵的生命延续着精神信念！我才能成为数不清的各种天灾人祸中唯一的幸存者。"

真相水落石出，所有人一阵欷歔感叹。

格索埋着头，低声倾诉："库库勒大叔收养了我。召灵人的香火不能断。图瓦人感怀上苍恩赐，召灵人是我们的精神支柱。而我，有幸成为坦普图衮的后人，也是这个世界上离安磨夫最近的人。我尊敬它。我比任何人都要感激它、感激上苍的恩赐。我会是个合格的、出色的坦普图衮后代。继承祖先的遗志，告慰那些用生命坚守图瓦品格的人的在天之灵。"格索流下了眼泪，"他们与安磨夫同在。"

杜林琪安慰他说："你那么勇敢，坦普图衮不会失望的。"

"安磨夫与我同在。"格索抹去眼泪，"心中有它，就不会胆怯。"

今天是个怎样的日子呢？盘旋已久的疑云被抚散了。李河落总以为已经认识了喀纳斯，如今应该是重新的、崭新的认识。他从未像今天晚上这样接近过喀纳斯，即使现在的他远在塔克拉玛干。喀纳斯就是一片汪洋，你望不穿它的彼岸。它总是给你最多的、最美的。或许不仅仅颠覆了李河落对喀纳斯的认识，还让他坚定了生的信念。人为信念而活，带着一颗虔诚的心，捍卫心灵中最纯、最美、最洁净的那片土地。正如格索的勇敢是源于安磨夫。即使安磨夫只是信仰的产物。

李河落不禁要把"世界上最大的谜"冠在人类的头上。人创造了宇宙中一切谜团，同时手握着答案。对待未知总是竭尽幻想，运用人文精神解释自然、诠释这个世界。

对神秘事物的好奇心令他们忘记了时间还在走。当他们还有许许多多的疑惑需要格索解答时，格索开始闪烁其词。他们太多的追问令格索觉得是对安磨夫和图瓦精神的不尊重。当杜林琪问："这就是一切的真相吗？"

格索摇着头说："你们现在所知道的只是其中最浅薄的一部分。当你们知道了全部，会发现根本就没有真相。"

第 16 章
归与离

　　朦胧夜色笼罩下的大漠，令蛰伏在此的一切都扑朔迷离。李河落平躺在沙地上，想到今夜所发生的事，久久不能入眠。他也知道表面上看似完结的真相，实际上仍暗藏玄机。当他闭上眼睛的时候，听见从沙地上传来的隆隆声。

　　李河落猛地坐起来，摇醒了所有人。

　　"快走！"李河落像是发了狂。杜林琪和郝力松不知发生了什么事，回头一望，只见荒漠边缘一排骑着骆驼的神秘人物向他们奔来。沙漠中的狂风吹来这些不速之客的杀气，突然一连串的枪响，子弹落在距离李河落不足两米的沙地上，弹出一道高高的沙尘。

　　李河落咬紧牙对郝力松吼道："给我枪！"

　　郝力松不肯，说："你们跟着我！"

　　身后骆驼队渐渐逼近，子弹挨着他们的身体狂乱穿梭。无奈，郝力松把枪丢给李河落。骆驼队穷追不舍，李河落让杜林琪和格索躲藏在小沙堆后，用沙子把他们半埋起来，自己冲了出去。郝力松和李河落一道把骆驼队吸引到一处遍布沙堆的沙地上，两人分别躲藏在左右两座沙堆后。

　　骆驼队很快追赶来，放缓了步伐，在沙堆地里搜寻他们。

　　李河落屏住呼吸，手中紧握着手枪，望了望右面的郝力松。郝力松示意李河落向前跑，转移敌人的注意力，自己趁机袭击敌人。李河落却摇了摇头。他只相信自己的枪法。他挥手示意郝力松往前方的大沙丘上跑，并小声嘱咐："不要跑直线。"

　　迫在眉睫之际，郝力松选择相信李河落，自己向大沙丘逃去。

　　骆驼队发现了郝力松，挥舞着鞭子朝他追。等骆驼队跑过掩护李河落的沙丘，李河落站在敌人身后，放缓了呼吸，瞄准敌人的头。

　　"砰"一声，敌人从骆驼上栽下来。接着第二个第三个栽倒在沙子上。

　　骆驼队兵分两路，一队追逐郝力松，一队掉转头追逐李河落。李河落躲进沙堆群中，后背紧贴着沙壁，长吸着气。郝力松跑上大沙丘，回头望了望逼近的骆驼队，咬咬牙从沙丘上跳了下去。沙丘很高，郝力松不断翻滚，像坠入悬崖般急速消失在黑暗中。骆驼追赶到大沙丘边都不敢再前进了，掉转缰绳朝沙堆群奔去。

　　李河落很危险，他被包围在这片遍布小沙丘的区域。骆驼队徘徊在堆林里。李河落隐藏得很好，又是黑夜。敌人情急之下对着沙堆开枪胡乱扫射，瞬间弹片横飞。

　　这些家伙用的是 AK-47。李河落抿着嘴，知道已是九死一生的时刻。他深呼吸着满是沙尘的空气，微闭着眼睛。他要让自己的听觉达到最灵敏的状态。当他的耳朵选中一个敌人，默数着子弹发射的声音。

　　"二十七、二十八、二十九……"他微动着嘴细数着，并不发出声音，"三十。"李河落亲吻着手枪，冲了出来。

　　说是巧，也怪。这个时候的敌人们都在忙着填充弹夹，李河落的突然出现令他们措手不及。

李河落当成是往常的实战训练，心里只装着一个"我要赢"。他的每一枪都正中敌人头部。

一阵腥风血雨过后，李河落几乎解决了整个骆驼队。只是几乎。他望着两个已经逃远了的身影，也无力去追了。

几头受惊的骆驼在沙丘上边逃边叫。地上横七竖八躺着这些外国人，其中有一个还没断气。

"你们怎么跟来的？"

外国人不说。李河落用脚踩住他的喉咙，"你的头很适合碾碎喂骆驼。"

"我们跟踪那个便衣……"外国人艰难地喘着气，"你背叛了我们，你知道我们的一切，鲁道夫非要你死了才安心。"

李河落松了脚。也不准备干掉他。沙漠会帮他干掉他。

杜林琪远远望见李河落安好地朝自己走来，兴奋地大叫一声，扑到他身上，张着血盆大口又要开始咬人。

格索搀扶着郝力松从沙丘下走上来。李河落狰狞地朝郝力松吼道："你把鲁道夫的人引来了！你这个蠢货！"杜林琪忙劝慰李河落。

"这些我并不知道，我已经尽可能小心谨慎，甚至连你都没有发现我。"郝力松摇着头说。

"那是因为格索和你里应外合！自以为聪明，螳螂来捕蝉，黄雀还在后头。"

"听好了！"郝力松瞪大了眼珠，"你是个犯人！你没有任何理由指责我！"

李河落掏出枪对准郝力松的脑门，"有它就可以。"

杜林琪吓了一跳，上前要拉开李河落的手，连说："放下放下，不要这样……"

格索皱着眉，推开李河落的枪，说："两位哥哥，我们现在是一个集体，因为我们四个人的性命息息相关，必须携手。"

李河落虽然还仇视着郝力松，最终却放下了枪。

郝力松说："把枪给我。"

李河落把枪别在腰间，朝前方走去。

他有了枪便可谓无敌了。郝力松远不是他的对手。拿他没有办法，便指着他的背影愤愤地说："你逃不掉的！"

李河落知道他们前进的速度太慢，拉来那些骆驼，四个人骑上去。鲁道夫在知道警察已盯上李河落的情况下更不会善罢甘休。如今李河落的存在已经关乎鲁道夫非法走私集团的存亡。那些杀手还会追来，在明天在后天在某一天。只要自己不死，危险永不会断。

骆驼载着他们走了五天五夜，他们都快被烈日融化。

终于他们到达了库兹勒克。

这一天，杜林琪格外沉默。她是带着自己和肚里孩子双重的难过来到库兹勒克的。然而她也有些紧张，兴奋得紧张。因为这是条生路，可以让李河落去飞翔。她既悲哀，又有些许激动。

郝力松和格索骑着骆驼走在前，杜林琪和李河落跟在后面。杜林琪偷偷递给李河落一个背包。李河落打开一看，满包的水和压缩干粮。

"包的左边袋子里有我给你准备的钱。"杜林琪压低声音，目视前方。

李河落把脸转向一边，不去看她。

杜林琪小声说："到了公路上，拦辆车，别管车子去哪儿。看到了大站就下，搭上去青海的火车出新疆，路上不要停。"

"我没有任何机会避开郝力松的视线的。"

"你忘了这个。"杜林琪从袖子里掏出拇指大的玻璃瓶。

李河落凝视着她的眼睛，良久，又低下头说："不行。我不可能把你一个人留在这儿……"

"傻子！"杜林琪似在训斥他，"我在这里有警察保护，我们的孩子我也会保护好。我不重要，你的以后才是最重要的。我希望你自由。"

不等李河落考虑，杜林琪便驾着骆驼朝郝力松跑过去。

杜林琪假装递水壶，趁机把西域失魂藤蹭在郝力松和格索的手上。不出一分钟，两人便倒在骆驼上睡着了。杜林琪还没来得及回头看他一眼，也瘫倒在驼背上。

这里没有蜡，杜林琪空手接触了西域失魂藤，也中毒了。

李河落盯着她睡熟的样子，神色游离。

她是李河落在这个世界上唯一的亲人。这个女人如此爱他，在不知道李河落姓"金"抑或姓"陆"的情况下，她要为他怀着"我们的"的孩子，甚至要放他去飞翔。李河落当然也不知道那个背包里装着的是杜林琪全部的水和干粮。

夜晚，郝力松醒来了。他推醒格索和杜林琪，望了望远处，又是无边沙漠，敲了敲光头，疑惑地问："我是怎么了，你们又是怎么了，都睡着了？我们现在是在哪儿？"

"我们在向东走。"杜林琪望着夜空中的星位说。

格索揉着眼睛，"只记得姐姐在给我们递水，之后的事就记不清了。"

郝力松朝后一望，发现李河落不见了，忙跳下骆驼。观察了下四周，猜到了一切。郝力松把杜林琪从骆驼上拽下来，反扣着她的胳膊问："他去哪儿了？"

"我不知道！"

"你用迷药把我们迷倒，把他给放了！"

"什么迷药？"杜林琪不承认，"我和你们一样睡着了啊！"

"少来这套！"郝力松勒紧了她的胳膊，"在喀纳斯你就喜欢滥用毒药，就你那点破伎俩！"

杜林琪痛苦地叫道："郝力松！我肚子疼了！"

郝力松放开了她。杜林琪坐在沙地上喘着气。郝力松坐在她身边愤怒地问："你怎么能放走他！你们这是抗法行为知道吗？你是在纵容犯罪！你在害他！同时也害了自己！"

"我真的真的不知道他在哪儿，不知道发生了什么，我正想问你他在哪儿你倒……"

"想想将来。你们的孩子。一出生就有个是逃犯的爸爸。你不担心吗？不为孩子想吗？"

"我担心的是孩子一出生就没有爸爸。"

"清醒点！"郝力松吼道，"每个人都必须为自己犯的罪受惩罚，天经地义。"

杜林琪捂住耳朵不去听。

郝力松放松语气，对她说："你知道他是谁吗？他既不姓陆也不姓金，他是骗你的！你除了知道他是个男的你还知道什么？"

"你爱你老婆是爱她的名字？"

"他在利用你懂不懂？他爱你是在演戏。而你爱他只是个错觉，或者是一时的感觉。想想长远的以后，他能给你什么？"

"你以为我想得到什么？"

"你了解他吗？他流窜在世界各国，他恶贯满盈，他就是冷血他就是……"

杜林琪打断他的话，"那是因为从来就没有人对他伸出过援手！当你们这些人想出拯救他的方法，只是把他拖向刑场！"

郝力松尽量忍住怒气，心平气和地说："这个世界上有很多出生在黑暗中的人，他们选择过正常的生活。而他选择报复社会，而且反反复复。他这次来喀纳斯犯罪，酬劳是七位数。他只是利用你，他只是大阴谋中的一个帮凶，他身后还站着无数比他更残酷的魔鬼……"

"他不再为他们做事了。"

"但是他以前做过了！"郝力松抓住她的肩膀，"你爱上的是个声名狼藉的杀人魔！背着几十条人命，永远也翻不了身，死了连块墓碑都没有！"

"你们的眼睛里只看得见他的过去，一次机会都不给他。他也是人，有血有肉受了伤也会疼！他爱我，他保护我、保护哈乐丹、保护格索、保护召灵人，他尊敬安磨夫，在真主安拉面前他是个好人。"

郝力松盯着她的眼睛说："我真希望这个世界能如你所愿。"

关于李河落再一次的逃亡，与郝力松合作，做污点证人，警方才可对鲁道夫非法走私集团一网打尽，也不再会有杀手追杀他们，一切又恢复平静。但是李河落要为此付出代价，代价是死刑。如今他逃跑了，危险将无期限纠缠他，包括杜林琪和他们的孩子，包括哈乐丹和格索，更包括安磨夫的安危。总之，要么归附正义，最终一场死刑。要么继续流亡，生不如死。

这就是李河落的心灵天平两端的砝码。他必须作选择。

他孑然一身站在荒漠中，无所适从。

我想他需要帮助。

李河落坐上顺路车，从库兹勒克到了若羌，再往东去就是青海了。他离杜林琪越来越远，不能再跟在她身后，细数着她的脚步。他下了车，坐在沙地上发了会儿呆。

远远瞧见一个骑着毛驴的维吾尔老头从他身边路过。老人头戴小花帽，一大把又长又卷的白胡子。

李河落目不转睛地盯着他那双睿智的眼睛。

老头跳下毛驴，对他说："你一定是迷路了。"

"没有。"焦虑中的李河落想像赶蚊子一样把他挥开。

老头捋着胡须，环顾了下四周，坚定且固执，"你就是迷路了。"

李河落不答理他。老头躬下背，捏起沾在李河落衣领上的一粒葡萄籽。看到这东西，又让李河落想起了杜林琪。

"大概二十年前吧。达坂城的买买提被人说成是小偷，偷了阿依仙家一马车的葡萄。"老人望向前方浩瀚的沙海，"他们之所以说他是小偷，是因为阿依仙发现他嘴边有一粒葡萄籽。"

李河落不解。老人笑着对他说："人人都吃葡萄，可从来没有人会合情理地运算一粒葡萄籽和一车葡萄之间的差距，也没有人质疑过这么个荒唐的联系，他们只是急于要知道谁该为这件事负责。于是给买买提定了罪，十年都不许再吃葡萄的罪。"老人拍着毛驴的头说，"所以我不太相信别人。宁愿相信自己和相信它。之后这么多年来，我一直走在各地，我可能要老死在途中了。"

"您……"

老人捋了捋卷须，"他们都叫我阿凡提。"

李河落愣了愣。

"我爷爷的爷爷的爷爷的老爷爷名叫纳斯列丁，世人也尊称他为阿凡提。维语中阿凡提是'知识渊博的老师'之意。我继承纳斯列丁家族的光荣传统，像当年我爷爷的爷爷的爷爷的老爷爷一样，拥有了这个称号。"阿凡提的笑声爽朗，很带力量。

"你爷爷的爷爷的爷爷的老爷爷也骑毛驴吗？"

"对呀！"阿凡提似乎很高兴，拍着毛驴屁股说，"它爷爷的爷爷的爷爷的老爷爷就是我爷爷的爷爷的爷爷的老爷爷的坐骑。"

"No..."李河落擦了擦额上的汗。

"这里让人着迷。"阿凡提叉着腰遥望向黄沙尽头，"也迷惑人啊！"

李河落迷惘地东望西望。

阿凡提狐疑地打量他，问："你从哪儿来？"

"北边。"

"你撞上强盗了？瞧这衣服上尽是血。"说罢，要来检查李河落有没有受伤。两人推推搡搡中，阿凡提碰到了他的伤口，李河落疼得往后仰，想挣脱开阿凡提的手。阿凡提望着李河落固执的眼睛，一把扯开他的衣领，却看到他左臂上的枪眼。吃了一惊。

"那些强盗抢我的东西，我拼死反抗，他们开……"李河落急忙解释。

阿凡提目不转睛地盯着他的裤腰，怔怔地站起来，往后退。李河落低头一看，枪柄露了出来。

阿凡提不敢留，更不敢走。牵着驴退到离李河落好几米远，和他对坐着。

"我不是坏人。"李河落对他说，"我不会对你做什么。"

"你是……"

"我的朋友在库兹勒克，他们有危险，可我不能回去，回去就是一条死路。但是我更不能就这样一个人走……"

"那你……打算怎么做？"

李河落早没了从前引以为傲的主见。扭过头望向远方的沙丘。

"人的命数都有长有短。比方说我从这座城去向那座城，总会感叹人生短暂。在这座城时我二十岁，到达那座城，已是花甲之年。"阿凡提说，"但是在这过程中我没有一无所为。"

"我在这过程中没干过好事。"李河落自嘲道。

阿凡提指着北方，"米兰古堡。汉代西域军事的指挥中心。那时候各民族动荡不可安宁，即使表面上融合，实质上各族都在蠢蠢欲动，因此这里没少发生暴乱。在战乱中死去的西域各族士兵，即使肉体已经腐烂，亡灵却仍在厮杀，无止境地争斗下去。恶灵盘旋在米兰地域一千七百年。这里生灵涂炭、寸草不生有如炼狱。"

阿凡提继续说。

"什么是人和人？有时候人与人之间远没有你想的美好，恩怨瓜葛、情仇纠缠、自相残杀、你死我亡就是人和人。有些人，完全是在不断下坠。有的人悬崖勒马，他能活下来。即使到了下面，他也是站着的。这就是人和人的差别。你要在这个差别中作选择。安拉都是看在眼里的。"

“现在，也许来不及了。”

“安拉永远不会觉得谁迟了。”

阿凡提爬上驴背，对他说：“你跟着我。”

李河落疑惑地望着他。

“库兹勒克。”阿凡提说，“回去。回去找他们。”

阿凡提怎么忍心看着他一个人回去面对危险。只是毛驴不肯走，像能预见什么，一个劲地哀叫。阿凡提抚着驴脑袋说：“乖乖，我保证死在你后头。你看，到时候我还得给你陪葬不是。”话毕，毛驴不叫了，迈出第一步。

远处的米兰古堡一如千年的尘封，只留下一片片寂静的阴影。古堡周围到处都有佛塔和佛寺的遗迹。那便是当年玄奘西行路过此地，利用天竺经典镇压恶灵而建的。

相传这里曾有一位被世人称为“蝎子精”的女人。因为擅长法术，被封为鄯善国的护国祭司。只是她从生至死无恶不作，最终被天神掩埋。在她即将永久封存在淤泥中时，还要垂死一搏，枯槁般的手指从泥中钻出，幻化成黄沙。

李河落站在无垠荒漠之中。他的垂死一搏，现在开始。

第 17 章
地狱一夜

　　漫漫无际的黄沙上，李河落忧心忡忡，不好的预感"砰砰"撞击心脏浅浅作痛。

　　当他们走到喀尔达依附近的时候，隐隐听见前方的两声枪响。李河落怔了一下，随后发了狂般向前方跑去。阿凡提年逾古稀，赶紧催促毛驴追赶李河落。

　　"慢一点！"阿凡提朝他喊，"我的驴儿都比你老……"

　　李河落心里只有一个信念，不理会阿凡提。

　　他寻找着杜林琪的踪影，即使跑了很久很远，仍是满眼的黄沙，不见人烟。阿凡提骑着驴赶过来，毛驴上气不接下气。

"他们是骑着骆驼的……"李河落环望着四周，迷茫地说。

阿凡提也望了望大沙漠，说："塔克拉玛干太大！你的朋友们可能已经走远了。"

"他们能往哪儿去？"李河落是头暴躁的狮子，"有人追杀他们！他们能往哪儿去……"

阿凡提躬着背在沙地上寻找。

"过来看！"

李河落跑过去一看，沙子上尽是凌乱的脚印，可以肯定是不久前留下的。可怕的是，李河落在脚印旁还发现了几颗子弹。

李河落呆望着阿凡提。

这时从东边又传来一串飘浮般的枪声。李河落撒腿就朝东边跑，阿凡提却一把拽住他，连毛驴也直蹬蹄踢着沙子，很不安。

"不能去！"阿凡提竟然朝他吼道。

李河落手一甩，管不了那么多，他只想赶快回到杜林琪身边。

阿凡提望着李河落远去的背影，浑身颤抖着。不知道是出于对李河落一意孤行的愤怒，还是因为别的什么，总之他颤抖了。不过很快就知道了原因。阿凡提自言自语道："我的真主！他居然敢去那儿！"

阿凡提转过身揪着毛驴的长耳朵说："我们不能眼看着他去送死是不是？"

毛驴吓得直摇头。阿凡提骑上毛驴，叹了口气道："既然我们都这么想，那么就跟上他！"

知道他们进入什么地方了吗？在塔克拉玛干偶尔还可以看见一两棵胡杨挺立在万里黄沙之中，多么坚韧的胡杨，在极度严酷的环境下，它"生而不死一千年，死而不倒一千年，倒而不枯一千年"。但是在这个地方，胡杨会迅速死亡、倒地、枯烂，别说一千年，一年、一个月、一天，它都无法存活。这里没有一棵植物，没有一滴水。除了人类这种活物可以靠主观意志操纵自己的前进路线便再也没有任何生命敢走进这里。而那些走进来的人，几乎都在这里迎接了自己的死。

这里就是杜林琪所说的地狱。塔克拉玛干的东方。比塔克拉玛干可怕百倍的地方。

这里是罗布泊。

听到它的名字，连阿凡提都会胆怯。

一千六百年前，东晋高僧法显途经此地，照他的话说"上无飞鸟，下无走兽，遍望极目，欲求度处，则莫之所拟，唯以死人枯骨为标帜耳"。这是此地一千六百年前的景象。凡事总是遵循与日俱增的准则，只是当时便已穷尽极端，如今随时光不断累积后的恐怖景色只能用"无极炼狱"来形容了。只是仍觉得这个形容很谦美。

阿凡提很清楚，从未有过单人形式成功穿越塔克拉玛干沙漠的记载，在这里就更不可能了。在李河落作出此生最重要的抉择后，这位悲天悯人的智者也作出了自己的选择。他们皆因不愿臣服于死亡而作出走近死亡的决定。在如此空荡、严酷、充满危险的土地上，暴露出来的只会是赤裸裸的、最本真的人性。

感谢上苍，此时他们所展现的，却是人性最最美好的一面。

走进这里，地上不再只是松软的黄沙。沙子里掺杂着锋利的砾石。李河落喘着大气望着茫茫戈壁。沙石上还躺有一块早已风干的胡杨木，残酷的阳光肆意榨取这棵枯骨的遗骸，直到再也挤不出一点湿气。

再走深些，就连死亡的胡杨也见不到了。

李河落满头是汗。自从进了塔克拉玛干，汗水便从未离开过他的身体一秒，每一天都等着月亮来救自己，第二天，旧汗把皮肤毛发和衣服紧紧粘在一起，新汗大滴大滴直往地上坠，落进龟裂的裂缝中迅速蒸发不见。阳光似乎也畏惧这片魔鬼的领土，需要为虎作伥、榨取他们的营养求生存。

李河落对着空荡荡的戈壁声嘶力竭、歇斯底里大声呼喊着他们的名字。

阿凡提牵着毛驴，在沙石上发现了斑斑血迹。发现血迹还有薄薄的一丝水分，于是问："他们中有人了解这里吗？"

"杜林琪知道，郝力松也许知道。"

阿凡提向东走去，"我们去这边找找，他们不会走太远，也不可能。"

可结果是，杜林琪他们走远了。以至于李河落和阿凡提寻找了很久也一无所获。当他们汗流浃背、筋疲力尽的时候，阿凡提停下脚步，合时宜地问了一句："我们不一定能找到活着的他们，我们也不确定自己能不能活着出去，你确定还要往里走？"

李河落望了望贫瘠的戈壁，贫瘠到只剩下苍凉的天、死气沉沉的沙砾和两个人一头牲畜，他一言不发，独自前行。

阿凡提愣了。和毛驴人眼对驴眼，大段的迟疑后，最终也选择继续前进。

从高空上俯视，李河落、阿凡提和那头驴只是满目黄色中的三个小小的黑点，比沙子还要渺小。这三个小黑点正往死里走，即使死在这里，也就成了万千沙砾的一分子，没有人会发现他们。

杜林琪在哪里？她在哪儿？这里的空气能轻易杀死任何人、任何生命，他们走进了罗布泊，走进了死神的宫殿，死亡不再偷偷摸摸地如影随形，而是就站在他们的面前了，谁都可以看到。李河落陷入旋涡般的恐惧中，他在想他们是否已遭遇不测，或许他们化险为夷，就在附近，或者再远些，或者或者很多个或者……可是，她在哪儿呢？

在这里除了喘息声和艰难行进的脚步声，李河落再也听不到其他声音。这里的死寂便是死神欣赏的乐曲。满眼单一的昏黄，加上阳光的摧残，他们的眼睛都花了，视野渐渐变黑，看不见光亮，只能靠双手在干燥的空气中摸索。然而酷热难耐，他们感觉自己似在走向太阳，因为手触碰到的空气刺刺在燃烧。

这时，毛驴高叫一声朝一座沙石堆奔去。李河落和阿凡提赶紧跑过去，沙堆后是三头死去的骆驼，死状凄惨，正是杜林琪他们的坐骑。李河落向前疯跑，在小坡下发现了奄奄一息的杜林琪和格索。

拍了她的脸十多下，杜林琪终于艰难地把眼睁出一条缝，看见眼前有人影，嘴里只吐着："水……"李河落赶忙抽出水壶喂她。

待到杜林琪和格索渐渐清醒了些，阿凡提才松了口气，念道："安拉保佑你们。"杜林琪看见身边的李河落，忙扑上去抱紧他痛哭。

"没事没事的，我在。"李河落抱着她，心想再也不要和她分离了。

杜林琪哭着说："你不该回来的……"哽咽了下继续说，"郝力松他……消失了………"

"消失了？"

格索恐慌地说："他们追赶我们，对我们开枪，郝哥哥保护我和姐姐，他为我们挡了子弹，他受伤了，然后，然后来了大风沙，我们走投无路跑进这里，他们就不再追我们了，等我们回头看，郝哥哥他……他却消失了……"

李河落抱紧了惊魂未定的杜林琪和格索，低着头没有言语。

杜林琪悻悻地说："每次想摆脱危险，最后还是跑进了更危险的地方。"转而咬着牙朝李河落喊道，"你回来干什么！你……"

但是李河落已经回来了。杜林琪看着他脸上的血印泥印和沾着的沙，嘴唇一抖一抖的。

"姑娘，听我说。"阿凡提说，"小伙子为你进了罗布泊，这是多大的付出啊。我个人认为他回来是很有意义的……"

杜林琪打量着面前的老头，似曾相识却又记不起来。

"他是阿凡提。"李河落说，"靠他的指引我才能回来。"

"阿——凡——提？"

阿凡提身后羞涩的毛驴也探出了长脸。

"动画片里那个阿凡提？"杜林琪以为自己在做梦。

"令你失望了，我未能达到先祖那般超群的智慧。"

"不不，不会。"杜林琪忙说，"你的意思是说你是纳斯列丁的后代？"

"他是我爷爷的爷爷的爷爷的老爷爷。"阿凡提捋着白胡子说。

"纳斯列丁是你爷爷的爷爷的爷爷？可你……"

"纳斯列丁没有那么年轻，他是我的爷爷的爷爷的爷爷的老爷爷。"

"哦！对不起。"

"你能说说你们的故事吗？"阿凡提问，"你们从北边来，被追逐进罗布泊，你们都是什么人？"

杜林琪望了望李河落，不知道该说不该说。格索说："有坏蛋要劫持我，哥哥姐姐保护我。"

阿凡提望向格索问："你又是谁？"

"我叫哈乐丹。"

"哈乐丹？"阿凡提大惊，"哈乐丹？喀纳斯的神奇少年哈乐丹？"

"不神奇，就是少年哈乐丹。"

阿凡提叫道："真主安拉！你居然也进罗布泊了！"

当晚，一行人加那头驴躲在一座土冢后休息。杜林琪把事情的来龙去脉说给阿凡提听，阿凡提大叹不可思议。

"你是说我眼前的三个人……"阿凡提瞪大眼睛问杜林琪，"一个是刺客，一个是导游，一个是召灵人？"

杜林琪点点头，"我知道也许很难把这三个身份联系在一起，可……"

"难以联系的却是在你的话中，杀手成了英雄、导游是骗子，你们还一起保护召灵人？"

"是，身份总在不断转化。"杜林琪微笑着说，"喀纳斯的神改变了我们。"

"等等……"阿凡提揉着太阳穴，"你还说，你们掉进冷若冰霜的喀纳斯湖、没被淹死、却被安磨夫给救了？你们还亲眼看到赛里木湖的神羊、被死亡之虫围攻、受困在人头沼泽、横穿过塔克拉玛干大沙漠？"

三个当事人都笑了。

"而且你们相识不到一个月、互不了解对方身份的情况下，你怀了他的孩子？"阿凡提狐疑地问，"姑娘，你是维族人？"

"是啊，我身上流着的是维吾尔人和汉人的血。"

阿凡提爽朗地笑道："我就知道只有我们维族姑娘才能创造神话。"

随后，两人用维语亲密交谈了很久，李河落看着他们手舞足蹈、咿咿呀呀对话的情景很是想笑。

阿凡提感慨地说："我多想和你们一般大，跟你们称兄道弟一起走！"转而对格索说，"我想念喀纳斯。上次去那儿已是五十年前了，湖里的宝贝如今又长了半个世纪的年龄……"

"放心吧！爷爷，我一定会保护好安磨夫的！"

阿凡提呵呵一笑，"安磨夫是一方神明，哪需要你个小娃娃的保护。"

"召灵人的使命不就是保护安磨夫吗？"杜林琪问。

阿凡提却说："虽说新疆这边，湖的灵怪传说甚多，而我宁可信其无也不愿信其有。"

阿凡提说起自己 1956 年途经喀纳斯湖时的见闻。

那时候，他是血气方刚的年轻人，从塔城旅行到喀纳斯，走到喀纳斯湖边立即被绚丽的景色吸引。一位图瓦族牧民划着木船载着他游湖。划到湖心的时候，牧民突然浑身颤抖、恐惧地盯着湖水。阿凡提刚要询问原因，牧民朝他"嘘"示意不要出声。阿凡提顺着牧民的视线朝湖面窥去，隐隐约约看见木船下浮着一块巨大、黑色的阴影，看不清楚是什么，像是条大鱼，因为阿凡提看见了怪物身上的闪闪鳞片，一片就有澡盆般大。阿凡提很吃惊，刚要把头伸进湖中一探究竟，却被牧民制止。

牧民小声说："它能把我们的船一口吞了。"

　　两人紧张了半天，湖中怪物终于游开了。上了岸，阿凡提问他那是什么，牧民给他讲了个故事，说是三十年前，五个前苏联人来到这里，曾捕获过一条大鱼。

　　"有多大？"阿凡提问。

　　"大！很大很大！"牧民手舞足蹈地比画着，说，"苏联人把大鱼分尸，四十匹马都运不完。"

　　牧民还告诉阿凡提，去年人们在岸上发现一条搁浅的大鱼，大得像山，因为太庞大，带不回家，回家了也没那么大的空地放它，于是人们每天从鱼身上割下一块肉回去吃，每天如此。就这样在它身上挖了好几个月的肉。有一天湖水涨了，涨上岸了，这条大鱼又顺着湖水游回去了……

　　阿凡提笑着问杜林琪："你信吗？"

　　杜林琪呆若木鸡。阿凡提说："是让人不敢相信，但是当你亲眼见到它了，却又不得不感叹。所以我认为水怪是极大的鱼，因为它的体形大得离奇，所以就叫'怪'了。"

　　"那安磨夫是什么？"杜林琪又问。

　　"安磨夫是神。"阿凡提摸着格索的脑袋说，"喀纳斯湖的水怪从没伤过人，即使吃过牧民的家畜。我想人们一定感激它，而感激未知的事物都是需要寄托的，于是用神灵的名义刻画了它。这个神灵便是安磨夫了。而召灵人，自法师坦普图衮以来一直作为水怪与人类沟通的桥梁的形式存在，很受当地人尊重。毕竟一方是怪、一方是人，要和睦共处需要一位使者，也是人恐惧未知的一种安慰。"

　　杜林琪问格索："阿凡提说的对吗？"

　　格索笑而不答。阿凡提说："因此按照我以往的阅历，我并不相信神异……"

　　"那就是没有安磨夫、没有神怪啰？"杜林琪吐了口气。

　　格索生气了。阿凡提和杜林琪的讨论挑战了图瓦民族的精神世界，让格索觉得遭受到污辱，于是站起身走到不远处的沙堆上背对着他们坐下。

　　阿凡提笑着说："一开始便说这是我个人的观点，我对安磨夫的了解还是很少。"见格索仍闷闷坐着，便说，"孩子生老人的气要吃大亏。你的命比我长、时间比我多，你还要气我一辈子，而我过不了多久就两脚一蹬去见安拉。"

　　阿凡提转过脸对李河落和杜林琪小声说："他不像召灵人。"

李河落和杜林琪吓了一跳，压低声音忙问缘由。当阿凡提说到当年他在喀纳斯，那时的召灵人名叫特鲁姆，年仅十岁时，杜林琪打断他惊讶地问为什么这些召灵人都年纪轻轻的。

"因为召灵人，活不久。"

"为什么为什么为什么？"杜林琪一连串"为什么"哗啦放了出来。李河落问："是不是因为召灵人的特殊性。这么多人要抓他抢他，这么多的危险，因此他们中很多人在年轻时代便会丧命于纷乱，于是他们家族中年纪更小的召灵人就会继位？"

阿凡提摇摇头，"作为召灵人，他从小就要接受数种宗教教育，他们的内心是极度复杂和混乱的。他的脑子里全是喇嘛教、萨满教、佛教以及各种各样的地域性宗教，甚至还有一些邪恶的宗教。集各种古老文明于一身。而且他们……"阿凡提瞥向不远处的格索，"他们不是正常人。他们有鳃。"

李河落倒抽一口冷气，杜林琪忍不住"嗷"一声立马捂上嘴。

"话虽如此。"阿凡提说，"只是召灵人受到图瓦人的保护和隐藏，包括当年我也仅仅是听说，并未见到真人，太多的东西我也不知道。起初我以为那只是新疆众多神话传说中的一部分，如今见到真人，眼前的这个孩子始终没有我想象中召灵人的特质……或许他是真的，只是现在的我不敢相信神话中的人物就坐在距我十步之遥的地方。或许是因为这种感觉。"

戈壁的夜，让他们感觉离新疆的心脏最近，这种距离又让他们觉得离奇。

睡觉的时候，李河落一直盯着格索的脖颈，甚至装作无意地撩开格索的头发，想看看被遮挡的地方。

只是眼前男孩的体征实在和一般人无异。

第 18 章
海市蜃楼

　　这里的夜让人心虚虚的，所见的只有空洞的黑暗，所听的只是自己虚弱的呼吸。我相信在这种地方，人可以把自己轻轻的心跳听得清清楚楚。一沉一浮，伴着黑压压的广阔远方，似乎已经脱离这个世界，到了另一层无比陌生的空间。

　　这里的夜是魔鬼的瞳。他们就像已经死去，堕入了阴曹地府。

　　李河落享受和杜林琪的二人空间，却压抑于这荒凉的场景。阿凡提和格索都睡了，毛驴很安静地站着，或许也睡了。杜林琪抓住李河落的手放在自己的肚子上。

　　她极小声地问："听，能听到这小家伙在自言自语吗？"

"用手听？"

杜林琪翻了个身，平躺在铺在沙砾上的毡布上，抱着李河落的头，把他的耳朵紧贴自己的肚子。

李河落兴奋地说："听见了，好像听见了！像在动。"他抬起头问杜林琪，"你不疼吗？"

杜林琪笑了笑说："疼，当然疼。不过只有他在动的时候，我才知道他是活着的，我就忘了疼。"

李河落又把耳朵贴在她的肚子上静静地听。他很好奇，他从未这样接触过生命，而且是自己的骨肉。

"嗨。"杜林琪神秘地说，"听懂他说什么了吗？"

"他只会肢体语言。"

杜林琪哀怨道："我的身材开始变了，我感觉自己像个葫芦。"

李河落目不转睛地注视着她。这一段时间的奔波，自己竟然忘记了多关心这个女人，也没留意到她的肚子渐渐大了。

李河落俯下身轻轻吻着她的额头。

杜林琪盯着漆黑的天空，缓缓地说："我有想过我们结婚的问题。"

李河落愣了一下。

杜林琪不再继续这个话题了，安静地躺着。忽然她问："伤好了吗？"

"我觉得，如果你愿意嫁给我……"李河落一本正经地说。

杜林琪也愣了一下，随即展开笑颜，"当然，我当然愿意……我准备很久了。"

"明天。"李河落很坚定。相信这是他说的第一句负责任的话。

他们所说的结婚无非是个形式。不过话说回来，婚礼不都是由纯粹的承诺构成的？不过他们已经达成了很好的默契，都相互信任对方、认同了这个决定。世界上有一些人在磨合的阶段就接受了生死的考验，因此爱情一词在这些人眼里是最崇高和本真的，完全可以和人的信念相提并论。

我的意思是大多数人需要试探和锻炼一辈子的感情，他们只用了几个月便完成了。因此我很赞同他们形式化的婚姻，婚礼也是很必要的。我也希望这时的婚姻能让他们更清楚自己的方向，寻找到那所谓终点的幸福，而不再像从前那样总是给自己设圈套，连自己的心都走不出。

第二天，在苍凉的人间地狱，阿凡提为他们主持婚礼。

他们省去很多维吾尔族婚礼的复杂程序，当然杜林琪是精心装扮过的。她很美，即使没有脂粉的修饰。她把长发织成辫子，用仅剩不多的水简单地洗去脸上的沙尘，虽然格索还嘀咕着她在浪费，不过这样的浪费太值得了，甚至比生命还重要。而李河落，阿凡提把自己的小花帽戴在他头上，并说："看面相，你是注定要做维吾尔女婿的。"

他们的婚礼很简单。格索满怀期待地盘腿坐在地上望着这对终成眷属的人。

阿凡提很郑重地说："现在我有感言。到场的见证人有我、格索，驴……虽然人不多……"

杜林琪笑道："可都是大人物。"

"你们的婚礼怎么能少得了大人物？你们两个经历了充满危险的爱情……短跑。"阿凡提幽默地说，"这很少见。至少我活了这么久从未见过有在罗布泊举行婚礼的，这里什么都没有。"

杜林琪攥紧李河落的手说："肚子里的家伙在唱歌。"

李河落问她："确定要嫁给我这种人？"

杜林琪说："我只嫁给为我进罗布泊的男人。"

"你真的确定？我可没有好背景那些……"

"大不了一起死。"

李河落看着她坦白而直接的眼睛说："你怎么不说点好话。"

"我都想好了，我们不可能走出这里的，所以高兴一天算一天。"

"真的出不去？"

"出不去。"

"我想试一试。"

他们彼此许下诺言。我想上天会惊讶于罗布泊居然也能创造幸福。也惊讶于居然有人会选择这里。

维族姑娘的婚礼怎么能少得了舞蹈。杜林琪出于高兴，竟挺着微微隆起的肚子跳了起来。

虽然身姿有了变化，却丝毫不影响她的兴致。她陶醉在格索的苏尔声中，越跳越欢。接着阿凡提也扭摆起来。毛驴更是忍不住踏着蹄子，像在打节拍。

李河落惊奇于这头在他看来无比愚蠢的毛驴也会跳舞，居然还是踢踏。杜林琪拉上李河落，她说："和我学。"

"不行……不行。"李河落不自在地反抗着，"我跳不好，我身体太硬。"

"你什么都要试一试，试着跳个舞怎么了？"

李河落终于迈出了第一步，很滑稽的样子。不过他就算练个十年，脸上也丝毫不会有自信，这就像天生的。

杜林琪拉住他的手，看着他动作机械的脚，说："维吾尔的男人可不同，可爱跳了，就是和外面的男人不一样。"

"那你怎么不找个维吾尔男人。"

"可外面的男人又不同于维吾尔男人……"

这倒真令女人们无奈。

罗布泊坚硬的沙砾让他们跳得脚疼。等到正午，日光渐渐灼热了，这场婚礼也到了尾声。

阿凡提说："小伙子可以叫她拖勒依干了。"

"什么？"

"维语。"杜林琪说，"'妻子'的意思。"然后满怀期待地望向他。

"哦。"

李河落令她失望了，不过想得到。

这时刮起了风沙，风势很猛，漫天都是枯燥的沙子。这几个人倒是开心异常，摇摇晃晃在风沙中挣扎还不忘嬉皮笑脸着互相调侃。

当笑声在李河落耳边蔓延的时候，杜林琪却发出一声尖叫。

李河落赶上去一看，杜林琪被什么东西压在地上，一个劲地哭。李河落拉开这酷似人形的东西仔细一看，果真是具人的尸体，只是非常轻。

阿凡提瞧了瞧说："是干尸。"

杜林琪又惊又难过，哭着说："从天上突然掉下来……"

这具干尸呈黄绿色，不同于以往从罗布泊出土的古代干尸，因为和楼兰干尸相比，这具干尸并未完全风干，估计死去没多久。

李河落凑近细看，问阿凡提："干尸没有毛发吗？"

"干尸的毛发保存得相当完好，楼兰女尸三千年了，连睫毛都是一根一根的。"

"这具没有头发。"李河落刚把话说完，就呆住了。他翻动着干尸身上沾满沙尘的衣物，竟然在腰间皮带上翻出一把枪和几张证件。

李河落站起来，环视着周围铺天盖地的黄沙，"是郝力松。"

杜林琪和格索都惊呆了，忙跑上前看。

"他消失才多久？"李河落大惑不解。

阿凡提摇了摇头，"这地方就叫人说不清。"

"若是气候极其恶劣所致……我在想能这般速度把尸体制造成干尸，会是多恶劣。"

"真主安拉保佑他！真主安拉……"杜林琪碎碎念道。

李河落的脑海里出现一幅可怕的画面。狂风把受了伤的郝力松卷上天空，也许那时候他还没死，就被残酷的风和沙活生生制作成了干尸。也许这种事会在不久的将来发生在他们每个人的身上。

郝力松的出现又催促他到了必须加快步伐的紧要关头。一刻也不能再等。

临行前，阿凡提为郝力松祷告。他说这可怜的年轻人也许是为了赶上李河落和杜林琪的婚礼。

当他们走近西域三十六国之一的楼兰古城，又对人间地狱有了新的认识。

1900年，瑞典探险家斯文·赫定在罗布泊发现了楼兰古城，他叫它"沙漠中的庞贝城"。这座曾在古丝绸之路上盛极一时的王国却在公元415年突然消失，留下的是蜷缩在沙砾中的谜，包括它的历史源头。"楼兰"最早见于《史记·匈奴列传》。楼兰女尸的出土，鉴定为已有3800年的历史，那时的中原还处于文明之初的夏朝。

从楼兰的发现到现今一个世纪以来，众多研究者、科学家对楼兰文明的消失提出了种种假想。迄今支持最广的解释是气候变化和人类过度开发导致楼兰国人不得不远离故土。

当阿凡提告诉李河落，罗布泊曾是中国西北地区最大的湖泊时，李河落停下了脚步。干枯变形的大地寂寥无声。

"这里曾是……湖？"

罗布泊的湖面曾一度达到一万两千平方公里，古楼兰人在这里建立了十万平方米的古城。如今，黄沙取代湖水，一如当年波涛汹涌的壮丽，也如那时偌大的湖面一样，制造出诡异旋涡，要把人的身体和灵魂活生生撕分开、硬生生拉下去。

李河落全然把这里当做了一个人的一生来看待。活着的时候极尽生命力的旺盛和美好，到头来一死，剩下的无非是其腐朽的骸骨。最后的最后，连骸骨也会化成灰，成了长河中漂浮不定的一点尘埃。谁还能知道它，去发现它。

不过，他在乎死因。

当他正在试图靠近自己人生的时候，忽然发现，自己还没有到达辉煌的顶点。

杜林琪告诉他，三千七百年前，罗布泊曾全湖干涸。两千五百年前，罗布泊西湖水量上升、东湖干涸。一千两百年前是这里水量最充沛的时期。七百年前，水量逐年减少。1958 年夏季，天山大洪水使水量上升，形成近四千年来范围最广的大湖。1965 年，全湖干涸。直到今天他们所看到的景象。

"这里不会再有未来了。"

李河落低语道："我没想到这个地方居然也有过和喀纳斯一样美的景色。"

"我有时候会自己吓自己，若是整个世界都变成这样……"杜林琪踢了踢死气沉沉的沙子。

"又不是不可能。"

她突然笑道："所以我现在觉得去过喀纳斯就一定要来罗布泊。看到罗布泊就像看见了喀纳斯的未来，一片黄沙叫人想起湖水，这种感觉很诡异。它告诉我们'太美的东西让人放松警惕'。"

李河落调侃道："否则你不可能偷走我的钱。"

杜林琪瞟了他一眼，却又理直气壮地问："那你当时怎么不把我杀了？"

李河落突然语钝。不过他心里明白。有如此时望见罗布泊便想要珍惜喀纳斯一样。

最后他说："天堂和地狱，似乎很近。"

迟暮之时，杜林琪把水壶中最后的水留给格索喝了。在沙漠中，水比食物重要。当他们断了水源，死亡的信号便犹如沾在睫毛上的灰，伴随他们的目光触及一切可见之物。这似乎比死亡本身更令人难受。

当杜林琪打开指南针，看见飞速旋转的指针如脱了缰的野马，她傻了。

"磁场作用吗？"李河落问阿凡提。

杜林琪抢着说："以前总发生这样的事。前些年还有飞机在这里坠毁，可问题是罗布泊不在那飞机的航线内。"

"意思就是导航系统出错了？"

"当年彭院长进入罗布泊也离奇消失了。"阿凡提说，"人们对这里的地理环境并不熟悉。"

阿凡提所说的彭院长是指中国科学院新疆分院院长彭加木，他曾带领考察队于1964年、1979年、1980年三次深入罗布泊考察研究。就在1980年的考察中，因为所带汽油与水快要耗尽，彭加木独自深入沙漠找水，却再也没有回来。国家曾四次发动大规模寻找，一无所获。2007年，几位探险爱好者在罗布泊与哈密戈壁交界处发现一具干尸，有证据表明，疑似是消失了二十七年的彭加木的遗体。

"我爸爸曾参与过彭院长的第二次考察。"杜林琪说，"那次是中日两国电视台合作的《丝绸之路》节目要在罗布泊实地拍摄，彭院长是顾问，我父亲和其他几位学者参与协助工作。"

"你父亲是？"阿凡提问。

"杜之海。"

阿凡提很惊讶，问："你父亲是杜之海？那位研究新疆古文化的？"

"是啊。"

阿凡提细细打量着眼前的姑娘，称赞道："他居然有个这么漂亮的女儿。他考察尼雅古城还在我这儿收集资料呢。"

"只是爸爸已经去世了。"杜林琪神情怅然，"我和陆离决定等事情平息了就回乌鲁木齐再补办婚礼，我希望我妈能看到我和他在一起。"

当前最紧要的问题是必须寻找到正确的方向。然而望着似犯了神经病的指南针，杜林琪又急又怕，乱了头绪。

格索问是否要等到晚上根据星辰辨别方向。杜林琪摇着头说："风沙暴捉摸不定，晚上恐怕难看见。"

就在大家快要绝望的时候，阿凡提却心平气和地坐在沙地上，望着远方正徐徐西下的落日，对他们说："傻孩子们，看看！"

阿凡提认为要想活着走出罗布泊只有一个可能，那就是他们不能再深入了，他们必须沿着太阳落山的方向走回头路。

他们向西方前行，必须连夜赶路。

阿凡提对杜林琪说："我和你父亲对新疆虎的意见有分歧。他认为新疆虎已在1916年灭绝，可是二十年前，我曾在塔里木河下游亲眼见到过大型的猫科动物，并很确定那就是新疆虎。这种猛兽只是数量上岌岌可危。就像准噶尔盆地仍有极少数的野马。当然，那已是二十年前，如今已不曾听说过关于有人目击到新疆虎的传闻了。"

"真的吗？"杜林琪问，"起初我也以为在博斯腾湖附近发现的新疆虎不能说明问题，因为没有人见过活的。"

"博斯腾湖？"阿凡提说，"新疆大头鱼也在博斯腾湖绝迹了，从前是这种鱼的最大产地，不过塔里木河水系里还有。"

"说到大头鱼，我在想喀纳斯湖里的水怪会不会是一种古代鱼在绝迹前残存下来的。"

见阿凡提摇头，杜林琪又望了望无心听他们对话的格索，想在他的脖颈处找出鳃来。

这条回头路让他们走了整整一天。没有水和食物，他们已经到了死亡的边缘。

杜林琪和格索用手拧着自己的喉咙，发出沙哑的怪声，像两条即将窒息的鱼。渐渐地，他们头重脚轻、脚步不稳，要栽倒在地上了。一旦倒下，便再也不可能站起来，随后，无情的黄沙会将他们一层一层覆盖，让他们彻底消失在这个世界上。

李河落的视线慢慢模糊，灼热的紫外线要把他的皮肤烤裂，沉闷的空气更不会放过他身体中的任何一滴水分。他感觉自己正在变成干尸，像郝力松那样面目全非，招来的只是人们的恐惧。

不过，哪有人会在这里发现他最后的那张躯壳呢？

李河落盯上了阿凡提的毛驴，缓缓掏出那把水果刀。

阿凡提转过头刚好看见李河落握刀的姿势，一脸凶光，活像个魔鬼。

"这是做什么？"

李河落咽了咽黏稠了的口水，不说话。

阿凡提把毛驴往身边牵，并说："估计有个两三公里就可以出去了，快了……"

"太长了。"李河落摇着头说，"我们应该吃点东西……"

"我们的食物和水已经没有了。"

李河落指了指毛驴。

毛驴直往阿凡提身后躲。

"我们就快到了，已经快到了！"阿凡提忙说。

然而落在后面的杜林琪和格索已经快要神志不清。李河落向前迈了一步。这种关头，本能是完全强压在理智身上的。

阿凡提一时无法作决定。这头驴的祖先是自己祖先的坐骑，传到他这一代已经很不易了。再来，他们感情至深，一路陪伴走过很多年，早已上升到人之间的感情，这头毛驴更像阿凡提的好友、亲人。可是现在，人的生命受到威胁，这头特殊的毛驴或许可以奉献出自己。

李河落颤抖着，语速很快，轻轻地说："只要喝点它的血就够了，我不会杀它，真的不会……"没等阿凡提回答便深一脚浅一脚朝毛驴走去。

"我想问你。"阿凡提凝望着他空洞的眼睛，"如果没有驴，你是不是会吃人？"

李河落似乎已听不见任何声音，眼神直勾勾的。

这时，前方突然出现一排古堡，红的绿的蓝的黄的……色彩斑斓得叫李河落眩晕。缥缥缈缈的城堡下是一层层一叠叠的碧绿森林，像是层水幕，湿漉漉的还带着草香。

李河落傻笑着说："你骗我，谁说这里没有树？"说罢，拎着刀朝城堡走。杜林琪和格索也连爬带滚地跟去。

阿凡提望着走远的他们，松了口气。他清楚，那哪儿是什么城堡，哪儿有什么森林，无非只是海市蜃楼。

望着虚幻的城堡，他们都像着了魔，身体里最后的潜能释放出来，一路狂奔。

望梅止渴是最好的办法，否则吃了毛驴，无疑只是推迟死期，因为血是越喝越渴的，之后也许会死一个人、两个人……不是渴死饿死热死累死，就是互相残杀，在这样的环境下人总是残缺的，最终一场死亡，这中间的一秒一分都在泯灭人性。

他们追逐了很久，城堡却总是和他们保持距离，永远也摸不到。

当他们都绝望地躺在地上，连握刀的力气都没了的时候，阿凡提哼着小曲，牵着毛驴走过来宣布说："亲爱的朋友，我们走出罗布泊了！"

杜林琪咧开嘴"哇"的一声大哭起来，眼泪顺着干裂的皮肤流进嘴里，涩涩的但口感还不错。

第 19 章

吐鲁番

　　阿凡提牵着驴从过路车上的好心人那里要来水，等李河落清醒了些，皱着眉、眯着眼坐起来问这是在哪儿。

　　"库兹勒克。"阿凡提说。

　　听到这个熟悉的地名，李河落猛地站了起来。

　　"我们要赶紧离开这儿！"李河落心想鲁道夫的杀手必定会守候在罗布泊的四周，有可能蹲点守候十天、二十天，甚至更长，直到确定他们都死在里面为止，才好回去交差。

　　杜林琪问："他们总不会这样死耗着吧？"

李河落抓起她的肩膀说："要你死就不会让你多活一秒！我从前就是他们中的一个，我很清楚！"

杜林琪拉起格索，"那赶紧走吧。"

阿凡提问："你们要去哪儿？"

李河落心里没数。杜林琪看了看格索说："我们先把他安全送回喀纳斯，不能再要他跟着我们了。"

"不行！"李河落很坚决，"一起离开新疆。"

"为什么？"

"鲁道夫的手下不蠢，他们也疑惑我们为什么要带着这个孩子，他们应该对格索的真实身份猜了个八九不离十。"

杜林琪走到他面前问："难道要带着他就这样和我们一起亡命天涯？他可是喀纳斯的……"

"不能再回去，那里还有警察。"

"你怕？"杜林琪盯着他狂暴到血红的眼睛，"你怕死？"

"我怕你会死！"李河落无助地吼道，"我怕我们的孩子会有意外！"

"我们没有其他的路了，我们不能再伤及无辜，我们已经错过很多次了……"

李河落冷冷地说："我们再错一次又有什么关系？"

杜林琪满眼的泪，对他说了很多遍"你错了你错了"。阿凡提则背对着他们不言语，他对年轻情人的意见分歧无能为力，这些也该他们自己解决。再说，这件事实质上也是左右为难。

这已不是理论，问题的当中已毫无道理而言了。同是为了生和死，道理解决不了生和死。争吵和无谓的理论只会浪费时间。李河落象征性地搂了搂杜林琪，便推着她往前走，说："这些东西等我们到安全一点的地方再商量。"

杜林琪扭了扭肩膀，躲开李河落的手。虽很不情愿却还是跟着他往前去。

阿凡提没有和他们一起走。本来他只是为帮助迷途的李河落找到杜林琪，现在，他可以继续自己的旅程了。

李河落笑着亲近毛驴。阿凡提告诉他，他会去和田长住一段时间，如果一切都安宁了，便一定要带着杜林琪到和田来拜访他。李河落只是笑着点头，也不回答，他知道安宁降临得遥遥无期。

和阿凡提告别后，他们搭上过路车。

刚坐上车，李河落就看见远方的沙漠里追来几个骑骆驼的蒙面男子。事态发展正如他的猜想。他没有告诉杜林琪，只是催促司机更快些。

大白天在公路上，那些人又不敢放枪。眼看着这些幽灵越来越小，最终消失在视线里。

李河落看着司机抽烟，心痒得难受。这段逃亡的时间中，他都忘了抽烟这回事。稍微一丁点的安逸就叫他克制不住，终于厚着脸皮向司机要了一根，对着窗外大口大口吸起来。

"太冒昧了……"杜林琪用胳膊肘捅了捅他，小声说。

司机倒不介意，只问："我是去哈密的，你们去哪儿？"

杜林琪尽量想得周全，既要考虑到格索，又要给李河落留退路。

"我们在吐鲁番下吧。"

此时的阳光不再是致命的了，而是值得歌颂赞美的柔媚，它把远方光秃秃的山照耀成一片火红，像是传输能量，一切都变得美丽和充满活力。

在吐鲁番地区下了车已是夕阳西下时分。他们走在赤红的大地上，望着过路的维吾尔农民，像是孤岛上困了一百年的漂流者回到闹市，恨不得与每一个素昧平生的路人紧紧相拥，哪怕还要亲吻。

杜林琪的脸蛋被阳光照成朱红色，像颗大海棠。日暮的闲逸气氛令她陶醉。怀上孩子后，她似乎不再那样好动，并不是刻意如此，大概是本能告诉她要有个母亲的样。

李河落问："吐鲁番都有些什么好玩的？"

杜林琪说了郡王府、高昌古城、艾丁湖、千佛洞、阿斯塔那古墓……还没说完，李河落便直摇头。

"我怕我的脑袋装不下这么多。"

"地大物博嘛。"

"还是说现在感兴趣的东西。说吃的。"

杜林琪想了想说："葡萄！想了解吗？"

格索拍着手说"好、好"。李河落却不以为然，道："葡萄还用说吗？"

"我说你这个人实在太肤浅！"杜林琪掐着他的胳膊，"人都有黑人、白人，黄种人、棕色人乱七八糟的，葡萄当然更多了。吃过无核白葡萄没？吃过马奶子没？吃过喀什哈尔葡萄、日加干、琐琐葡萄没有？"见李河落摇头便问，"那你听说过没有？"

"也没。"

"那到这里可要长见识了。"杜林琪边说边迷醉了似的，"啧啧，别提有多可口了！皮薄得指甲轻轻一划就破，破了就溅出晶莹剔透的汁，里头的肉软啊嫩啊，哎哟哎哟像是咬着白云……"

李河落推醒她。

"我们进城去！"杜林琪拍了拍口袋说，"吃好吃的去！"

李河落忙说："不行，我们要走偏僻些的路。"

"城里不是安全些吗？"

"他们若是跟上来，首先会进城。"李河落解释说，"他们吃不了苦，不像我们，要不顾一切去逃命、什么地方都敢闯。"

"那我们去哪儿？我们现在没吃的没喝的……"

在小贩那儿买了些矿泉水和馕便起程了，向着越发火红的山区走去。

杜林琪起初不愿走这条路，说那里太热，却一时又找不出别的路，只能硬着头皮过去了。

李河落说："我们在山上待几天，确定没危险了再进城。"

"……好吧。"

天空翻滚的火烧云与山石连成一片，前方一座座的山像是熊熊燃烧的朱红烈火。

这里的热与罗布泊不同。罗布泊是干热，沙砾中毫无水分，以至在脱离水源的状态下，人会产生被炽烤的幻觉。而这里，极高的温度中还带着滚烫的水汽，像是个蒸笼，能把人蒸熟后再慢慢烧焦。

此时快到晚上了，并没有强烈的火烧感。他们走到一块石碑前停住，上面有三个根据草书雕刻的汉字。

杜林琪用维语反复念着："克孜勒塔格、克孜勒塔格……"

有个字笔画太多，刻得太潦草，李河落没看懂，却还是装模作样念出来："火……山。火山？"随后环顾了下红彤彤的四周，"死火山还是活火山，哪儿有？"

杜林琪白了他一眼，"火焰山。"

李河落像是久仰大名，长长地"噢——"了声，说："孙猴子找铁扇公主借扇子灭火那段吧。"

"人家那是芭蕉扇。"杜林琪说，"火焰山呢，是太上老君的炼丹炉中的火砖掉到人间变成的。"

"那么不小心呀。"格索说。

"什么呀。"杜林琪敲着格索的头，"那炼丹炉也是孙悟空闹天宫的时候给踢倒的，自己造的孽，这就叫因果报应。"

唐朝诗人岑参有首边塞诗："火山突兀赤亭口，火山五月火云厚。火云满山凝未开，飞鸟千里不敢来。"描写的正是吐鲁番火焰山的景色。

"天山有条吃童男童女的恶龙，所有人都害怕它，只有哈拉和卓不畏惧。这个少年和哈乐丹一样勇敢，拿着宝剑和巨龙斗了三天三夜，最终把巨龙斩成十断，龙尸变成了山，被斩开的地方变成了山涧的峡谷，就是这里。"杜林琪解说着，"山的雏形形成于1.4亿年前，主体形成于五千万年前喜马拉雅山的运动。现在的我们呢，刚好赶上最热的时候。"

"有多热？"

"夏天这时候一般都在五十摄氏度左右，地表嘛，有个七八十摄氏度，真能把我们烤熟了。现在温度降下来了，也就三十多摄氏度吧。"

"也是寸草不生的地方。"李河落望着光秃的红山，说，"岂不是和罗布泊一样？"

"至少没罗布泊那样大，再说在罗布泊根本找不到方向，不像这儿。"

李河落心想不及罗布泊便是好的。杜林琪却转过脸，带着怨气问："为什么我们找的安全地方却总是最危险的地方？"

"我告诉过你天堂和地狱其实很近，应该是一个道理，安全和危险、美与丑，实际上都没有明确的界限，就像水怪，有的人把它看做是神，有的人就看做是鱼，互相连通互相转化，没有绝对，这不太好解释。"李河落像在和她探讨哲理，"这个世界就是这样。"

"我不想这个世界是这样！"

"我们就当是在旅行，逃命和旅行实际上也是一样的。"

杜林琪喊着"啊啊"像只小鸟一样往前跑了一阵，转过身揉着脑门说："我快要疯了！"

李河落走上前搂住她，"我们呢，以后要带着孩子沿着丝绸之路远行，我们住最好的酒店、吃……"

"我也要去！"格索叫道。

李河落把手放在他头上，继续说："我们要一直走到阿拉伯，我们要住在豪华的阿拉伯塔总统套房里……"

"有多豪华？"杜林琪偷乐着问。

"一晚两万美金，然后我们……"

"算了，我宁愿睡沙漠。"

夜晚，他们栖身在一处石洞中。不可避免的就是两人那场无休止无结果的争论。如何解决格索的问题。

开始，他们都怕惹恼对方，默不做声，后来杜林琪忍不住了，直接说："继续往前走就是乌鲁木齐，往东可以去甘肃。"

"带格索一起去甘肃。"李河落依然很坚决。

格索却小声说："安磨夫很危险，我想回去。"

"照现在这样的态势，我们根本不可能安全回到喀纳斯，也许半路就会送命。"

"你可以不去。"杜林琪把格索拉到自己身边，"我要带他回去。"

李河落当然不会同意，只是冷冷笑了笑，"就凭你？"

"是！"这个字是从杜林琪嘴里毫不犹豫喷射出来的。

"当你是我，你就会明白我了。"

"我不想是你！我明白你的那些苦衷，但是你有没有想过我们孩子的未来、格索的未来？"

"我不敢想太多，现在唯一能想的只是能让我们的孩子好好活着。"

杜林琪盯着他的眼睛，"孩子出生了，他会快乐吗？"

"活下来就好。"

杜林琪转过身望向火红的一切。

"活着是一切的前提。"李河落问她，"他才能学着理解世界，学着谅解我们，你不明白？"

"但是我们把孩子的生建立在格索的生死上！"

"人都是自私的，至少我是这样。"

杜林琪像是看清了他的真面目，摇着头说："我以为你变了，以为你能改变，没想到本性难移，我糊涂了，我怎么会相信你这种人！"

"后悔了？"说到这个话题上，李河落也狂暴起来，"我在努力尽到一个好丈夫、好父亲的责任！我要保护你和孩子，哪怕自己死在这里都无所谓……"

"孩子不会以你为荣的……"

李河落发了狂，一拳砸向坚硬的砂岩壁，血流了下来。

格索吓得忙说："哥哥姐姐！一路上这么艰难都一起走过来了，可现在你们……怎么可以！"

"怎么不可以？"李河落一把掐住格索的喉咙，"整件事都是因为你！现在我可以要你活，也可以要你死！你的命在我手里。"

"你疯啦！"杜林琪掏出刀指着李河落，"放开他！"

李河落狠狠地盯着杜林琪，宛如一头绝境中的猛兽，掐得格索的喉咙更紧了。

杜林琪的威胁无用，冲上去拉扯着，一不小心，刀子刺进了李河落的身体，顿时血流如注。李河落松了手，后退了几步，痛苦地倚着岩壁，挣扎着滑在地上。杜林琪傻了，手捂着不自觉张大的嘴，眼泪止不住地掉下来。

她上前要扶李河落躺下，满手是血，看得她胆战心惊。边哭边说："亲爱的我不知道会弄成这样……是我不好……"

李河落咬着牙忍着剧痛。

刀子刺进了李河落的左肋。杜林琪撕下衣摆帮他包扎好伤口，坐在他身边望着他倔犟的侧脸。

"你若是捅死我反倒更好。"

"你怎么能迁怒在格索身上……"杜林琪的手指触碰到他的嘴唇，上面的条纹间微微渗着血，"陆离不是这样的，陆离是一个勇敢的、学会接受阳光的人，不是现在这样。"

李河落抱住她。许久。他说："但是你不知道我有多爱你。我好怕失去你，我们的生活刚有了起色，我不想……"

"我知道，我什么都知道。"她终于等到了这句话，虽打断他却仍想要听下去，无知无觉间，含着泪却微微笑着，眼睛里满是晶莹剔透。

她像哄一个失魂落魄的孩子，在他耳边说："我们像以前一样，一直向着阳光走，我们勇敢地、问心无愧地向着阳光走……"

此时的李河落站在光明和黑暗的交接处，光明下的他有一道狭长深黑的阴影，而黑暗里，却连影子都没有。

他无法回应杜林琪，即使在他眼里，光明和黑暗也只有微小的差距，可这一差距却又是无可否认的遥不可及。

第 20 章
疑云又起

第二天，趁李河落还未醒来，杜林琪就独自出去了。她走了一二里的路，好不容易找到一户维族人家，要来了红药水和云南白药便匆匆往回赶，路过小贩摊子，犹豫了下，还是折回来买了一斤葡萄。

回去的路上，隐约听见身后有响动，回头一看，两座像是被一刀削开的红色砂岩山安安静静地矗立，峡谷中静谧无声。

也许是紧张过度了。她这样想着又走了一段路，身后却总有幽灵尾随般发出的声响，声音虽然微小和琐碎，可在毫无人烟的火焰山，总是可以清楚地察觉到。

　　杜林琪的心开始怦怦跳了。这里没有野兽，现在的季节也是无风的，唯一的可能就是鲁道夫的手下追来了。她加快脚步，一手拎着葡萄，一手慢慢伸进口袋握住小刀。

　　今天，她不该这么唐突就出来的，但是怕李河落的伤口感染，又不得不这样。

　　她没有直接回岩洞，而是半路往偏僻小径走，挤过只能容一人过身的"一线天"，登上好几座高高低低的小山，边拐着弯边急速奔跑了很久，又谨慎地躲在石窟中观察了很久，直到不再听见充满危险的响动，才回了石洞。回去的时候，天已经全黑。

　　李河落半卧着，望着汗流浃背的杜林琪问："你去哪儿了？"

　　"药。"杜林琪缓了一口气，把一袋葡萄递给格索。

　　"整整一天？"李河落问，"发现什么了？"

　　"没。没发现什么。"杜林琪知道李河落紧张于那些对他们纠缠不放的杀手，不过她想隐瞒这件事，便含糊地摇着头。

　　李河落并不放心，他只相信自己。

　　杜林琪坐到他身边，不安地问："鲁道夫一定要杀了我们不可吗？"

　　"和你说过很多次了，我都已经被警察给盯上了，若是我被抓，他们也就完了。"

　　杜林琪想了想，说："你逃出去，我带格索去报案。"

　　"不行，你们必须和我一起。"

　　"难道就这样一起逃、逃、逃？"杜林琪摇着头说，"这不行，一定有更好的解决办法的。"

　　"自首？"李河落冷冷地说，"别傻了，这件事里死了人的，还牵涉到我们的档案，我会被枪毙，你呢，生完孩子也跟着枪毙了，我们的孩子就是死囚的孤儿，所有人都会歧视他唾弃他。"

　　杜林琪紧咬着下唇，不做声。格索递给她一串葡萄，她也没接。

　　李河落握着她的手说："我们可以和鲁道夫拼这一次。"

　　"这一次太漫长了！"杜林琪哭着说，"只要我们还活着，就是他的隐患！你有没有想过，我们可能会像现在这样，一辈子这样度过！这样的一生对我们有什么意义？"

"我们可以去一个他们找不到的地方……"

杜林琪泪流满面，"不可能的，不可能的，我们逃不出去，我们已经没有力气了，我很清楚……我们带着格索去流亡，在路上生下这个孩子，孩子的命运也注定一辈子去流亡，我们要毁了多少生命啊……"

"很多事，我们是不能自己决定的……总是这样。"

"你错了，你真的错了！"杜林琪盯着他怯懦的眼睛说，"我们这样，安拉不会放过我们的！我总是梦见艾保，我亲手造成了他的悲剧，没有哪一天我不是带着负罪偷生过下去的！我已经害怕了，我想去改变这一切，我想至少我能够扭转它……"

李河落吼道："真有报应，我们早就死了！"

"是啊。"杜林琪深吸着气说，"上苍让我们活到了现在。"

"它想要我们活下去。"

"上苍让我们活到现在是有原因的。"看着李河落尖锐的目光被渐渐削弱到宛似顺从，她想他平静下来了。她说："未来不属于我们，未来是属于格索和我们的孩子的。也许我们在逃命的路上就会死去，但是我们归附正义，鲁道夫会受惩罚。也许我们逃不过一死，至少，格索和我们的孩子能活下去。他们不用逃亡，他们会很幸福，他们能有安定的一生，我们的孩子也会为我们骄傲。这就是我想说的，会是我这辈子唯一做对的事。"

"你被谁洗脑了？我们答应过要一起走的。"李河落吃力地问，"到底是谁蛊惑你？到底是谁？"

"我们的孩子。"

李河落静默在原地。一心在想这孩子像是个祸害。他也不准备和杜林琪浪费口水，大不了用蛮力去征服她的意志，扛着她拽着格索，强迫他们跟自己走，这才是四个人都能活下去的路。

虽然是杜林琪想要表达的，却不是她想要的。这里面有牺牲，悲壮的牺牲。但是现在的关头，这或许是最好的选择。

当然，李河落不可能赞同，毁灭自己还是毁灭孩子？自己想要的是十全的结果。长久以来，他总说"活着才是好的"，他用自己的理论相信和解释这个世界，他必须去试。

山洞里的气氛异乎寻常地压抑，他们都遗忘了笑容。

一片黑漆漆容易让李河落不安。杜林琪小心翼翼地为他涂着药。李河落望着沉沉睡去的格索发了会儿呆。他在想，如果童年那时，能有人为了他的未来作无私的牺牲，哪怕是仅有的一个人。如果有那样的人。

山洞外风声呼啸。变天了。这每一段低吼都带来追忆的魔力，能让他清晰地接触到不堪回首的章章往事。

"这倒是很难得的变天。"杜林琪说。

"你要是真能听懂上天的语言就好了。"

杜林琪望着他尴尬地笑了笑。

"其实我现在身无分文。"李河落歪了歪嘴，说，"我把所有的钱都赔给鲁道夫了。"

"我知道。"

"你怎么会知道？"

杜林琪捋着他的头发，"你的钱我最有数。"

李河落勉强地扬了扬嘴角，"那个时候你还不忘这个。"

"并不是这样。在那之后，我只是出于好奇才注意过你的账户。"杜林琪严肃地说，"那些钱全是沾着腥血的，你不能留。"

杜林琪枕在李河落的肩上望着山洞外呼啸风暴带来的飞沙走石。她说："我们朝北走，经过乌鲁木齐。你一定要见见我妈，她也是你的妈妈。然后我们回喀纳斯，把格索……"

李河落把脸贴在她的额上，只感到杜林琪的声音就在耳边，至于她在说什么，他不想听下去了。眼睛直勾勾地盯着被阴暗光线熏染成灰白的岩壁。

当黎明带来第一缕阳光，杜林琪便醒来了，李河落却一夜未眠，他总是在幻想他们未来的种种，在正义与邪恶中挣扎，每一刻都是。

杜林琪要出去观察情形，李河落不放心，艰难地要站起来亲自去，却被杜林琪阻止了。她说这点小事交给一位未来的女英雄来做是绰绰有余的。李河落则轻蔑地扑哧笑了出来。

"遇到危险就赶快跑或者躲起来，或者用枪。"李河落把自己的枪递给她嘱咐道，"昨天应该教你用的。先拿着。"

杜林琪又扔给他，说带着枪让她心慌。

"带着！"李河落朝她吼。

无奈，杜林琪接过来，小心翼翼地不知要往哪儿放。李河落要养伤，而今她身负重任，一出山洞便兴奋地作深呼吸。李河落又叫道："小心孩子！"杜林琪似乎没听见，一蹦一跳跑出去了。李河落专心听着她踏着沙石发出的声音渐渐消失。总是有莫名的伤感。

中午的样子，远处传来一声枪响。

李河落猛地站起来奔出山洞观望，却不能确定枪声出自什么方位。他的心跳得比以往任何时候都要快。

格索走过去，满脸惊恐地望着远处。他说："我去找杜姐姐。"

李河落把他拉进山洞，惊恐地不说话。

"我要去找杜姐姐！"

"老实待在这儿。"李河落拖住他，伤口的血却在渗，"哪儿都不要去。"

李河落的手无知无觉抖了一下午。

等到黄昏时分，杜林琪匆匆忙忙跑回来。

看见她的身影，李河落险些晕厥。

"碰到他们了？"李河落失了魂似的查看杜林琪有没有受伤。

"……没。"杜林琪捂着胸口喘着粗气说，"我觉得可能是当地的猎人。"

格索忙说："我们在这两天只听见一声枪响，那肯定不是猎人！"

"那不是猎枪的声音。"李河落很确定。

"明天我再去看看。"

"别去了！"

李河落忧心忡忡的，都忘了伤口涌出的血已经淌了一地。

晚上，杜林琪给他换了药。他教给她一些用枪的常识。杜林琪总是不耐烦地说："我不想带这玩意儿。"

"它可以保护你。"李河落把枪柄贴在唇上，说，"它比人忠诚。"

"我觉得这更像犯罪……"

"这是自卫！"李河落瞪大眼睛对她说，"自卫，我们需要自卫，我们不再犯罪了。"

"我不想带这玩意儿，你要我说多少遍！"杜林琪无所适从地说，"这是我的原则问题！"

"现在你的原则就是要——活——下——去。"

"我想替你赎罪！"

李河落望着她清澈的大眼睛，一时不知道说什么好。

当他们都深知生离死别只是百感交集那么一回事时，才会真正认识到爱。

杜林琪很直白地问他："亲爱的你这么自私，为什么不觉得格索是我们的累赘？"

"为什么这么问？"

"我是说，你可能只会想着我们逃出去，却还要带着格索，在你眼里他难道不是负担？"

李河落垂着头笑了两声。

"我认为吧。"杜林琪搂住他的脖子说，"你的心还是想要保护格索的，只是你还不太适应这种改变。"

听到这些话，李河落不知道该说是，还是该说不是，他心里很不清楚。

"答应我。"杜林琪面对着他，捋着他的鬓角，"我们一定要把格索安全送回喀纳斯，他是喀纳斯的希望。这是我最大的愿望。"

看到李河落静静地注视着自己，她接着说："你做了那么久的罪人，做回英雄试试吧，做我们孩子的英雄。这很简单，很简单。"

天微明的时候，杜林琪还是带着枪出去了。走之前还打量着手中的枪抱怨道："他们不会杀我的，我这么漂亮，他们怎么忍心下手！"

山洞中只剩下李河落和格索。李河落越发看格索不顺眼，总怀疑他用了什么法术蛊惑了杜林琪。于是他没事找事地说："我完全可以把你杀了，可看在你是召灵人的分儿上我还得去保护你，我真是疯了傻了！"

格索知道他只是想发泄，便不理睬。

"知道我为什么要带着你吗？"李河落冷笑着问。

格索递给他一瓶水，说："哥哥喝点水吧。"

李河落一脚把矿泉水踢飞到岩壁上，水淌了一地。

"我当然知道你为什么要带着我。"格索站了起来，"也知道你为什么一心想带我出新疆。"

李河落低声笑了笑问："说说，为什么。"

"这就是你的真相!"格索每一个字都吐得很清楚,"因为,你想独吞我。"

空气瞬间凝固住。李河落恶狠狠地盯着格索,像要钻进他的心里面去杀戮。

"聪明的孩子!"

格索攥紧了手中的弯刀,"你想带我出去,卖掉我,这是你给自己留的后路。"

李河落拍着手赞叹道:"阿凡提说得没错,真是聪明绝顶的孩子!"

格索低着头笑着问:"可你知道,我为什么还跟着你吗?"

格索的这句话像刀枪峰回路转又折回来给了自己一击,让李河落突然后背发冷,笑容瞬间变化成一块僵硬冷铁。

格索只是忍不住地笑,一个劲儿地笑,"哥哥!我逗你玩的!"

李河落着实被吓了一跳,只是呆望了格索好一会儿,脸虽止不住地抽搐却也扮着笑说:"我也是在逗你呢!"

事情演变到现在,莫非李河落真是因为想独吞召灵人而以保护格索为借口?不得而知。兴许他有想过这个计划,又或者一直都在实行,只有他自己清楚。因为只有这个孩子能换到钞票,对已经身无分文的他来说,有了格索,他才有了逃亡的资本,可以去向更远、更接近"活下去"的信仰。再说说聪明的格索,他的那一句令人匪夷所思的反问,像是暗示着什么重大的秘密,揭开它就像得到了整个宇宙奥秘的答案。

兴许李河落是出于善意,顾全大局才一直带着格索。又兴许格索的那句悬而未绝之话只是"逗你玩的",总之新的问题产生了。

当杜林琪回来,他们都隐瞒了今天发生的这件事。杜林琪说:"今天没发现什么异常,明天我再去看看,再没什么异样我们就可以进城了。"见李河落不言语,便问,"可是你想好没有,我们进城后就要赶紧动身了。"

下午变了天。李河落仰着头望着乌云密布的灰暗天空,见雨水迟迟不往下落。

杜林琪走过去,问:"你是去甘肃还是跟我们一起走?"

"你一定要回喀纳斯?"

杜林琪点了点头,"我要带格索回去。"

"你在逼我?"

"不是!"杜林琪说,"你的路是没意义的。"

每当这种时候，两人各执己见，无形中互相牵制，总让李河落感觉自己和她只是令人困惑的陌生关系，陌生得很压抑。

"我是孩子的父亲，我有权决定你和孩子该怎么做。"

"我是他妈！"

李河落霸道地捂住她的嘴。

翻滚不休的乌云越积越厚，狂风朝他们袭来。杜林琪把李河落的手按在自己的肚子上，流着泪恳求着，"听听孩子的声音吧，听一听。"

李河落把手缩了回去。

"他在哭。"杜林琪擦着泪。

"你这个疯女人！疯子！"李河落的声音锐利而刻薄。彼此陌生到一片混乱。

第 21 章

寻找杜林琪

　　杜林琪的这些话在火焰山都变成了紧箍咒，折磨着李河落，让他无法平静。而他们之间也再不会等两人冷静下来后又和好如初了，因为作决定迫在眉睫。

　　杜林琪和他赌气，换了药便躺在格索身边睡下了。半夜的时候，肚子里不安分的孩子乱动，她跑出去呕了好几次。这些李河落也是知道的，但他接受了杜林琪的挑战，装作睡着了一直无动于衷。

　　第二天一大早，杜林琪像往常一样出去了。

　　出去的时候，还故意把枪摆在李河落面前，说是再也不带了。李河落翻了个身，对着岩壁，也不说话。杜林琪气冲冲地往外走，李河落又良心发现般一把抓住她的手，硬是把枪塞给她。

"我不要。"

"孩子要。"

一提到孩子，杜林琪板着脸接过了枪，走之前还嘱咐格索要记得给李河落换药。

"以后长大了准备干什么？"李河落问格索。

"就和村子里的大人们一样骑骑马赶赶羊，在喀纳斯过一生吧。"

"也不错。"李河落坐起来，"看着是个牧民，实际上是召灵人，谁也看不出。"

"哥哥。"格索坐到他身边，"若是我告诉你，根本就没有什么召灵人，你信吗？"

"又逗我什么？"

"现在不逗你呢，你现在就早早把召灵人忘了吧，记着他并不好。"

"你还真怕我把你卖了？"

格索摇摇头说："若是想跑，趁现在你受伤我就跑了。"

"格索，你告诉我，水怪究竟是什么？"

"它什么都不是！它只是面镜子，有人喜欢它，不远万里来看它，有人畏惧它，有人保护它，还有的人想要得到它，日复一日地寻找着。人们都想知道它究竟是什么，它就是一面镜子，它把人的嘴脸照得很详尽。"

正午的时候，远方又隐隐传来两声枪响，李河落的心勒紧了下。又是当地猎人？火焰山方圆百里没有任何动物，又怎么会有猎人？

他掏出了西域失魂藤。计划等着杜林琪回来，用这个把她迷倒，便要带着她离开新疆了。

可天都全黑了也不见杜林琪回来，格索耐不住了，要出去找她，李河落拖住他，说："你哪儿都不要去。她在和那些家伙兜圈子。"

一直等到深夜。李河落再也坐不住了，捂着伤口要出去看看，格索也跟在后头。

一片漆黑，没有一声虫鸣，没有一丝风。

格索说："我们得喊。"

"你回山洞去！回去！"李河落朝他吼。

格索朝前走去，强硬地说："我要去找杜姐姐！"

"你的命可比我们的值钱，你不要了？"

"不要了！"

看着李河落忍着痛、瞪着自己，格索过来扶着他说："我已是成人了，该回去的是你，你的伤还没好。"

李河落甩开他的手，紧闭着唇，艰难地往前迈着步子。

他已再无心情说话，甚至都不会抒发心中担忧，让自己好过些。他只是努力想要克服轻微的夜盲症，又明知道黑暗里什么都找不着，可他心里只有她的每一个影子，他必须找到她。

他们在深夜的火焰山找了很久。敏捷的格索总走在前，李河落加紧脚步，可伤口却被拉扯得越发疼痛。他怀疑又渗出了血，却只是用颤抖的手使劲捂着。他想，当他找到杜林琪一定会任凭她在自己身上出气，然后答应她，叫她一声"拖勒依干"。

当黎明来临，红色光影顺着山顶往山脚蔓延。李河落早已无力前进了，依着山涧一处岩壁，目光空空地盯着橙色的土地。伤口还疼吗？他不知道。而这样的问候又像是从杜林琪口中出来的，只是极为空幻。

李河落甚至不再苦想着她到底在哪儿，他的脑子已经空了。两条腿软绵绵的，力气耗尽了，昏昏沉沉想要睡去，这一睡估计便是休克了。

格索仍在寻找，只是焦急也化成了微小的绝望，无精打采的。

李河落微弱地喘息着，这一切好像个梦。

当听见格索的尖叫，他咬了咬牙，站起来就往山谷中奔去。

一个死去的女人趴在地上，脸埋在沙土里，手里握着李河落给她的那把枪。

熟悉的身体，熟悉的T恤，熟悉的一地长发。惟独的陌生，只是零星的血渍。连初升的阳光也不放过她，蒸发掉鲜血，变成了沾在砾石上乌紫色的痂。

李河落站在远处望了很久很久，也不敢靠近。终于他往前迈了一步，像是往常那样要给她一个惊喜或是吓唬她一下。他极轻地蹑着不连贯的步子，每一步都叫他的伤口钻心地疼一下，一小段路就这样走了很长时间。

突然的一阵哽咽，让李河落呼吸困难。望着她沾满血的后背，终于提起力气握住她冰凉的手，想说话，舌头却无比愚钝。

他想告诉她，下一站就是乌鲁木齐了，就可以见到妈妈了。

杜林琪无声又无息，静静地趴在沙砾上。

此时的喀纳斯到了一年中最美的季节，前些日子可以见到云海的奇观。当然，要站在山上，因为大雨过后生出的雾气又大又浓，厚厚地一层垒着一层，密密实实的好不壮观。因此在低处走，眼前尽是白茫茫一片，是找不着路的，还以为到了仙境或是梦还没醒。站在山巅朝下俯瞰，也就真成了仙人，像是再往前迈一步就可以随着云雾飘走。

喀纳斯湖更是美不胜收，美到极致了。初秋是个完美的季节，凄美的树影和落叶全往湖里钻，整个湖便变了色，一处金红、一处碧蓝，像是一大缸染料，任凭着清新的风在搅动，五彩斑斓晃悠悠在转动，都像有了生命似的。月亮湾的景也跟着变幻，一线长湖像尽是让人眼花缭乱的花朵，伴着阳光还熠熠生辉，看得人恍恍惚惚，早忘记了现实世界的一花一木，全坠入湖中的魅影深处去了。

而人间仙境的南方，负罪的李河落的内心在久盼的阳光明媚后，又"呼"的一声裂变成昏暗凄冷的城池，灵魂被困在其中僵硬如铁。他的脸上没有一丝血色，嘴唇上一道道苍白的鲜红。他把格索从沙地上拉起来，不知他从哪儿生出的大力气，抱起格索飞快地离开，离开这具令他充满恐惧的尸体。他要离开这里，像个幼稚无助的孩子在心里对自己说："她不是杜林琪，她不是！我要离开这儿，要离开这里……"他带着格索冲进了吐鲁番城，冲进了车站，冲上了车，在最黑的夜晚，全然不顾身后那些嗜血的幽灵，以最快速度离开这里。

窗外的一切，他不敢再看。眼睛直勾勾地盯着颤抖着的左手，一道殷红的血流从衣袖中蹿了出来，沿着手臂流向手掌，聚集在指尖。客车发动时的振动，眼看着它们一滴一滴地落了地。

他攥紧了手。"请开快些！"他重复着这句话。他惧怕这个噩梦了，他试着要结束它了。

他没有再逃。即使现在的他看似极度混乱地在逃窜。

他没有出新疆，而是带着格索向着北方直线而去。

他用很长的一段时间犹豫着何去何从，而彻底改变坚持的信念却在那一刹那间。或许在那一刹那，他突然尝到悄悄滑进自己嘴里的泪，是有温度的。

他带着绝望、含着仇恨又要走进来时的地方。

这之前，他一直目不转睛地盯着格索，像是要拿他偿命又犹豫不决的样子。他有过各种各样令人毛骨悚然的眼神，这时的却是平生最怪异的一种。

他最后望向格索的眼神里，早已对未来没有一丝的畏惧。我想他一定到了视死如归的地步。

路过准噶尔盆地，又想起和杜林琪在车上疲于奔命的时光。只是她的离开让他越来越不相信过去，或许和她说过的一样，自己能改变过去，至少可以尝试去扭转。他在许多困难面前都要作尝试，他只是忘记自己来喀纳斯的初衷便是要重新来过，他只是用了错误的办法，他只是在过程中忘记了，他忘记了。

现在，他需要醒来。

喀纳斯的晨光从山脊后钻出来，在每棵安静矗立的树身上形成一道光圈。库库勒老人从木屋中走出来，和赶着羊群的村民打了个招呼，便往湖的方向去。

进了森林，总听见身后树叶沙沙作响。加快脚步走过一片草地的时候，不小心踩入一个坑。抬起脚一看，毛毡裤上湿漉漉一片，用手捏了捏嗅了嗅，竟是一股腥臭。

远处传来人群的叫嚣声，库库勒抬起头眯着眼眺望，随即惊呼一声，朝声音的方向跑去。

大地的呼吸急促，空气中弥漫着寒冷气息，来自遥远天边的恐怖雷声瞬间笼罩这片土地。雪山之顶不再显现纯洁的光辉，黑暗的庞大影子像是灯罩，扣向雄伟山脉。从未知空隙中生出的风呼呼袭来，树木狂乱振颤。

乌拉索被可怕的噩梦惊醒，从床上坐起来。木窗棂被狂风摧残得要散架了。走出门外一看，村民们表情惊恐朝着湖的方向小跑。用手把吹乱的头发撩起别在耳后望向远方。地面发出隆隆的低吼，像是微小的地震。

乌拉索拉住身边的一个村民问发生了什么，村民支支吾吾摇着头，像是受了谁的威胁不敢说。乌拉索进屋找父亲，却发现父亲早不在了，桌上摆着的炸奶酪跟着大地微微颤抖。挂在墙上的豺狼皮也跟着动，毛一抖一抖的，似乎活了。

披上袄子穿好靴子转身要出门，却看见门前站着两个背着光的黑影。

"格索！"乌拉索瞪大了眼睛。

乌云堆积在喀纳斯上空，不知道是白天还是晚上。李河落和乌拉索望着爬上桌狼吞虎咽的格索。李河落问："村子上怎么了？"

"不知道。"乌拉索忧心忡忡地说，"一早起来就发现村子里乱了套，大家都往湖那边去，不知道那边发生什么事了。"

李河落正疑惑着到底出了什么事，格索满嘴奶酪奶茶地问："爸爸呢？"

"估计也去了吧。对了，杜姐姐呢？"

屋子里突然静了。

乌拉索问李河落："哥哥，姐姐呢？"

李河落缓了好一阵才抬起头回答她："她回家了。"

"还会来吗？"

屋子里又是死一般的寂静。乌拉索似乎能觉察出空气中的不安定，又不敢乱猜测也不敢再问。这时库库勒和几个陌生男女行色匆匆地回来，一看见格索和李河落便停下脚步。

"你们多久回来的？"库库勒一脸惊喜。

乌拉索说："早上八九点的样子。"

库库勒一把抱住李河落。再抱了抱格索，抓住格索的肩呼了一口气，眼睛似乎红了。

"爸爸，湖那边发生什么事了？"

库库勒老人这才回过神来，带着几个陌生人从里屋提了水桶出来，急着要往外走。

"到底出什么事了！"乌拉索追上去问。

"找到安磨夫了。"库库勒说，"你在家陪着哥哥和格索，要他们好好休息，有什么事等我回来再说。"

乌拉索大吃一惊刚想问详细，库库勒一行人已经走远。

李河落问："库库勒刚刚说什么？安磨夫找到了？水神安磨夫？"

"不知道呀！"乌拉索的眼珠瞪得圆圆的，"就一个安磨夫，水神安磨夫！"

格索从桌子上跳下来，"走！我们去看看。"

乌拉索往外走，还回过头问了声"你们真不休息吗"，看到李河落和格索摇头后，便一起向湖区跑去。

　　远远望见喀纳斯湖从前方的树林子里露出了青绿色的一角，穿过树林，一汪翠绿如玉的明镜展现在眼前。远处的湖岸边被一层浓雾遮掩，只依稀听见嚷嚷着的人声。三个人下了山，走进浓雾深处。

　　雾中隐隐看见三五成群的村民，还有几只家犬在人脚边蹿来蹿去。这时有人抓住李河落的手，李河落蓦地感觉像是杜林琪，猛地回头看见的却是库库勒。

　　"你怎么来这儿了？"库库勒转而问乌拉索，"不是叫你待在家的吗？你怎么把哥哥格索带来了？他们需要休息！我这里这么忙你又来添乱！"

　　"我们不累，只是想来看看究竟是怎么回事。"李河落说。

　　库库勒摇摇头，领着他们朝雾气中心走。一团黑黑的巨大影子在雾气中渐渐显现，等他们亲眼见到岸边躺着的这具巨大尸体，都忍不住张开了嘴巴。

　　一条巨大的红色怪鱼躺在砾石上，站在它的头边顺着往下望，都望不到尾。似乎延伸到雾气中最深的地方。李河落低头望见了巨鱼微张的硬嘴，像是个恐怖的深洞，里头闪着白光的尖牙令他畏惧。巨鱼圆睁着两颗木桶口大的眼珠，直直地盯向他。

　　这就是传说中的安磨夫？如阿凡提所说，果真是条硕大到让人不可思议的高山淡水鱼。

　　库库勒提起水桶往鱼身上泼去，还有很多村民都在这样做。李河落问这是在干什么，库库勒说："它还活着。"

　　李河落不禁后退一步。格索和乌拉索早已躲得远远的。

　　"它怎么会上岸？"李河落问。

　　"八成是游错了方向，搁浅了。"身旁的一个陌生男子回答道。

　　李河落顺着声音望去，看见一个戴着小白帽提着铁桶的年轻小伙。库库勒介绍说："我们叫他小塔，护林员。"小塔朝李河落笑了笑，又弯下腰舀水去了。

　　库库勒说有个游客一大早去爬山，站在山上发现了岸上的这个怪东西，村民们、护林员第一时间赶来了，过会儿公安局的、电视台的都会赶过来。李河落知道此地不能久留，退到很远处观望巨兽。他环视了下模模糊糊的四周，似乎在白雾深处瞥见了几个外国人。李河落赶忙蹲下。格索小声问怎么了，李河落说必须赶快离开。

"回家吗？"

"不了。我不能住在村子里。"

格索跑到库库勒身边向他说了这些情况，库库勒点点头。等库库勒走过来要和他商议把他安排在哪儿的时候，李河落已经不见了。

李河落退到山角，手握着树干往上走。在这狭小的山区，鲁道夫的人到处都是，自己不可能逃得出。左臂上的旧伤疼痛得让他难以忍受。或许是潮湿的雾气钻进他的衣袖直击伤疤，他看着衬衫上渗出的体液，使劲捂了捂又继续攀登。

既然把格索安全送回来了，接下来就是为杜林琪报仇。只是现在的自己带着伤，又已是弹尽粮绝，和鲁道夫硬拼只有死路一条。命悬一线，如今能做的只有养精蓄锐。只是能修养的地方除了大山深处还有哪儿更安全？即使大山深处尽是野兽陷阱，没有食物没有任何药品。

当李河落气喘吁吁爬上山顶，望见山谷中的一座红顶小白屋，便像在荒海上见到浮木，拔腿就往山谷中跑，慌乱中被横在地上的朽木绊了个正着，不停往山下滚。从泥土中露出的石头、林林立立的树干对他层层割伤，等滚落到山谷，已躺倒在湿软的泥土上动弹不得。

头昏昏沉沉，使劲晃了晃，眼看小白屋就在面前了，咬咬牙一点点朝木屋爬去。看到门是锁上的，估计里头没人，这木屋又建在山谷中，想必人不常来，只是接待站、临时住处一类的。李河落捡起一块石头对着门闩就是一砸，连着击了五六下，木门咯吱咯吱松动了，李河落狼狈地爬进去，伸脚一踢把门稳稳当当合拢。

等电视台的人和派出所的人陆续赶到湖边，好几百人把岸边巨鱼围了个严严实实。拍照的拍照、记录的记录，闲谈的、指手画脚的，一时间人声鼎沸。

"这是 21 世纪最伟大的生物发现……"女主持人在一片推推搡搡中对着镜头大声嚷道，"本台记者作第一时间的独家现场报道。我身后的就是传说中的喀纳斯湖怪……"

和他们一步之遥的别家电视台特派的记者也开始开工，"《新闻六十分》特派驻站新疆喀纳斯记者报道，水怪……"

卫生所的医生们和生命科学院的研究员们在鱼身边架起梯子，站在如甲板般宽阔的鱼背上跳起来甩着胳膊大叫："还没死！还有生命体征！……"

"封锁现场封锁现场……退后退后……"层层包围进来的警察把记者主持人推挤到人群外。摄像师的镜头里满是晃动纷乱的画面。

一片喧嚣中的另一处，格索把他这一路的事都和库库勒说了。库库勒垂着头似在思索，什么话也没说。乌拉索问："那，他知道你的身份了？"

"嗯。知道了。"

"那他为什么放了你？"

"因为……杜姐姐死了……"

乌拉索不敢相信自己的耳朵。库库勒神情凝重，问："追杀你们的那帮家伙也知道你的身份了？"

"我想他们应该猜到了。"

"那么，"库库勒转身对他说，"你好好演下去。"

第 22 章

山谷木屋

　　屋外突然响起狗叫声。李河落从睡梦中醒来，缓缓睁开眼。一片的昏天暗地，只有粗犷的狗吠回荡在山谷间。这时有人轻轻推开木门走到他身边。李河落迷迷糊糊中瞥见面前黑影身后跟着条高大的黑背狼狗，哈着气摇着尾。

　　等李河落清醒，发现自己躺在木床上，肩上的伤口被纱布层层包住。身下的薄薄棉絮微微透着寒气，屋子里的小木桌上立着一根细细的蜡烛。烛光在一片黑暗之中显得极度微弱，以至于李河落起初以为梦还未醒。抬手敲了敲太阳穴，看见自己的墨镜安然地摆放在蜡烛边。

　　从床上坐起来，听见屋外狼狗厚重的呼哧呼哧声。出门一看，一个歪戴着小白帽的男子背对着他，吹着口哨，盘腿坐在地上点起了一簇耀眼的篝火。男子身边的狼狗见到李河落突然立着不动，随即发出挑衅的呼呼声。男子这才回过头。

"你醒了。"

原来是护林员小塔。

"我睡了多久？"

"一整天了。"

李河落点着头坐在篝火前，依稀见着被篝火暖气流吹升的灰屑。山林黑漆漆一片像是宇宙黑洞。寂静的夜阑让他的心失落得很厉害。

"你一个人住这儿吗？"李河落问。

"也不。不常来。经常在山林中乱窜，哪里都有这样的小屋，走到哪儿就住在哪儿。"小塔的脸在火光下一片鲜红。狼狗卧在他身边，盯着李河落。

"它叫什么名字？"

小塔低头朝狼狗喊了两声"阿力阿力"，抬起头朝李河落笑。李河落见狼狗温顺地摇着尾，两手伸开做了个怀抱的姿势朝狗喊："阿力、阿力，来。"狼狗却无动于衷，转头望向别的地方。

小塔从鼓鼓囊囊的衣服里掏出一只小动物，"今天在路上救起的，可能是被妈妈抛弃了。"

李河落看着他手里毛茸茸一团，小动物还呜呜地叫着，"这是什么？"

"火狐狸啊。"小塔伸出食指凑到小狐狸薄薄的嘴边，"刚出生不久。这种狐狸成年了也就和猫一般大。"

"拿来，我看看。"说着接过小家伙，"嗨！眼睛还没睁呢，眯成一条缝。"

"是啊，它只认睁开眼看见的第一个人。"

小狐狸晃了晃脑袋，似乎又酣睡了。

"小塔，那条鱼你们怎么处理？"

"大红鱼吗？"小塔拿铁棍捅了捅篝火火底，"还不清楚。村上人说要把它放回去，研究所的说拖回乌鲁木齐作研究，研究完了估计会做成标本。"

"比火车还大的东西怎么运？运那么远岂不是会臭了。"

"所以我觉得要是运走的话，在这儿就会把它给分尸，再一截一截地带走。"

"那条鱼现在还没死吧。"

"嗯，还能在岸上坚持一段时间吧，不清楚。哎对了，不是来了很多电视台的吗，我听说村上人、领导们还有旅游局的都把他们轰走了。"

"封锁消息。"

"下午的时候听另一个护林员说，那条大红鱼已经被处理走了，不知道放哪儿去了。"

次日醒来，李河落在床上侧过身，突然发现小狐狸正趴在他面前，小小的眼睛眨巴眨巴两下慢慢睁开，望着李河落晦暗的眼珠，又尖又细地叫了一声。

小塔从外面进来，把用报纸包裹的牛肉干放在木桌上，从口袋里掏出一包卷烟，还带来一瓶当地烧酒。李河落说不喝酒。小塔笑道："哦，我以为你喝呢。"

李河落提起一双皮革靴子说："我看见门后有这双……"没等他说完，小塔便说："你穿吧，这是何木儿留在这儿的。"

"何木儿是谁？"

"护林员啊，我兄弟。"小塔坐下来问，"你和库库勒大叔很熟吗？"

李河落点点头。小塔继续问："你不喜欢住在村里？"见李河落没有回答，心想是不是自己话太多了，忙说，"不是赶你走的意思，这个屋子本来也不常有人住，经常闲置在这儿的，就是不知道该不该告诉库库勒大叔你在这儿。"

"不要和他说，任何人都不要说。等我把事情办完了自然会走。"

小塔疑惑地点着头问："那……你是来干什么的？"

李河落没说话，低下头套靴子。

"你叫什么？"

"陆。"李河落和他四目相对，突然改口，"李，李河落。"

真和假都不再重要了，可他宁愿学会去真，让自己的人生有一回真，浅浅的一回真。即使连他自己也不确定这个名字的可信性，但它毕竟是记忆中恍恍惚惚存在着的。李河落望见半开的木门射进来的光线，小狐狸迈着几寸长的小腿欢快地跑进一地阳光中，转过小脑袋朝他轻轻地叫。

"阿乖。"李河落笑着朝它喊。小狐狸一扭头跑出门，李河落快活地跟出去。久违的快乐。

山谷中只有一个男人的憨笑声，像是个从未经历过苦痛的人。待到和小狐狸玩累了，坐在草地上看着小塔带着狼狗从山上下来。小狐狸看见硕大的狼狗吓得往李河落胳膊底下钻。

"现在可好，一个阿力一个阿乖。"李河落点了根烟朝小塔笑道。

"是啊。"小塔挽起袖子也坐下来，"看这小家伙把你当爸爸了。"

说到这儿，李河落脸上的笑容顷刻乌有。狠吸了口烟眺望雪山。阿力凑到李河落胳膊下嗅小狐狸，小狐狸呜呜地叫。李河落掐着烟嘴往地上一抛，阿力转过头嗅烟头，两只前脚在地上挠，不巧被烫了下，呜咽了声扭头就逃。

李河落问小塔："动物为什么怕火？"

"身上有毛啊，一沾火不就蹿上去了。"

"烧个精光。"李河落吭吭地笑起来。

"本来是两只的，两只狗在一起天天就是争啊打啊吵啊，两个对着叫'汪汪汪我家我家……'，那一只比阿力强壮，阿力就受欺负呗，我就把大的放出去，第二天它又回来了，再放出去，就没回来了。"

李河落望着他说话的样子，"愧疚吗？"

"嗯。现在想想是挺难过的。"小塔说，"其实我小时候最怕狗，但要护林，有个助手总是好些。"

"对了，小塔。"李河落把手放在他的肩上，"你能不能帮我一个忙。"

"好啊。什么忙？"

李河落仔细揣测着他那双淳朴的眼睛，"帮我多留意下长住在喀纳斯的外国人。"

"怎么了？留意这些干什么？"

"这些你不用问。你相信我，我不是坏人。"

小塔点了点头。

"还有，切记不要把我住在这里告诉任何人。"

"好，你放心吧。"小塔说，"你需要什么尽管告诉我。"

禾木村这几日好不热闹。一是巨鱼现身，各地的电视台齐聚喀纳斯；二是格索平安归来库库勒大摆筵席。库库勒对来宾盛情款待，家中挤满了村民，像是全村要开重大会议。看着门外吵吵闹闹地进来一个手握话筒的男人，男人扶了扶金边眼镜，刚想开口，库库勒便挥挥手说："今天不接受采访。"

这时孙天和刘芝手挽手从人群里走进来，"库库勒！"

"呀！孙教授刘教授！里面坐！"库库勒站起来迎过去。

孙天笑着说："听说找着活物了，电视台的又把我们喊过来了。"

库库勒望向戴金丝眼镜的男人，"是那个西部电视台的吧。"

"是的是的，我们第二次见面了。叫我小王就行。"男子扶了扶眼镜，"我们台的水怪专题就要拍第三季了，这不刚巧找着水怪了嘛……"

"研究院的人已经把它弄走了。"乌拉索说。

"那你们见到了吗？是个什么动物？"小王手舞足蹈，丝毫没注意到在图瓦人中说这些是大不敬的。

库库勒没理睬他，带着孙、刘教授往屋里走。

乌拉索问被冷落的小王："你们准备拍到第几季？"

"这个专题的收视率一直居高不下，人们茶余饭后最喜欢看看这些趣闻，可能得拍个五十季吧。"

"五十季？！一年就四季，你们还真来狠……"

"是啊，那要看多久抓住水怪，都知道水怪是什么东西就没拍的意义了。"

乌拉索不屑地嗤了一声，"那你们只能世世代代拍下去了。"

小王带着摄像师傅摸黑赶到喀纳斯湖边，心想虽然晚来一步，但在岸边总会找到蛛丝马迹。

湖水闪射出大海深处的暗蓝，令人心生畏惧。远处岸边似乎有人打着手电筒寻找什么。小王和摄影师傅踩着沙石踉踉跄跄跑过去，发现竟是几个说着英文的外国男人。其中一个矮胖男人看见来了陌生人，谨慎地抬起手掌示意安静。

小王用蹩脚的英文和他们打了声招呼，就被其他几个牛高马大的黑衣男人包围起来。摄像师傅见情况不妙，哆哆嗦嗦地放下架在肩膀上的摄像机。矮胖男人抢过小王的话筒，冰冷的语气问："你们拍什么？"

"没没没……"

摄像师解释道："还、还没打开镜头盖呢……"

矮胖男人哼哼了声，要拿摄像机。

"什么人？在干什么？"夜色下一束强光从岸边树林子里穿透出来，直直打在矮胖男人的脸上。小塔带着狼狗走出来。

矮胖男人扔下摄像机。身后有个黑衣男子把手放在了裤腰上，矮胖男人抓住他的手制止了他。

"你们在干什么？我是护林员。"

矮胖男人笑道："我们是游客，来湖边看看景色。"

小塔把手电筒对着小王和摄像师傅，"你们呢？"

"西、西部电视台的……"

"这里晚上不安全，还在封锁期，不能擅自闯入。看景上观鱼亭看，看得全又安全。"

"是是。我们这就走。"矮胖男人说着就往后退。

"看得清路吗？知道路吗？要我送你们吗？"

矮胖男人呵呵笑两声摆着手便要离开。眼看着来路不明的一帮外国人走远，小塔转而问小王："你们呢？黑灯瞎火的搞什么呢？"

"我们，我们也知道路的……"

"噢。你们刚刚在这儿干什么呢？"

小王凑到小塔耳边说："这帮老外有点问题……"

"什么问题？"

"感觉就是怪怪的，这么晚了在湖边玩，你说有问题不。"

小塔转身往林子去，"你们呀也一样，晚上跑来溜达啥？都赶快回去了……"随即隐没在死黑的森林中。

李河落点起蜡烛，把小乖放在木桌上。小乖伸出粉红的舌头轻轻舔着他的手指，痒得李河落咧嘴要笑出来。瞥见一滴烛泪落下，赶忙把小乖抱起来，怕烫着它。抬头的刹那在红彤彤的光芒中像是看见了火焰山的流云。

这小乖的命运和自己是一样的，唯一的不同只是自己能收养它。李河落突然害怕等这小家伙长大了若是开口说话问他"妈妈呢"。回答它，你的妈妈是杜林琪，她在远方。

想到这里，眼睛里堆满了泪哈哈笑起来。

小塔回来的时候，小狐狸已经在李河落的手掌中睡熟了，蜷缩着像团灰白的毛线。小塔放下鸟枪，坐下来对他说："刚在湖区发现几个外国游客，深更半夜的还到处跑。"

　　李河落忙问："他们有什么特征？"

　　"都挺壮实的，有一个好像是头头，又矮又胖，我就奇怪他那些跟班怎么不喊他'头儿'，非要叫他'脚儿'……"

　　"是'加尔'。"李河落思索了会儿说，"你记住这个男人，多留意。"

　　"嗯。好。"小塔答应着从裤子口袋里掏出几块透明的玻璃片，"李哥，你知道这是啥玩意儿吗？"

　　李河落仔细端详了番，又抓在手中闻了闻，水腥的气味，赶忙扔在木桌上，"这是什么？碎片，玻璃碎片？"

　　"再猜猜。"

　　"不知道。"

　　"来。"小塔拉着李河落走出屋子，指着一片靠墙斜放着的扇形大玻璃片，说，"你瞧瞧那是什么。"

　　李河落蹲下来观察。这东西足有小木桌大，像是透明的扇子，只是略显昏黄模糊。上面覆了层薄薄的浅绿色水藻，一股来自深水泥巴中的潮湿腐臭散发出来。李河落困惑地摇摇头，还是不知道。

　　"这是鳞。"小塔蹲在他身边，"今天我在岸边找到的。"

　　"鳞片？！"李河落呆呆地望着眼前的怪东西，"很奇特。是那条大鱼身上的？"

　　"不是……"

　　李河落猛地转头望向他。

　　小塔进了屋提出来一个袋子，从袋子里取出一片赤红色的鳞片，"这才是大红鱼的。那天我偷偷留下的。"

　　李河落把两片鳞放在一起比较。赤红色的不透明，而且相对显小显厚，只有透明鳞片的一半大，却比透明鳞片厚很多，沉甸甸的像是块钢板。

　　小塔说："不一定只有鱼才长鳞，蛇也长啊。"

　　"难道水中还有别的大动物？"

　　"不知道。所以明天想去请教一下研究所的人。"

　　第二天清早，等李河落睡醒却发现小塔已经外出了。从床上坐起来，看见阿乖盯着木门一动不动。

"阿乖，来。"李河落朝它喊。这时有人咚咚咚轻轻敲门，阿乖往后跑，一蹿就蹿到李河落怀里去了。李河落抱着狐狸躲在屋角，从窗子斜角向屋外瞥，隐约只看见一个人影。

开门一看，一个陌生的年轻女子，头上围着图瓦头巾穿的却是牛仔裤，一双精致的眼睛清澈得像汪湖水。

陌生女子看见面前的李河落不禁愣了下。指尖抵在唇上，用蒙古语说了些什么。李河落无奈语言不通摇着头。女子突然用老练的汉语问了句："普通话？"见李河落点头了便问，"小塔呢？"

"小塔他出门了。"李河落猜想能找到这么隐秘的山谷中来的，只能是小塔的女朋友。

"他不是说他这两天都住这儿的嘛！"女子对李河落抱怨着突然露出笑容，伸出细长白皙的食指说，"我见过你！"

李河落吃了一惊。

女子接着说："那时你和一个姑娘坐游艇玩，那姑娘是你相好吧，你相好还晕了船对不对！"

这是李河落和杜林琪在离开喀纳斯之前发生的事，那时还没到秋天。

女子逗了逗李河落怀里的阿乖，说："这不是狗吧，尖尖的鼻子尖尖的耳朵。"

"是狐狸，火狐狸。"

"呀！"女子高兴地蹦了一小下，忙展开手掌要把阿乖接到自己怀里，"到春天换毛了，就是真正的火狐狸啰！"

陌生女子嘻嘻哈哈地笑，蓦地让李河落想起杜林琪来，便盯着姑娘的脸，可久了却发现陌生女子的眼睛没有杜林琪那样大，声音却比杜林琪清亮。李河落甚至清清楚楚记得杜林琪每一颗牙齿的形状。潜藏在心灵深处的某个声音在指示自己把她当成杜林琪，可又知道她不是。她毕竟不是。

陌生女子在山谷中一直等到傍晚。小塔和黑糊糊的狼狗阿力从山上下来。小塔离老远就笑着喊了声"仙娜"。狼狗也兴高采烈地朝女子身上扑。

女子和小塔低声耳语几句。小塔抬头看见倚在门边的李河落朝自己笑，便笑着走过来说："过几天出结果就知道是什么动物了。"

李河落点了点头，说："你那个仙娜等了你一天了。"

小塔微微羞涩地低下头"嗯"了一声。

夜晚，在山谷中生起篝火。仙娜热了烧酒非要李河落尝一口，李河落硬着头皮装作一饮而尽的样子，实则只伸出舌尖舔了一点。确实是烈酒。

趁仙娜进屋拿东西的空当，小塔告诉李河落，今天去研究所的路上看见那帮外国佬包了个车往南去了，似乎警觉到什么有意撤离。

仙娜从屋里出来，问李河落："你怎么住这里了？她呢？"

"嗯……你问谁？"

"她呀，你相好呀。"

仙娜清亮的一句话像是重重一记落上心头的石块。

"她，回乌鲁木齐了。"

仙娜"哦"了声。小塔问她："你们以前认识？"

"我见过他的，还有他相好。"仙娜坐在小塔身边，靠着小塔的肩膀，"有阵时日了。"

小塔笑话她："你还记得住？"

仙娜呵呵地笑起来，"多英俊呀。"

夜色渐渐深了，山谷中的寒气从泥土中每一寸长长短短的疏离间渗透出来。夜空星辰密密麻麻，一整片霓虹般的通光染遍无尽长空。静谧山林的黑色剪影投射在五光十色的夜幕上。时不时飞出几只鸣叫奇特的怪鸟。

"小塔，你是哪族人？"李河落问。

"汉族。"

"仙娜你呢？"

"蒙古族。"

李河落点点头问："你们知道召灵人的传说吗？"

"知道啊。"小塔脱下外套，结实的肌肉在火光照耀下生着白光，"这个故事人人皆知的。"

李河落心想他们不是图瓦人，直白表达一些见解不需要顾虑太多。便说："据说召灵人的生理构造和常人有异。"

小塔和仙娜摇着头说："这个不知道。"

李河落便诡秘地笑，想吓吓他们，"召灵人长鳃的……"

小塔、仙娜愣了下随即笑起来。

"不知道他们那鳃长在什么地方。"

小塔直接回答："两副，一副长在左右腮帮子上，一副长在手掌上。"仙娜拍了下他的手说，"长在手腕上。"

"手掌里，我记得很清楚！"

"什么呀。我又不是不知道，分明是手腕。"

李河落听着呆住了，迟迟回过神忙拉下两人在空中挥舞的手，"你们见过？"

"见过啊，何木儿就有啊！"

一阵比夜晚湿气更冷冽的气流飞快往李河落心脏中蹿。

小塔对已经目瞪口呆的李河落说："不过他又不是召灵人，他除了有两副那东西、手指脚趾间有小小的鸭子样的蹼外就是个正常人啊。再说召灵人传说只是故事，骗孩子的……"

"他现在在哪儿？"李河落猛地站起来。

"贾登峪吧。他去那边了，明天可以回来。"

"回来、回来了，我要见他！"李河落紧张得吐字不清。

深夜入睡前，李河落两只脚疲倦地蹭掉皮靴，盯着烛光下的两只靴子看了很久，心想这个迷雾般的何木儿竟就存在于自己身边。小狐狸早已在床脚缩成一团酣酣睡熟，还打着极微的小呼噜。夜阑人静，屋外小塔和仙娜收拾篝火的琐碎声音令这个夜退到离自己更远的地方，伸出手也触碰不到。

就像个局外人。一切都如此陌生。不会随着时间前行而逐渐熟悉的终极陌生。

想到格索，这个亲口承认自己是哈乐丹的少年。李河落半信半疑，只是从未出口的一个最根本性的问题是：既然他是受众人庇护的召灵人，为什么当时库库勒会安心放他和自己一起走。不怕路上万一有什么闪失？

李河落竟微微笑起来。原因只会有一个。

第 23 章
吉特村鱼人

　　大清早被小塔匆匆忙忙的脚步声吵醒。仙娜也早早起来两手提着铁桶往屋外跑。阿力更是一个劲儿地朝高山方向汪汪地叫。狗吠在山谷中迟迟不散，听得李河落不安。

　　见李河落醒来，小塔说："又有条大红鱼搁浅了。"

　　李河落爬起床，等穿好靴子，小塔和仙娜已经跑远了。李河落准备跟上去，听见小狐狸站在床上又不敢往下跳朝他呀呀叫着。李河落抱住它往衣领里一塞，怀揣着就去追小塔。

　　爬上山，眼望着小塔和仙娜晃晃悠悠跑下山坡往雾气浓重的湖边跑，李河落不再跟上去，站在山脊背上远观一群人拯救第二条巨型哲罗鲑。

站这么远望见巨鱼令人诧异的体形，围在它身边忙碌的人越显渺小。这时眼看着湖中央泛起高高的巨浪，一座又高又大的红色鱼背鳍从浪花中出现，像条冲锋艇，急速朝岸边人群冲过来。遥远的一声"轰"过后，第三条搁浅的哲罗鲑横倒在岸上，雾中人群里开始传来尖叫声和哭声。现场一片混乱。

天啊这是怎么了！李河落急皱着眉。怀中的阿乖探出头也恐惧地呜呜叫着。山上空气稀薄令李河落喘不过气。再之上乌云盘旋，所见之处无一不是荒凉悲靡。

近日来，喀纳斯湖接连惊现三条身长达十米的巨型哲罗鲑，无一例外都以"自杀"形式游冲上岸，初步认定是一种生物方向感紊乱的正常现象，有关部门正紧急着手处理。水怪展现在世人面前，流传几百年的深水之谜揭晓——

新闻媒体在第一时间把这一消息扩散至全国全世界。大大小小的学术辩论、科研调查如火如荼进行，越来越多各种身份的人云集喀纳斯，参观访问旅游猎奇，一时间人满为患，几度交通瘫痪、游览限时。《时代周刊》表示：这样的情况会一直持续到各国总统来访，"没到喀纳斯看哲罗鲑就不算来过中国"之类的外交常用语将风行之后的无尽年……

只是没人知道真相并未揭晓。还未。从未。

李河落见到何木儿已是第二天午睡过后。当小塔领着黝黑高大的何木儿走进屋子时，李河落第一眼就看见隐藏在他乌棕长发下的两道影子。似乎还跟着呼吸微微地一张一合。

"你是哪族人？"李河落问他。

"图瓦人。不过我不住禾木村，我家在邻村。"

果真是他。李河落望着他一双炯炯有神的眼睛作最深的揣测。

小塔拉起何木儿的胳膊说："给李哥看看你手掌上的东西。"何木儿展开大手掌，手指间连着蹼，薄到依稀可见细细的青紫色血管。手掌上突出一寸黑疤，和他腮帮子上的肉突一模一样。小塔说："那只手也看看。"何木儿随即双手摊开展现在李河落眼前。

"我就说我记得是在手掌上，仙娜硬说是手腕。"小塔嘀咕着坐下来。

"我能……摸摸吗？"李河落问何木儿。何木儿爽快地说行。

李河落伸出手指触碰着何木儿手掌上的黑疤边缘，这怪东西上柔软的肉令李河落浑身发冷。再往两瓣黑肉中观察，里面似乎有很繁密的毛状物，再仔细一看，并不是毛发而是奇特的肉管，一根一根错落有致，可能是鳃丝。

"小塔，我想和何木儿单独谈谈。"

小塔愣了下说好，起身出去带上门。

李河落看着眼前坐着的年轻男子，突然地一阵激动。阿凡提没有说谎，有鳃的人是存在的。费尽千辛万苦跋山涉水的最终意义像是近在咫尺。现在，谜团可以解开了。

"你知道这些东西有什么用吗？"

何木儿指了指腮帮上的黑色肉突，"这个吗？从小就有的，开始别人以为是疤，但他们说谁两边都长疤还长得这么对称的，而且手上也有。其实我也不知道我怎么就长了这些东西，以前就受别人笑话。不过在水里的时候，这些东西会冒泡泡。"

"它可以帮助你在水下呼吸。而且。"李河落掰开他的手指，"有这个膜你就可以在水中活动自如。"

"嗯。我也知道我的这些东西就和鱼一样。"

李河落凑到他的耳边，"你真的是召灵人吗？"

"嗯？"反应过来后，何木儿吓了一大跳，赶忙摇着手辩解，"不不不不不，我怎么可能是！"

李河落抓起他的手问："那你长这些东西？"

"我生下来就是这个样子！我从小最怕的就是水，我天天在林子里巡逻，长这些东西不仅没用还很麻烦……"

"可是你太与众不同了！事情没这么简单，你在隐瞒——"

何木儿无可奈何，说："这样吧。我带你去个地方。"

沿着山谷往东走，树林子刮起风了。风里尽是清新冰凉，吹着橘黄火红的成熟叶片哗啦啦地响。还真是真真实实的秋天了。踏着淹没到大腿的荒草，走出了山口，再穿越一片稀疏的桦树林，出现在眼前的是一片巨大草原，草原远端是泛白的苔原，再远些的苔原之外就是地平线上被白云缠绕的青山。

原坡上荒草中有个牧童赶着杂毛山羊往远处走。何木儿跑过去朝牧童喊，牧童握着鞭条冲他笑，两排歪歪斜斜的米粒牙露了出来。很白。

两人用不知是哈萨克语还是蒙古语说着什么。小塔带着阿力也跑过去。李河落远观着他们的一举一动。这时何木儿和小塔走回来，对他说："我们在这儿等，苏禾巴鲁去叫人了。""叫什么人？"李河落问。

小塔说："李哥你等苏禾巴鲁来了就知道了。"

"谁是苏禾巴鲁？"

"放羊那孩子叫苏禾巴鲁，猛虎的意思。和何木儿是同村的。"

草原上的风渐渐大了，吹得人生起寒意。约莫半个小时之后，一群小孩朝他们跳着跑过来，走在最前面的苏禾巴鲁像孩子王。等这帮孩子一窝蜂站在李河落面前，何木儿对他们说了几句话。这时所有的孩子同时把双手伸出来，摊开手掌，一道道如同眼睛状的鱼鳃展现出来，并且指尖都连有薄薄的膜。

李河落肺部存留的气体突然凝固，惊讶地向后退了一步。

"他们都是我村子里的。"何木儿说，"都和我一样。"

"村子里的前几代人呢？"李河落诧异地抬起其中一个孩子的下巴观察。

"前几代有的有，有的没有。"

"你们村叫什么？很多人都知道这件事吗？"

"叫吉特村，一个小部落。在图瓦人中间这不是秘密，外头就鲜有人知了。"

面前的这些人都有鳃，都有一切适应水生的器官，难道他们都是召灵人？实际上在现实生活中，人类长蹼并不稀奇。它的发生是千分之一的概率。胎儿在母体中最初的手足像是鸭掌，最后指间分离。分裂过程中如果出现异常，就会导致初生儿的手指脚趾间长着蹼。然而关于人长鳃，就属于进化选择的范畴了。

按照进化论的观点，环境的改变会使动物的习性发生变化，这种变化会使某些器官经常使用而得到发展。反之，不常用的器官会在时间推移中逐渐消失。吉特村村民并不是以水为居，他们属于图瓦族，以游牧为主，但是他们却长出了蹼和鳃这种水生器官，说明在村上前几代人之前这两种器官经常使用，以至于何木儿与苏禾巴鲁这一代的鱼化已非常普遍。

可是喀纳斯地区分布的湖泊河流水温均接近深海。这个可以暂时忽略不计，或许吉特村的"鱼民"已经适应并且进化出能抵抗低温的本领。但是像何木儿这样的村民，从小怕水，工作是护林，与喀纳斯地区的所有原住民一样极少接触湖区，依然有鳃有蹼。苏禾巴鲁这样的牧羊童同样如此。这些鱼化器官非但起不了应起的作用，而且已是不必要的多余物。可是吉特村代代的遗传却是愈演愈烈。

这个矛盾死结只有三种可能。第一，吉特村村民因为环境因素或人为因素基因突变；第二，何木儿在说谎；第三，除非"召灵人哈乐丹"是指一类人的统称，而非单独存在的一人。

李河落突然觉得自己正在被伟大的喀纳斯神明戏弄。被玩的感觉不好。

关于遗传的问题，生物由低等发展到高等，至人类，高等的概念体现在大脑。有某些观点认为，物竞天择、优胜劣汰是自然选择的规律。但当人类医学技术进步了，体弱者、致病基因携带者都可以通过高新医术得以生存下来，这导致致病基因不断遗传下去，人类后代的体质将渐渐弱化，最终走向衰亡。

这和李河落逃亡时寻找安全去处，走进的总是危险区域如出一辙。人类为了生，走向灭亡。

"还要给你看个东西。"何木儿走向远处一个草堆蹲下，拨开层层繁密杂草，一尊灰白色椭圆的石头露出来。

李河落蹲下来观察。是一张人脸石刻，石像的耳朵下方各刻有一道三角形标记。

小塔说："这是草原石人。"

"吉特村的老人说这是我们村落的祖先留下来的。"何木儿指着三角形标记再指指自己腮帮上的肉突说，"这就是我们的这个。"

李河落倒抽一口气。草原石人的历史可以追溯到三四千年前，甚至在更早的母系氏族社会就开始兴盛。除了新疆，亚欧草原上遍地都是。制造者和制造目的还是个谜，考古界一般认为是古突厥人的遗迹。如果真如何木儿所说，新疆目前发现的几百座石人都与吉特村鱼人有密切关联。

如果这是真的，那么早在西域文明出现的最初，长有鱼鳃的人就是原始社会的主要构成。甚至有可能形成过伟大独特的文明国度。

吉特村鱼人的祖先曾以令世界惊叹的形态活跃在这片神奇土地。想到这儿，李河落忍不住咳嗽。

回到山谷，李河落才发现阿乖在屋子里关了一下午，没吃没喝。赶忙打开屋门，阿乖刷地像支箭蹿出来，围着李河落的脚打转。

"瞧它兴奋的。"小塔带着阿力走进屋。

"何木儿上哪儿去了？"

"哦，他的吉普停在禾木村村口，去把它开走。"小塔背上鸟枪走出来，"我也过去了。和何木儿学开车。对了，仙娜晚上会来，你让她等我就是了。"

"你放心一个姑娘家走夜路来找你？"

"她帮我去研究所拿结果了，晚上才赶得回。我和何木儿不知要开到哪儿去呢，路上碰见了就一起回来，没碰见就算了。"说罢唤着阿力走了。

李河落拿开水泡软了牛肉干，撕成小节放在铝盘上喂给阿乖吃。看着阿乖小口小口地舔食，心想自己连这狐狸的脱毛期都不清楚，更何况关于喀纳斯发生的这一切。小塔留下的两种未知动物的鳞片，一种是哲罗鲑的没错，那么另一种，透明的、巨大且薄的鳞片属于湖中的哪种生物？

仙娜回来时，天边只剩最后一抹短短的黄昏霞光。背了个针织包，一回屋就气喘吁吁地一屁股坐在床边。

"研究所在哪儿？"李河落问她。

"县城。"仙娜拿手扇着风说，"环境科学研究所的一个考察点。要小塔那家伙送到科学园那儿，就在湖边不远，多方便啊，他非送到布尔津去，说县城技术好。"

"布尔津？"李河落问，"结果出来没有？"

仙娜拍拍放在腿上的包，"我看不懂。"

"我看看。"李河落从仙娜手中接过那张结果。

等小塔和何木儿回来，李河落还在借着烛光认真地看鉴定报告。小塔站在门边对仙娜说："出来下。"

"干吗？我休息会儿。"

"来，先帮忙把篝火生上。"

仙娜烦躁地边嘀咕着边往外走。

何木儿问李河落："在看什么？"

"鉴定结果。"

"我们下午在草原上的时候，第四条大红鱼游上岸了。"

李河落抬起头望向他。何木儿左右两片鳃缓缓颤动着。随后看到手上鉴定结果的最后一段时，站了起来。

"去祭坛！去祭坛！快、快——"

看到李河落反常的样子，何木儿也跟着站起来。小塔和仙娜闻声进来。李河落紧握着那份鉴定往屋外冲去。屋外一片漆黑夜色，李河落焦急又茫然着该往哪儿走。何木儿和小塔跟上他说："李哥，上车！"李河落转身一看，仙娜抱着阿乖已经坐在屋边那辆没车顶的老旧吉普里，还向他招着手。

四个人坐上轰隆隆但马力强大的吉普，向祭坛方向飞驰而去。

祭坛石碑似在这段时间中又向地下沉陷了几寸。依然倾斜着，外部斑斑驳驳，但内核却是坚硬如钢的磐石。

李河落在这里第一次输给了杜林琪。之后接二连三败给这个女人。那时也没想到，这个女人最终会为了他赌上自己的性命。事过境迁后，李河落重返喀纳斯再次来到这里，所能感受到的，只是熟悉的草场、草间熟悉的风。

李河落像膜拜神明，恭恭敬敬靠近石碑。小塔拿出手电，白花花的光打在石碑上。这一瞬间，石碑上雕刻的水波纹在突如其来的明光之下像是流动起来。看得李河落蓦地心慌。阿力和阿乖躲在草场外缘的吉普车里，都不敢叫。

李河落小心翼翼地伸出手触摸着微微凸起的纹路，细微的不平整和粗糙感被明显地发觉。他从未如此认真地接触过这座一直存在于他身边的"钥匙"，可以带他们走进未知寻找答案的神奇钥匙。此时他才知道，这里自元朝被建造，保存至今的意义远比人们想象中要重要得多。

因为，石碑上确实刻画着西域水神的形象。

"李哥，你发现什么了？"小塔问。

"我看见了安磨夫——"李河落缓缓吐出了这几个字。

小塔和何木儿、仙娜也凑近石碑看着摸着，却只能疑惑地面面相觑。

"最后一句。"李河落把手中的鉴定结果拿给小塔。小塔和仙娜连忙打开，念了出来："A为鲑科，有变异。B不含色素细胞，无反光层，暂未识别品种。"

"这个B是那透明的大鳞片吧，A是大红鱼，B未识别？"小塔问。

"几百年来，喀纳斯的先人一直把他们信仰的安磨夫神刻画在祭坛，但是没有人能看懂其中隐藏的含义。"李河落的指尖顺着水波纹来回滑动，"他们把安磨夫隐藏得很好。"

"安磨夫在哪儿？"小塔和仙娜困惑地问。何木儿也说："我只听村上老人说过，这上面刻着我们的图腾，可是除了水纹……"

"安磨夫是一种透明的水生生物。"李河落指着诡异的成片波纹中央,"古喀纳斯人多么忠诚!完全写实刻画在石碑上。"

"透、透明的水生动物?"

"未知的鳞片中没有色素细胞没有反光层,它通身透明,与水色一样。"李河落的眼睛像是装下了整片暗夜,"虽是庞然大物,但,没有人能发现它。"

祭坛的草场除了呜呜风声,整片沉默。

坐上吉普离开祭坛。李河落从车窗朝外望去,神秘的石碑沉静且安详地矗立在这片草海上,透出一股坚韧气魄,似乎要一个世纪一个世纪永恒地坚持下去,永恒地不倒下。要和蓝天大地共存。

一路上,四人彼此沉默。当吉普车越过一片山坡,李河落看着似曾相识的山路口,问开车的何木儿:"你这是往哪儿去?"

何木儿不言语,似乎没听见。坐在何木儿右边的小塔回头看了李河落一眼,又转过头去。而仙娜则倚着车门望着窗外一言不发。

"我们还要去哪儿?山谷不是在反方向吗?"李河落起了疑心,手摸向腰间,却发现手枪不见了。面前熟悉的三个人突然变得诡秘,李河落紧张地往后坐了坐。阿乖不知从哪儿钻出来跳到他的腿上。李河落望见小狐狸在黑暗中闪着幽幽绿光的眼珠,不寒而栗。但是阿乖却温顺地趴倒。李河落瞬间分不清危险和安全的界线。

车子开进了禾木村。停在了库库勒家门口。

李河落刚想打开车门往外逃,就被年轻力壮的小塔按住了肩膀。何木儿拿起放在身边的麻绳,似乎早已准备好了。三绑两缠地把李河落的双手捆住。一扛就把李河落扛进了门。

库库勒看见了李河落,表情复杂充满忧虑,抓住李河落的双肩问他:"是不是你?是不是你?"李河落莫名其妙地一时语塞。库库勒继续说:"你把格索和乌拉索怎么了?"

小塔扶着激动的库库勒对李河落说:"格索和乌拉索失踪了。"

"什么时候?"李河落问。

"前天下午他们就没再回来。昨天村子里又失踪了一个孩子。"小塔说,"李哥,我只想知道这件事和你有没有关系。"

库库勒叹了一口气,"早就知道你是匪徒,怕打草惊蛇才暗中监视你,留你在家里养伤，照顾得你和杜小姐周周道道，甚至让格索送杜小姐逃出喀纳斯，望你能洗心革面……"

"库库勒。"李河落说，"格索不是真正的哈乐丹对吗。"

库库勒愣了一下，突然怒气冲冲地问他："难道、难道你是因为他不是你想要的哈乐丹才假借把他安全送回来，再……"

"不！"李河落朝他吼，"难道你的信任只能这么浅薄！"

"郝力松死了，你带着格索回来了，你仍藏匿在这里，我不知道你留在这儿还想做什么。"

"把我松开。"李河落抬起捆住的双手，"我要和你谈一谈。"

库库勒犹豫了下，垂下头示意小塔和何木儿给他松绑，"不怕你再玩花样，你再也逃不出去了。"

第 24 章

以毒攻毒

等松了绑，李河落甩甩手坐在库库勒身边，叫小塔、仙娜和何木儿出去。小塔顾虑着还想说什么，库库勒挥了挥手，让他们先回避。

李河落和库库勒坐在墙上悬挂的成吉思汗像下沉默一时。李河落问他："这些护林员是警方的线人？"

库库勒摇摇头，"不是。关于你在哪儿，小塔从来没和我说过。今天他和何木儿来村子拿车知道了格索乌拉索和村上孩子失踪的事，才告诉我关于你的下落，然后设计着把你带过来。"

"你坦白告诉我，那警方都部署在什么地方？"

库库勒望向他，一双沧桑的眼睛灰灰暗暗，"你还记得你回来那天，跟着我提桶子去湖边的那些人吗，他们才是。他们都藏在村子里，装扮成村里人。"

"他们掌握了鲁道夫的行踪？"

"鲁道夫？他们要拘捕一队境外的盗猎集团，这些外国人要打安磨夫的主意。"库库勒问，"听小塔说你姓李，据我所知你叫陆离。我想知道你回来的目的。"

"郝力松的死是个意外，他遭到鲁道夫手下的袭击，之后是沙漠风暴。"李河落深深地沉下头，"之后在吐鲁番，杜林琪……"

"他们都是因为你，不是吗？"

"是。我比你们更恨鲁道夫。"

"告诉我，你为什么还要回来。"

"我最初来喀纳斯是为了找一个叫哈乐丹的少年。鲁道夫想要他。但是一直都找不到，因为找不到因为认识了杜林琪因为我有了孩子我才选择离开。但是事情的发展往往不能如愿，在布尔津的那一刻我傻了，宁愿带着格索一起走，怕他有危险不担心他会是个累赘，之后的一路上直到杜林琪被他们打死，我要报仇。我回来就是为了报仇。没别的。"

"好！"库库勒的声音颤抖得厉害，"好。"

"我会和警方合作。"

库库勒把手放在他的肩上，许久，"年轻人，知道哈乐丹到底是谁吗？"

李河落盯着他的眼睛，突然极度恐惧听到答案。

"被我安置在阿勒泰市的哈乐丹不是真正的哈乐丹，他叫衮鲁，他才是我的儿子，而格索也不是真正的哈乐丹，他是我一位故交的儿子。以后你所见到的任何一个都不会是真正的哈乐丹，你或许永远也不知道他究竟是谁，但是你要相信，他一直生活在我们身边。"库库勒抿了抿厚厚的唇，把手从李河落的肩上拿开。

"真正的哈乐丹究竟和常人有没有不同？"

库库勒站起身，"不久后，你会知道的。"说罢走进里屋拿了把匕首出来，"我年轻时有回在山上遇见狼群，我拿着它战胜了心中恐惧，活着回来了。现在把它送给你。"

"不，我不能要。"

"拿着！它能给你勇气和毅力。"

李河落从后腰拔出一把闪着利利寒光的水果刀，刀身上有一处凹陷，"我有它。"

库库勒微微笑了，像是从李河落身上看见了自己当年的影子。

第二天，库库勒家门厅挤满了陌生人。他们都是埋伏在附近的警察。看到李河落进来，有的还掏出了枪，甚至连手铐都握在手里，准备将他就地伏法。不过被库库勒和负责这次抓捕行动的队长张瑞川制止。张瑞川个子不高但很精壮，铜色肤色很有精神。之前的队长是郝力松，如今他接替下来，办案谨慎稳妥。

而李河落决定与警察们会面，前提是保证他在鲁道夫落网前的人身自由。

张瑞川见到李河落，走过来和他握了手。之后请李河落入座。

"之前没有采取行动，是因为想稳住鲁道夫的手下，鲁道夫还没在喀纳斯现身，太过鲁莽行事反而不利。"张瑞川对李河落说，"郝队长生前有向我们说明你的情况，关于他的死，我们深感悲痛。很感谢你能与我们合作。"

"你们愿意相信我？"李河落试探着问。

"别人我不知道。我相信你。"张瑞川斩钉截铁。库库勒也拍着李河落的肩道："我相信你。"

李河落被这份宽容感动得心里满是一深一浅的复杂情绪。而他因为信任库库勒才走进了这间房。

最后他说："我有条件。"

"什么条件？"

"我要有枪。"李河落说，"我要和你们一起行动。"

警员们开始起哄。张瑞川说："我们要负责你的人身安全，因为你以后还要做指认鲁道夫的人证……"

"别再说以后了。"李河落冷冷笑起来，"关于人证，我可以录音，也可以现在就写给你们。"

张瑞川凝视着他强硬倔犟的黑眼珠，同意了他的要求。

声称是中科院调来的科研人员要实地考察。成群结队的游客正拥挤在观鱼亭上，俯瞰几名潜水员站在岸边整装待发。巡湖船开过来，船头还摆放了一个正方形的铁质大笼。一名潜水员走进笼子，在里面套蛙鞋。十多分钟过后，一切准备工作完成，铁笼被缓缓放入水中。

观鱼亭上的游客们都跟着安静下来。突然有人尖叫一声。只见湖面上生出一道翻滚的水花，像是潜藏在水下的鱼雷，急速朝巡湖船冲去。科考人员乱作一团，赶忙要把沉入水中的铁笼拉上岸。

那道白色水花在距巡湖船五六米远的时候突然掉转方向，朝岸边冲去。呼啦一声，在与湖岸相触的刹那，水花四溅，像是地下喷泉。平息过后，所有人都看见岸边躺着一具巨大的鱼尸。

铁笼中的潜水员及时拉上船，虚惊一场。喀纳斯环境与旅游管理局的人赶到现场，指责中科院的科研人员没有审批文件就擅自在湖区进行考察。

库库勒老人知道第五条大红鱼搁浅后，突然心绞痛得厉害，吞了几片药，两手按着木桌两端吐着粗气。

"大灾难即将到来。"库库勒眼神游离，"喀纳斯的灾祸就要降临……"

李河落走到窗边，窗外灰蒙蒙一片，远处雪山之上的云层似在旋转。李河落转过头问："冬季来之前有什么特殊的节日吗？""邹鲁节。农历十月二十五。"

包括格索和乌拉索，禾木村一共接连失踪了三个孩子。下午，小塔、仙娜、何木儿都在库库勒家集合，张瑞川向警员们交代好分派事宜也赶了过来。

鲁道夫的组织隐藏得很好，张瑞川的警队到现在也没摸清他们的行踪。据小塔回忆，那天深夜在湖边巡逻遇见的是鲁道夫的手下加尔。之后再次见到他们，他们已开车撤离了喀纳斯。

"他们的警惕性极高，发现一点风吹草动就逃之夭夭。"小塔说，"像极了山上的狼。"

"现在的形势对他们不利。"李河落对张瑞川说，"大红鱼搁浅后引来了许多媒体。为了避人耳目，也要时刻监视和掌握大红鱼搁浅的消息，他们也许会在这里留下几个情报人员。"

张瑞川点点头，"我也认为他们留了人守在这儿探听消息。"

"现在抓他们也更难了。"库库勒叹道。

"在冬天到来之前，他们会有一次大的行动，到时他们会集体出动。"李河落说，"鲁道夫会在湖水封冻前动手。"

张瑞川兴奋地拍着桌子道："对对！湖会封冻！"

"只是，他们在封冻前的这次大动作会挑到哪一天呢？"仙娜咬着指头问。李河落说这个要看情况来定。

散去前，张瑞川让库库勒不必太担心格索和乌拉索，警方已经开始着手调查。张瑞川刚走，西部电视台的小王就上门了。

小王看见李河落，点了点头，随后走到库库勒面前直接就说："今天那个潜水员说，他在水下看见大红鱼的身后还跟着一个巨大的黑影，之后大红鱼就搁浅了。"

库库勒疑惑地看向他，"黑影？"

"嗯。像是在驱逐大红鱼。只是水下能见度还是不够高，他没看清楚。"

小塔说："春天的时候才适合水下考察。那时冰刚化，水是干干净净的。"

库库勒随即沉默，走进里屋休息去了。李河落倒是来了兴趣，听小王这么一说，更是印证了水怪并非哲罗鲑，湖中还存在着另外一种神秘生物。于是带着阿乖跟着小王去湖山山上看群众处理搁浅的哲罗鲑，还可以等现场清理完后，到岸边看能不能发现什么新鳞片之类的。

何木儿开车把他们送出村庄。之后，何木儿和小塔去巡山了。小王带着摄像师傅往岸边走去，李河落站在山坡上远远观望。脚边的阿乖安安静静，在这些天里，它长得很快，厚厚的灰毛掩盖不住渐渐结实的肌体，四条腿变得又细又灵活，一对玻璃球似的剔透的眼珠充满灵性，长长的鼻端在空气中一嗅一嗅，两只尖到锋利的耳朵直直竖立。除了一身臃肿的绒毛，已像是只成年的狐狸了。

阿乖突然望向身后的林子。两只耳朵朝前倾，蓄势待发的模样。李河落看看阿乖再望向身后的树林，这时森林深处传来女人的求助声。

李河落朝密林中跑去，阿乖没他跑得快，紧紧跟在后头。

跑过一片满是落叶的空地，在几棵松柏后发现一个倒在泥土上哭泣的外国女子，估计是迷了路的游客。李河落用英文和她沟通，果真是没听导游告诫、独自闯进山林迷了路的游客。李河落问她叫什么名字，女孩说叫多洛万。

多洛万告诉他，自己要去鸭泽湖露营区。李河落说好，刚好他也要回禾木村，顺路。

多洛万哼着歌踩在落叶上，咔嚓咔嚓响。一路上又好奇于山中的植被，用指甲刮下老树身上的苔藓问这是什么。李河落回答了她，再看看天空，临近傍晚，光线逐渐暗淡，在天黑之前还没走出森林，很有可能会迷失方向。多洛万却活泼好动，把金色的卷发往耳朵后一别，伸长脖子要闻枯叶的气味。等李河落走了很远回过头，多洛万仍在后头磨磨蹭蹭。

"你想睡在这儿吗？"李河落不耐烦地问。

多洛万不好意思地伸了伸舌头，朝他跑过来。李河落才发现她穿的是红色高跟鞋，红得刺眼。

森林中只透射出微弱的昏光。李河落沉稳地走着，听着身后女子踩碎落叶的声音。初来喀纳斯时，森林给他的第一印象就是这种声音。毁灭之音。

当皎洁月光覆盖在他的脸上，身后却出奇地安静。李河落停下脚步，手缓缓放在腰间的枪上。

令人窒息的安静无声。他一直在沉默，在一片无比压抑的气流之下，紧闭着唇。当他转过身，面前却是一个漆黑无底、硕大的枪口。

"Hi！"多洛万娇媚地笑道，"Mr. X。"

李河落闭上眼，随即扬起嘴角笑起来，"你认错人了。我姓李。"

"是么？想重新做人？"多洛万浓重的黑色眼影里包裹着泛寒光的眼珠，银白色的手枪抵着李河落的太阳穴，"你放松警惕了？以为鲁道夫放过你了？"

"加尔他们避人耳目都撤走了，留你一个女流之辈。"

"加尔那头猪，一帮手下都是猪，居然干不掉一个你！"

"你以为你能吗？"

多洛万把枪口往李河落太阳穴里按，"我试试。"

我试试，我试试。这句话沾着多洛万唇上的口红，满是血腥气味。蓦地让李河落想起初来喀纳斯时身体里的那颗心脏，邪恶的，万劫不复的。和此时的多洛万一样。包括这句话。这句充满了不确定却无比自信的一句自说自话。

这是一道轮回。

李河落不知道自己还能否作最后挣扎，或许这片森林，要迎接自己的死了。撩起衣角掏枪的机会已经不再可能。他至死也不能再用他紧握了前半生的金属作最后的一次自卫。或许像杜林琪所说的那样，手上的枪永远也不能用自卫的名号正大光明地举起来。始终不是自卫，更像犯罪。

他能觉察到多洛万的食指慢慢按下扳关。子弹将出膛。

刷的一道黑影，阿乖一跃而起撞击到多洛万的枪身上，一颗子弹在混乱中发射到惨淡夜空，击落无数叶片。李河落抓住这一秒，满手的汗却致使手枪滑落。多洛万转过头，李河落摸到口袋里的小玻璃瓶，顾不了那么多，横着一撒。

一片浅绿色粉末缓缓沉落后，偌大的森林中只剩死一般的沉寂。

阿乖飞也似的向禾木村跑去。四脚一伸一缩像支箭，咻地消失在老树枯藤间。等它带着阿力跑回来时，阿力咬住李河落的裤脚，硬是把他拖出了森林。阿乖和阿力呜呜汪汪地朝禾木村的方向叫。小塔和闻讯赶来的牧民发现李河落时，已是深夜。

牧民把李河落带回禾木村。小塔看见阿力还在森林边缘伸着舌头来回转，知道里面一定还落下了什么，跟着狗进去找。

李河落躺在床上，如死去一般。库库勒抚了抚他冰凉的额头，这时，张瑞川带着五六个医务所的医生匆匆忙忙赶来。库库勒忙从床沿站起身退让。

医生们围着李河落手忙脚乱，量体温的量体温、测心率的测心率、翻药箱的翻药箱、注射的注射。忙了一阵。

"怎么样？怎么回事？"张瑞川站在一旁问。

"中毒。中毒反应。"医生从李河落的手臂上拔下针头，"不知道是什么毒，要化验。"

"没时间啦。"库库勒急得胡子跟着身体一起抖，"一定要把他给救起来！"

医生们给李河落罩上了氧气袋，在左手注射呼吸兴奋剂，右手注射解毒剂。张瑞川急躁不安，一手叉着腰一手捂着头顶，站在窗边。突然转过头说："我知道了！西域失魂藤！对！就是这个！"说着走到李河落床前，俯下身嗅着，"郝力松以前说过，李河落的女朋友有这个东西，毒性很强。"

医生们听得面面相觑。张瑞川转过脸问医生："能治吗？有治吗？"

医生们摇摇头，"失魂藤这迷药是没有解药的，没办法治。"

张瑞川想要抱起李河落，"走！送县城医院去。"

"他现在血压太低，心律不齐，都很难听得到心跳了，根本到不了县城……"

"这是什么意思？"

"他坚持不到天亮。"

小塔背着一个昏迷了的外国女人踢开门进来。女人手中还死死握着那把银枪。张瑞川猜得到这个女人的身份，可现在连他们的性命都无法保全，以致抓捕鲁道夫犯罪集团这次行动又将陷入窘境。

库库勒为难地在院子里来回踱步。屋子里的医生还在做无用功的抢救。眼看着时间一分一秒过去。黑暗的大地静得可怕。突然看见小王和摄像师傅从远处走过来。小王一看到叹着气的库库勒便招着手小跑过来。

"大叔，就是关于第五条搁浅的大红鱼，我们想给你作个专访……"

库库勒瞟了他一眼，转身就往屋里走。身后的小王还在追着问："就十分钟，十分钟都不行吗？"库库勒摆摆手，叫他们走。在进屋的那一刹那，突然想到了什么。表情像要爆发般，急忙转过身。看见小王和摄影师还没离开，便赶忙奔过去。

小王看见库库勒怒气冲冲地朝自己扑过来，吓得两手一抖，金边眼镜都歪在鼻头。库库勒抓住他的手腕，问："刘、刘教授还在不在喀纳斯？"

"在、在、在啊……"小王哆哆嗦嗦回答，"和孙教授住环湖山庄那儿呢。"

库库勒朝屋里喊小塔出来开何木儿停在村口的吉普，还像年轻时那般意气风发，脚一跨跳上了车。轰的一声发动马达，带起腾飞的滚滚尘土，光一般向环湖山庄奔射去。

张瑞川呆呆地守在李河落和多洛万身边。看着两具苍白的活尸，茫然至极。试着抓起医生的听诊器放在李河落胸上，听到的只是无声忙音。想捏出李河落的脉搏，可刚触碰到他的皮肤，就被没有生命的冰冷袭击得迅速缩回来。

"这可怎么办？"张瑞川对着医生木然地说，"案情刚有了进展，又回到原地了。"

屋外传来喧闹人声。库库勒拉着刘芝教授进门，径直走到李河落床边。

"这是……"张瑞川问库库勒。

"我怎么就没早点想起你来呢！"库库勒激动地说，"哎呀我这记性，快给他看看吧……"

刘芝教授坐在李河落身边，摊开他的手掌，看到血管发乌，"毒性吸收得很完全，现在最好的办法就是换血。"

"不行的，这里没有器材，卫生所也没有足够的血源，像他现在的情况不可能赶得到县城医院……"医生们说。

"给他们盖上被子。"刘教授站起来，"先保暖。"库库勒赶紧抱出皮毛毯子，一层层盖在他们身上，大概盖了四五层。

张瑞川问："您是医生吗？"

"不是。"刘教授笑着说，"我在边疆林业科技大学生命科学院负责植物科研。西部电视台要拍水怪专题片，邀请我和我先生来这里协助拍摄。我先生是生命科学院负责古生物研究的。"

"这样啊。"张瑞川说，"他中的是西域一种迷药的毒，不知道你……"

"库库勒在路上和我说了。失魂藤，它在古代很长一段时期内极为盛行，是一种特殊的毒药。和其他毒药相比，失魂藤只通过皮肤毛孔被吸收。"

"那治疗的方法？"

刘芝望了望床上的李河落，"虽然从没有失魂藤解药的文献，但是我想办法一定是有的。现在少安毋躁，等药毒在他的血液里稳定沉淀之后……"

"那时候还有命吗？！"

"请放心，失魂藤的药毒和其他毒药有别，它有一个返回的现象。药毒被吸收到血液中数小时之后，会返回皮肤层，那时人的肤色就会有所改变，你要留意。至于解毒的方法，我尽力。"说罢，和库库勒、小塔匆匆出去了。

刘芝教授要库库勒在村上挨家挨户地找一种叫做"准噶尔乌头"的草药。一种新疆有名的药材。要小塔到山上采些当地有清毒功效的米拉托草。小塔对大山是再熟悉不过的，回来的时候抱着厚厚一捆米拉托，还采了些蓝水果，一种能生津止渴的野生植物。把挤出来的汁液滴在李河落嘴里。

当库库勒把准噶尔乌头带回来的时候，刘芝叫小塔开车去环湖山庄自己的住处取来她的工作箱。那里面有种叫"葫蔓藤"的植物样本。

准噶尔乌头和葫蔓藤虽都是草药，但本身皆带毒性。准噶尔乌头俗称西域草乌头，用法用量不正确，它的药性会转变为慢性毒药。而葫蔓藤，这种植物中的藤碱本身有毒，但是能和其他毒药发生一种中和、淡化的反应。所谓的以毒攻毒，但愿和失魂藤也能产生这种化学反应。它们的毒性和失魂藤的毒性混合后，生成反应，会形成一种弱化的新毒，这种新毒的毒性将会大大降低。

最后，还差一种"香丸"。

所谓的香丸，并不是药丸一类的吞药，而是用一种动物皮肤上的分泌物制成便于携带的药品。大多取材于麝、白胸貂、灵猫或獾的腺体分泌物。

根据失魂藤的特殊性，毒素在血液中沉淀数小时后会返回真皮层。在这个时候，把这种分泌物香丸与碾碎湿化的木炭拌匀后涂抹在人体全身，返回到皮肤层的药毒会被吸附。最后，血液中残留的少量药毒就由米拉托草清除干净了。

只是香丸要从哪里找？库库勒急得团团转。小塔给仙娜打电话，要她赶去湖边不远的科学园问问，医生们说此时科学园早闭馆了。凌晨两点左右，李河落的皮肤开始呈现青紫色。刘芝跑过来一看，毒素已经开始返回真皮层。如果耽误了时间，毒素会再次沉淀回血液中去，后果将不堪设想。

阿乖跃上床，趴在李河落枕边。悲哀地呜呜叫着。

第 25 章
刺人传说

阿乖的呜咽悲鸣回荡在暗夜的每一处角落。刘芝擦去头上的汗，看到缩成一团的阿乖，突然瞪大眼珠。

"它、它、它！"说着凑近小狐狸打量着，"找到了！"

张瑞川和库库勒都上前来看她找到了什么。刘芝问："狐狸的腺体在两条后腿间，肛部的下方。可以摸得到，与其他动物的腺体相比，仅仅是气味不太好闻的区别，药用的功能是一样的。"

"是要……"库库勒问，"宰了它吗？"

"不不，只是挤一些分泌物出来，对它不会有伤害的。"

"我来。"小塔抱起阿乖走出屋子。阿乖不反抗不叫闹，像是能感应到人们的想法。几分钟后，小塔抱着安静的阿乖进屋。右手掬着一层半透明的黄色黏稠物，像是烧化了的松香。

"好了。"刘芝呼了一口气，"一切完善。"

这时床上的李河落已经浑身紫黑，毛孔中还渗出虚汗一类的物质。刘芝把用准噶尔乌头熬的水和葫蔓藤的汁浆抽进注射器里，注射到李河落体内。再叫库库勒拿来准备好了的木炭屑，与刚取出的狐腺分泌物按比例搅拌均匀。张瑞川和小塔给李河落的全身涂遍，再喂李河落服下米拉托草汤。而那帮白大褂医生在多洛万身上跟着效仿照做。

做完这一切，在场的人无一不是满头大汗。都挽着袖子，耷拉着双手盯着纹丝不动的李河落。

"这就是解药？"医生们问刘芝。

"还不知道，要等着看他们的反应。"刘芝从小塔手中接过立了大功的阿乖，慈祥温和地抚着，像是为它压惊，"在学院作研究的时候，有一些关于剧毒植物的课题，天天就和什么月籽藤啊水毒芹啊打交道，后来发现，从两种不同的有毒植物中提取的毒素接触后，会发生奇怪的反应，两种剧毒合二为一反而变成一种毒性极低的新毒素，我们称之为混合性弱化毒。"

张瑞川问："那，用在失魂藤上也有效？"

"我想应该是有效的。虽然失魂藤有特殊性，但是毒素构成、毒发原理还是一样的，这世界上的植物各有不同，但还是出自同源嘛。"刘芝对小塔说，"还有呀，你们这些年轻人可要注意了，像夹竹桃、水仙这样常见的家养植物也是有剧毒的，水仙的球状根可是个大毒窝。对了，你干什么工作的？"小塔回答说护林员，刘芝继续说，"那可更要注意了！一种很常见的草叫附子草，名字挺好听，表面看上去也普普通通，知道它的外号叫什么吗？叫'狼克星'。也是剧毒的。"

库库勒笑道："今天第一次见识到刘教授的本事啊。"

刘芝苦笑两声，随即叹着气说："电视台邀我来主要是撑撑场面，我老伴比较靠谱，研究古生物的。而我呢，研究瓜果种子植物学的。这不，这季的专题片都拍到一半了，还是没我什么事。不过话说回来，喀纳斯还是没白来。"

"你要是不在，他的小命就完啰。"医生们指着李河落对她叹道。

刘芝再走近李河落，看见他的皮肤往外微微冒着白气，转过头激动地说："有效！有效！看！正在排毒。"

众人都围了上去。库库勒把双手放在胸口，感谢上天眷顾。

当清透的阳光照射到这片干净的土地，李河落睁开了眼。守候在他身边的阿乖叫了一声，所有人才发现李河落苏醒了。他身边的多洛万却还在沉沉地昏睡。

"醒了醒啦呀！"库库勒扑到床头，"渴吗饿吗？"

李河落说不出话，喉咙里像是被谁抽去了筋。虽睁着眼睛，但只能模模糊糊看到微光中的人影。耳边也只能听见琐琐碎碎的人声，一时远一时近。李河落想要坐起来，又感觉到身上盖着层层皮毛毯子，连带着这些毯子坐起来的力气都没有。猛地一使劲想要挪动，胸腔腹腔四肢肌肉却疼痛得厉害，剧烈的痛楚过后又是火辣辣的微麻。

"小伙子别乱动。"刘芝凑到他耳边说，"你刚醒来，要缓缓。先缓缓，你先迷糊下。"

李河落隐隐约约听到库库勒、张瑞川、小塔和刘芝的对话，还有一些陌生的声音，是卫生所的医生们。他听到库库勒问："那个女人怎么还没醒？"接着是张瑞川的声音："男人的体质比较好的缘故？"刘芝的声音："女性的心跳比男性快，毒性在女性身上表现得更剧烈……"

张瑞川问："可李河落身上的失魂藤药味比那女人身上大得多……"

刘芝沉默一阵，"他以前有接触过这种毒药吗？"

"他以前就中过这种毒，郝队长曾经说过。"

"那是因为他体内已经产生了对这种毒性的抵抗力。"

张瑞川恍然大悟。

"此后他再中这种毒，承受力会比别人强很多。"

"这或许就是'焉知非福'的道理吧。"

李河落的这一觉做了一个长长的梦，无尽的错觉像是比他的人生都要漫长。脑海中满是人来人往，飞过埃菲尔铁塔的灰鸽子、从车窗看雨后的纽约、坐在咖啡店隔着玻璃望见阴霾的街道。还有，禾木村的黄昏，夕阳打在杜林琪脸上的样子，或是两人走在森林里，前方一只纯白的雪兔一闪而过。杜林琪的穿着一如从前，回过头望向自己的画面停留在瞬间。

李河落弯着胳膊，支撑自己起来。在场的人忙过来要搀扶他，李河落摇了摇头，盯着地面，什么话也说不出来。当他恢复了抬头的力气，望见金灿灿温暖的阳光，伸出手指着窗外。

"我。"阳光照在他脸上生出耀眼的白，"出去。我想出去。"说着，晃晃悠悠地站起来，深一脚浅一脚走出屋子，站到了阳光下。

所有人都跟着他出去，看见李河落伸了个懒腰，似乎体力恢复得很快，但李河落却回头对他们说"疼"。刘芝说："是因为内脏广泛性损伤，还要好好休养才行。"

村子里的一个便衣喊张瑞川过去。库库勒扶住李河落，说还是进屋吧。李河落倔犟地摇着头，推开库库勒的手就往前走。库库勒叫小塔开车把刘芝和卫生所的医生们送回去。和刘芝简单告别后，张瑞川小跑回来对库库勒说："衮鲁被绑架了。"

库库勒大吃一惊。

衮鲁就是库库勒的儿子，藏匿在阿勒泰市的假哈乐丹。李河落也觉得蹊跷，但包括张瑞川、库库勒也都已经知道谁才是幕后凶手。

"看住那个女的。"库库勒说着往屋里走。

等所有人都进了屋，却发现床上空空如也。多洛万不知何时苏醒过来，已经从里屋后窗逃遁了。

当库库勒惊讶着这一切，埋怨自己一时也不该疏忽，李河落只是在想着加上衮鲁，已有四个孩子失踪。至于多洛万，和自己一样都是职业杀手，潜逃的速度快没有什么可惊讶的。

"这四个孩子都是鲁道夫认为最有可能是哈乐丹的人。"李河落坐在椅子上喘着气说。

张瑞川大步迈到库库勒面前，"哈乐丹到底是谁？"库库勒迟迟不语。张瑞川急切地说："我们没有时间了！那些孩子也没有时间了！"

库库勒顿了顿，召集村上的长老们，闭门商讨什么密事。张瑞川和李河落一直在屋外等到日落。等木门打开，老人们走出来，库库勒叫李河落和张瑞川进屋，换上了长袍，打扮成图瓦村民。

库库勒带他们俩赶着马车，从一条极为偏僻的山路中游走。路上张瑞川问李河落是否经得起颠簸，李河落握着木辕说没问题。穿过一片桦树林，越过一望无际的黄绿色草海紧接着进入巨大无边的森林迷宫。李河落只听得见耳边呼呼的风声，一闪即过的光景都来不及看清。

在森林深处停下来。库库勒下了马车，从树顶闪射下来的斑驳光影在他身上形成密密麻麻的小窟窿。库库勒从长袍口袋里掏出苏尔，吹了起来。凄婉悠远的乐声在树身之间回荡，传播到更远的地方。

森林里静得瘆人。不知藏匿在何方的鸟呼啦啦扑着翅膀短暂出现，随即消失不见。过了一会儿，听见远处密林间沙沙的踩草声越来越清晰。三个皮肤黝黑身材魁梧、穿着狼皮袍子的中年男人从树林里钻出来。

李河落看见这三个男人披肩长发遮挡的腮帮上隐隐显现的肉突物，和何木儿一样。三个男人和库库勒用图瓦语交流许久，当他们说到什么话题上，三个男人忙摆手，像是不赞同的意思。库库勒和他们又是叽里呱啦一阵，最终，三个男人拍拍库库勒的肩，领他们往林子更深的地方去。李河落跟在后面走，远远望见前方越来越黑暗，内心的恐慌如同山洪猛地倾泻下来。

李河落小声问库库勒："他们是不是吉特村人？"

库库勒吃惊地望向他，也很小声地问："你怎么知道？"

"我就知道一定与这个村落有关系。"

"布尔津县只有我们这个禾木村和喀纳斯村，哈巴河县还有个白哈巴村，吉特村是从哪儿来的？"张瑞川疑惑地问。

"吉特村是个极小的部落，村民也就三十多人，也属于图瓦族的一部分，但……"吉特村的男人闻声回头看，库库勒便向张瑞川使了个眼色，不往下说了。

他们走进连光线也照射不进的地方，在一个巨大的洞窟前停下。库库勒拉住李河落和张瑞川就往洞窟里走。李河落突然感觉像被拉扯进黑暗深处，不禁恐惧地想要挣扎。回头看去，留在洞窟口的三个吉特村人的背影与一片黑色交织在一起，渐渐混合消失。

洞窟内伸手不见五指，库库勒却像是能夜视，拉着他们往前冲得飞快。张瑞川问库库勒这是什么地方，库库勒也不回答。李河落只听见滴水的声音和微弱的喘息声。

前方终于可以看出浅蓝色的微光，照在石壁上像是闪烁的星光，还会移动。

走到这时，才发现一块巨大的地下水池，黑水缓缓荡漾，从岩壁缝隙间钻进来的一寸光束像是禁闭的死囚，再也无法逃逸出去。

库库勒拉动池边的绳索，一艘小小的木船从洞顶慢慢降下来。这船是用一根完整的杨木凿成的，轻得落在水面都发不出任何声音。张瑞川还在不安地问："载得了三个人吗？"库库勒二话没说，拽着他的衣角就拖上了船。

三个人都极小心谨慎地坐着，生怕稍稍坐斜船就会翻，坠入这诡秘的水中就是永久。库库勒摆桨划船都不敢用力，怕发出的声响随着水波远远扩散，惊动冥冥中的什么。

前方的水道和岩壁越来越狭窄，气温也越来越低。

船靠了岸。在他们面前的是条一次只能容一人过身的隧道，还得侧着身过。库库勒先走进去，李河落再进去，最后是张瑞川。

李河落在这缝隙中慢慢挪着，心想若是两面墙壁突然动起来，当中的人就夹成薄饼了。缝隙上方不知落下什么东西，像是黄土渣子。听见张瑞川连着"呸、呸"。

当他们从夹缝中出来的时候，眼前出现的是一片宽阔的空地，空地尽头站着五个弓着背的老人，白胡子长得拖在地上，穿着色彩鲜艳的蒙古长袍、戴着毡帽、套着长筒皮靴。老人们身后是扇紧闭的石门。

库库勒突然双膝跪倒，俯着身朝身后看傻了的两人鼓囊着嘴。李河落和张瑞川也赶忙跪倒。库库勒小声嘀咕道："不要直视他们……"两人连忙低下头去。

张瑞川小声问库库勒："他们是什么人？"

"护灵团的五位元老……"

"你不是吗？"

"我只是信奉他们的教徒……你们即将看到的，才是最接近真相的……"

库库勒虽也是花甲老人，可和眼前的护灵团元老相比还太年轻。五位老人开始向库库勒发问，说的都是图瓦语。库库勒的嗓音虽因紧张略显颤抖，但还是一一回答得详细精准。库库勒指着张瑞川和李河落对元老们说了一阵。这时，五位老人身后的石门咔一声缓缓开启。

"走，进去。"库库勒嘱咐道，"到了里面先行礼，一句话都不要说，什么问题都不要问，装图瓦人，别给我露馅，否则……"

"里面是什么？"李河落问他。

"进去就知道了……"

与护灵团的元老擦肩而过的时候，李河落闻到了他们身上苍老的气味，这味道像是尘土，又夹杂着淡淡的水腥。

走进石门，是一间巨大如宫殿般宽阔的石室。这里光线暗淡，居然也不生火，蜡烛都不点一根，只有从石壁空隙中无意闯进的微光，还在到处逃窜。

石室中摆放着一座石床，隐隐看见石床上像是躺着什么东西。

库库勒晃了下手挤眉弄眼。李河落和张瑞川赶紧虔诚地叩倒在地。随后他们爬起来，跟在库库勒身后往石床走近。

石床上躺着的是具枯黑的古怪干尸，皮肉紧紧粘结在骨架上。李河落望着干尸略显扁平的大头和两条扭曲的粗壮腿骨，外形不太像人，更像是蛙类的生物。张瑞川指着干尸的头部，叫李河落看。李河落凑近观察。干尸没有耳廓，耳朵只是小小的圆洞。两颗滚圆的眼珠早已不在，只剩漆黑的巨大眼眶。一张大嘴横贯头部。再看它干化的皮肤，没有毛发，光光滑滑。李河落还在它的脖颈处发现了鳃。

分明是只和成年人一般大的怪蛙。

李河落把石室环视一圈，发现室内右侧层层堆叠的经卷，盖了厚厚一层灰，像是石化了与整座岩窟融为一体。正要走过去看个究竟，库库勒对他们挤了下眼，示意要走了。

临走之前，库库勒还虔诚膜拜，用图瓦语大声喊了些什么。走出石室，五位元老合上石门。一切又如初来时尘封安定。

三人原路返回。出了洞窟，那三位吉特村男人仍守在洞口。库库勒和他们沟通过几句，感激他们的赦准。吉特村人把他们送回到能见着光线的森林。

回到禾木村，远空的明月在太阳还未落山前就急着出来了。李河落心想竟在路途上花费了这么长时间。

进了库库勒家门，张瑞川一把脱下长袍，憋了一天的疑问终于可以安稳地一口气吐出来了。

"那干尸究竟是什么东西？是谁？哈乐丹又在哪儿？"

李河落走进来说："我只想知道吉特村和召灵人有什么关系。"

"护灵团的五位元老都是吉特村人。"库库勒谨慎地把门和窗子关好，坐在桌前，"传说千百万年前，喀纳斯湖还和大海相连的时候，这里衍生出一群鱼人，它们被称为'刺人'。它们长久地生活在这里，后来汉人来到西域，把它们当成怪物屠杀，历朝历代都是这样。直到八百年前有位天神之子来到这个地方，意外落水，刺人救了他，他为了报恩，开始保护这片土地。后来天神之子死了，刺人把他葬在湖底，世间唯一不受纷扰之处……"

"等等。"张瑞川拍着桌子问，"这和哈乐丹有什么关系？与吉特村有什么关系？都是胡编乱造的传说！"

"但，你刚刚也见到了，不是吗？"库库勒望着他说。

张瑞川一愣，"你说那具干尸？"

"那具干尸死于 1953 年。它是最后一个刺人。"

"库库勒，吉特村的村民也有鳃，他们难道不是刺人？"李河落问。

"吉特村人是刺人与图瓦人通婚的后代，他们遗传了刺人的一些身体构造，形成了一个新的部族，这就是吉特村本属于图瓦族，但又有别于图瓦族的原因。在天神之子死后的几朝几代，刺人继续被当成西域怪物屠杀，吉特村人保住了最后几个刺人，到今天，已经不再有刺人的存在了。"

"我现在只想知道哈乐丹。"张瑞川攥着拳头说。

李河落说："格索曾说哈乐丹是第一代祭祀主持坦普图衮的后人。"

"不，不是这样，那是格索演的戏。"库库勒喘了口气，"刺人曾有过高度发达的文明，护灵团的五位元老都是吉特村人，是刺人的后裔，早在最后一个刺人还活着的时候，他们已经是护灵团的成员，并且精通刺人的语言和文字。但是他们年事已高，要有合适的人传承这丢失了的文明……"

"哈乐丹就是他们挑选的传承者？"李河落打断他。

库库勒点了点头。

"既然吉特村人都是刺人和图瓦人通婚的后裔，为什么单选一个人去传承整个民族的文明？"

"他们需要合适的人。"

张瑞川扭过头问："要哪里适合吗？"

"要找没有舌头。"库库勒指着自己的喉咙说，"只靠咽喉发声的人。"

李河落倒抽一口冷气，"哈乐丹学习刺人的语言，除了留住文明，应该还有其他的用途？"

"是的。"库库勒回答说，"就可以和水神安磨夫交流。"

"安磨夫究竟是什么？"李河落继而问。

"刺人的经卷上说，很久以前，三星齐聚在北方天空，天石从天而降，人间顿时生灵涂炭，只有刺人在湖中生活躲过此劫。天石破裂，从石头间出来一个神物游进湖中。"库库勒长吸一口气，"神物与刺人在湖中共存，直到刺人用高超的智慧驯服神物，神物为刺人捕鱼。而哈乐丹会刺人语言，他是现今唯一一个可以控制神物的人。"

"你还是没说哈乐丹是谁！"张瑞川站起来，"说关键，说这个关键，他是谁？在哪儿？"

"哈乐丹，他是……"

这时从窗户飞射进一支箭，正中库库勒的后颈。库库勒痛苦地瞪大眼珠，应声倒下了。

李河落和张瑞川拔出枪，飞快冲出屋子，黄昏模糊的光影中一个黑影正往村外逃。张瑞川对着天空放了一枪，埋伏在村里的警员齐齐出动，在村外几百米的地方抓捕到这个凶手。

等李河落和张瑞川赶过去一看，气喘吁吁的凶手卧倒在地，两只反扣着的双手手掌间的肉突跟着急促的呼吸一张一合。是个吉特村人。

"带回去！"张瑞川塞好枪，转身已是满头大汗。

这个吉特村人却不停地挣扎，警员们把他拉起来的时候，他猛地一甩头，一股鲜血从口中喷射出来。"张队长，他咬舌了！"现场突然一片混乱。

李河落冲上去一把拉住他，这个吉特村人已经当场死亡。鲜血还在从嘴角汩汩流出，滴落在李河落的靴子上，像一朵朵边缘锐利的红花。

第 26 章
神石之谜

当他们赶回屋的时候，库库勒已经离开了人世。射中他的那支箭被卫生所的医生们取出来，箭刃连着血丝泛着刺眼白光。张瑞川还在和警员们商议着什么。李河落撩起白布把库库勒苍老的脸盖上。走到院子里抽烟。

夜晚的风一天比一天寒冷，在屋里还不断流淌的急汗，一出来瞬间变凉，黏糊糊地沾着头发贴在脑门。李河落垂着头在院子里来回地走，抽完一根接着又点起一根，捏着烟嘴的指头在微微颤抖。不知是因为冷还是因为别的什么。

抬头瞟了眼明月当空的天。快进入冬季了。

村上的村民得知库库勒老人去世都赶过来吊唁，一群人在库库勒家中来来往往。李河落刚准备掐灭手中的烟头，看见那辆吉普开过来，何木儿、小塔和仙娜下了车，关车门的砰砰声让李河落心神不宁。

小塔恐慌地望向李河落，李河落没有说话。小塔赶忙往库库勒家走去。李河落随即叫住何木儿。

还没等李河落开口，何木儿就问他库库勒大叔是怎么死的。李河落却说："我想看看吉特村的神石。"何木儿愣了一下，点头说好，问什么时候。

"现在。"

坐上吉普，何木儿问他："你怎么知道我们村会供奉神石？"

李河落反问他："你知道神石的来历吗？"

何木儿摇摇头，"祖先留下来的，就是块大石头，传说好像是吉祥石。"

李河落没有再说什么。车窗外被车灯打得一片花白的景物随着颠簸晃动不清。

车开到喀纳斯湖边，沿着湖岸缓缓前行，拐进两座山之间的狭长小道，停在一处山坡上。荒茫的黑夜中只有两束白茫茫的孤独车光。何木儿和李河落下了车，走到一处不长草的空地上。李河落看出脚下的不是泥土，而是一块平整的黑色岩石。

"我们现在站在神石上。"何木儿叉着腰说，环视漆黑四周。

李河落拿着手电蹲下来观察，"这是羊背石？"

"这不是羊背石。"何木儿也蹲下来伸出长蹼的手在石面上摩挲，"这石头是黑色的。"

李河落凝视着比暗夜更漆黑的神石，发现表面上还有大大小小、长长短短的凹痕。手摸在上面很是光滑，像是风化出来的大自然杰作，和魔鬼城的石堡一般。

何木儿继续说："这神石有磁性，以往村上大人来祭拜，我们这些孩子就拿着家里的铁钳子、铁碗跟着过来玩，我们把铁碗倒扣在神石上，再轮流去拔，比谁的力气大。"

"是磁石？"

"是啊，小时候不懂啊，那时的村里大人也迷信。现在我们这一辈就很科学了……"

李河落疑惑着，掏出水果刀就在石面上挖。何木儿赶忙制止他，说这是神石，不能侵犯。李河落倔得很，自顾自地挖，边挖还边问："你不是很'科学'了吗？"

"哎呀！是科学了呀。"何木儿抱起他的胳膊往外拖，"可再怎么科学也要尊敬老祖宗吧。"

李河落被他拉起来时，水果刀捣腾了半天就刮了点黑色的渣子下来。心想不管大小，送到化验室始终要用显微镜分析的，这么点足够了。再看看紧张的何木儿，便扬起嘴角朝他笑。

库库勒的尸体被卫生所的医生们带走。张瑞川焦头烂额。李河落下了吉普喊他，他也心神游离没听见。虽已夜深，村民们仍迟迟不散，个个都是惶恐的样子。李河落走到张瑞川身后拍了拍他的肩，张瑞川才回过神来。

"凶手应该是护灵团成员。"李河落压低声音说，"他们不允许哈乐丹的身份泄露，非常谨慎，因此从我们出洞窟就跟着我们。这里已经不安全了，你派警员好好把守禾木村。"

"都重新编排部署好了。"张瑞川捂着满是汗的脸，疲惫地长长呼了口气，"还不知道那四个失踪的孩子在哪儿。库库勒又死了，那个女杀手的下落也不清楚。"他突然像发了狂的狮子咬牙切齿，"我们连哈乐丹都不知道是谁！我们什么都不知道！"

"现在必须严守阵地。"李河落转过头望向群人拥挤的库库勒家门口，"把进程一点一点往前推，那些谜团自会解开。"

张瑞川抬起头看他，"只怕，到了知道真相的那一天，一切都无法挽回了。"

李河落蓦地想起还在塔克拉玛干的时候，自己以为格索才是哈乐丹，激动得以为一切都水落石出了。其实那都是捏造的，虚假到无可救药。但至少格索当时说对了一句话。当杜林琪问他这是否就是一切的真相时，格索摇着头说："这只是其中最浅薄的一部分，当你们知道全部，会发现根本没有真相。"

张瑞川和警员们开紧急会议。何木儿开车送小塔、仙娜回山谷，李河落还想着今天突如其来的一切，听见老吉普轰轰的发动声，招了招手走过去。李河落坐上吉普。小塔问："今天不待在村子里吗？"

"不了。"李河落对何木儿说，"我这两天要用车。"小塔却疑惑地问要去哪儿。李河落说去布尔津。小塔对他还有所怀疑，说要和他一起去。李河落转过头望着他迟疑了两秒，点了点头。

到了山谷，何木儿把车停在木屋前，和李河落小塔告别后背着鸟枪要走，仙娜说晚上乌漆抹黑，山路又不安全，就在这儿将就住一晚吧。何木儿说屋子里只有一张床没法睡。无奈，小塔让何木儿牵着阿力进山。

　　小塔和仙娜在木屋前生起篝火。李河落进屋洗了把脸出来坐下，突然想起那具刺人干尸，几乎就是只皮肤光滑的大青蛙，于是问小塔："有的动物不长毛，但也怕火，知道为什么吗？"

　　小塔半天没猜出来。李河落望着小塔红彤彤的脸突然想笑，小塔却说："哪有动物不长毛的。"仙娜拍了下他的头，说："鱼啊，鱼不长毛，蛇也不长啊。傻。"

　　"青蛙也不长。"李河落笑着说，"两栖动物、爬行动物这些都不长。"

　　"还有癞蛤蟆。"小塔板着脸，像是李河落故意在耍他。

　　"那也不对。"仙娜却说，"我以前买了本杂志，上面说鸟是恐龙变的，恐龙是爬行动物吧，既然这样，爬行动物长毛是早晚的事。"

　　李河落听她这么说觉得也对。

　　"李哥，阿乖呢？"小塔突然问。

　　李河落这才想起来，全天忙碌一刻也停不得，竟然把阿乖给丢了。仙娜问："它自己跑了？"李河落摇着头说："我都把它给忘了，兴许是落在禾木村了。"

　　"明天仙娜去村子里给你找找。"小塔说，"李哥你赶紧进屋睡吧，你身体里的毒还没清干净，还在康复期，明天咱们还要去县里呢。"

　　李河落也才感觉到五脏六腑胀疼得厉害。现今无论是人还是地，都处于混乱状态。干熬着也不行，即使睡不着也要强迫自己睡，才能维持体力在混乱之中坚持下去。现在唯一的希望只是，一觉醒来睁开眼看见曙光，一切噩梦已经结束。

　　临睡前，李河落的脑海里全是今天库库勒告诉他们的刺人传说。心想这样睡下去，梦里出现的只会是天降神石、古怪蛙人、没舌头的召灵人……现在唯一能理清的环节就是，哈乐丹与吉特村人有直接关系，吉特村人又是图瓦人与刺人通婚的后裔。一个小小的哈乐丹，居然牵涉着三个族群。

　　还有太多太多待解的谜团，比如"三星齐聚在北方天空，天石从天而降"，这个"三星齐聚"是什么意思。"有位天神之子来到这个地方"，"天神之子"又是指谁？"天石破裂，从石头间出来一个神物游进湖中"，从神石中出来的神物又预示着什么。如果这个神物真是传说中的水神安磨夫，那么安磨夫这种生物又以怎样的形态存在？

一阵头疼搅得李河落想要呕吐。于是坐起来，两条腿在床沿悬着。屋外篝火还没熄，隐隐听见小塔和仙娜的笑语。李河落把采集到的神石样本包在餐巾纸中叠起收好，抬头瞬间看见一线在屋中飘荡的阴冷月光，终于觉察到自己的孤独。

再躺下的时候，睁着眼盯着屋梁。眼前刚要出现杜林琪的影子便闭上眼睛，强硬地想要沉沉睡去。

即使是个噩梦都比现实要美好。

天微明的时候，李河落就套好了皮靴戴上了墨镜，不知是他起得太早还是一夜无眠。他看到打着地铺的小塔，仙娜睡在他身边抱着他的胳膊，突然不忍叫醒他。噔噔走到门口，小塔揉着眼睛从被窝里探出头。

"李哥，起这么早啊。"

李河落"嗯"了声，"你还睡还是和我一起去？"

小塔起身穿衣服，说一起去。

李河落走出屋子，扑面而来的寒气让他不敢把冰冷往肺里吸。两个人坐上吉普，李河落开车，前往布尔津县城。在车上，李河落突然问他村里孕妇生孩子是送去医院还是有专人接生。小塔说以前村里有专门的老妇接生，这些年都在县城医院。

李河落扭动着方向盘，在山路土路公路上急速穿行了三四个小时，到了布尔津已是正午。把车停在研究所门口。

"你现在去医院帮我找档案。"李河落对小塔说，"只要是个医院、医务所，你就去问，问他们那里有没有出生过畸形儿。凡是有的都记下来，回头我忙完事情，咱们在这里会合。"

"李哥你找这个干什么……"小塔问着，李河落已经下了车"砰"一声关上车门走了。

李河落上了楼，专找门牌上写着"化验室"的房间。找到了也不管里面有人没人，拧开门就走进去。化验室里有个拿着试管的中年妇女没注意身后站着的黑影，转身看见李河落吓了一大跳。

"你要死啊——"妇女拍着心口，瞪着他说，"躲在我后面装神弄鬼的……"

李河落不计较这些，从口袋里掏出神石渣末，"你帮我化验下看这到底是什么。"

妇女没好气地瞟了一眼黑色的渣子，"煤吧。"捏着试管又做起自己的事了。

"是像羊背石那样的岩石，只是通身都是黑色的。"

"有多大？"

"露出地表的直径约有五六米。"

妇女停下手上的工作望向他。李河落继续说："还有磁性。"

"吸铁石吧。"妇女走到他跟前看着他手掌上摊着的石渣，伸出手拨弄两下，从一个柜子的瓶瓶罐罐中拿出酒精和硝酸，按比例倒在小杯里，对李河落说，"放啊。"

"放什么？"

"把这些石渣子放进去啊。"

李河落照她的话做，看着石渣在溶液中生出了一排排的小泡泡。过了一两分钟，妇女用镊子把石渣拣出来放在显微镜下，嚼着口香糖一屁股坐上椅子，两只小眼睛对着显微镜口。

李河落走近她，"这石头上有像是被流水冲刷过的痕迹。"

"那是气印。"妇女打断他，抬起头说，"你这个东西，是陨石。"

女研究员告诉他，在陨石高速飞行、穿越大气层的时候，表面温度极高，石头的外部被融化。冷却后形成黑色熔壳。因此石头外部是黑色的。在陨石熔壳冷却的过程中，保留下空气流动在陨石上的痕迹，比较光滑，这就是气印。

"确定？"李河落有些难以相信。

"确定。"女研究员歪着头，当仁不让的样子，"而且还是块铁陨石，里头的镍含量奇多，硝酸都腐蚀不了它。那石头现在在哪儿？"

李河落不与回答，点了点头便要打道回府。妇女一个箭步冲到他前面，大鹏展翅一般伸开双手挡住门。李河落不解。妇女压低声音问："先生贵姓？怎么称呼？哪里人？联系方式？"

"怎么？"李河落问，"有什么不妥的吗？"

"没没没。"妇女咧嘴笑起来，"就是想和你商量，商量一件事……"

"什么事？"

妇女凑到他跟前说："陨石这东西不太好，又不值钱不吉利，对人身体有放射性……你告诉我它的方位，我们部门马上去处理它……"

"我怎么听说一克都能卖几百美元。"李河落猜出这女人的心思，逗着她说。

"嗯，是啊。"妇女愣了会儿，说，"美元又不值钱……"

李河落白了她一眼就要开门出去，妇女拽住他的胳膊死活不放他走，嚷嚷着："六美元抵一元人民币，你看值不值……哎呀别这样嘛，到时候大家平分行不行……"

李河落无奈，告诉她自己不要陨石了。妇女问他陨石在哪儿，李河落随便报了个地名。妇女这才松开他，掏出手机急急忙忙跑出去，比李河落速度还快，边脱工作服边打着手机，一路喧哗着冲下了楼。

一个女人就这样开始了寻宝之路。

这时小塔开着吉普也到了路口，看见从研究所里冲出的妇女，一路飞奔着，还举着手机嚷着什么"赶快备车啊、别让别人抢了先啊"之类的话。李河落随后也下了楼，看见小塔开车过来了，便打开车门坐了进去。

"那女的怎么了？"小塔问。

"一个化验员。"李河落叼着烟，"挺开朗一个人。"随即问，"怎么样，在医院找到什么没？"

"县城的医院这两年有几个裂唇的新生儿，基本上都是小缺陷，畸形儿还是少。"

"是少还是没有？"

"人家医院的档案又不能随便给你看，不过我好说歹说，还给他们留了联系方式，人家说有时间了会帮咱们查一查。"

李河落朝车窗外吐了口烟，"别指望。"

他们在回村之前，去了趟县城的书店。李河落在书店里挑了些西域古籍，回村的路上，看见小书摊就停车下去，专挑新疆文化文物考古历史类的书，而且最好是线装书，越旧越好。抱着一摞书上了车，小塔发动汽车，李河落便开始翻看。掀开那些书，一股陈旧气味立马钻进鼻子，竖写的繁体字看得李河落沉不住气，蓦地就想到杜林琪。若是杜林琪在身边，问她个问题马上就可以得到答案。李河落撩了撩头发，把书本丢到后座，望着车窗外明媚阳光下的美好光景。

到了禾木村，和张瑞川一队人吃了餐饭。饭后张瑞川带着李河落走到禾木村外的一间木屋。李河落远远瞥见突然很伤感，因为这就是自己初来喀纳斯时租的那间房。张瑞川说："往后你就在这里住，山谷中的住处潮气太大，对你身体不好。"李河落什么话也没说，跟着他走过去。进门的时候，张瑞川问他手上提的鼓鼓囊囊的是什么。李河落说是书。张瑞川斜着眼睛望他，笑着道："你还挺悠然自得的。"

李河落走进去熟悉地把一袋书放在窗边木桌上，说："我没心情看。我是练字。"

"那你要买临摹帖。"张瑞川哗啦啦丢给他一把钥匙，"你早不会写汉字了吧。"

李河落笑了两声，说汉字一直都没忘，只因写得少，写出来的字像儿童的笔体，很难看。张瑞川在屋子里走动，边走边说："这间屋子还不错，卫生间都是独立的。今天试了下水管，还能放热水。"

"是不错。房租可是夸张的。"

"你知道？我们是公务租住，用的也是公费。"张瑞川说，"房东知道我们在办案，租金得开得很低，就补助他一点。"

"早知房东怕政府，当初我也说自己是警察。"

"我们办完案，这里也安宁是不，他当然乐意。"张瑞川站起来，"对了，我还得借你这儿洗个澡。"

李河落点点头。看了看屋内摆设，除了桌子和床还在原处，其他的饰物用具都清理掉了。张瑞川脱了外衣外裤进去洗澡，屋子中只有陌生的哗哗水声。李河落突然想起什么，把那袋书塞在床底下，对着卫生间里的张瑞川说："你洗完了帮我把门带上。"张瑞川问他要去哪儿。李河落也没回答，匆匆出去了。在村口看见小塔和仙娜刚打开车门，李河落走过去。

"小塔，我要借车。"

"天都要黑了还去哪儿呢？"

"等会儿要和张队长出去办个事。"李河落说着拉开车门，"大概晚上八九点的样子可以回来。"

"那行吧。"小塔点点头，"早点回来。"

李河落刚要踩油门，仙娜扶着车窗说："今天怎么也找不着阿乖，可能是跑山里去了。"

李河落笑道："我就这个命，什么跟我亲，什么就得丢。"说罢轰地开车走了。

第 27 章

三星齐聚

李河落开车像阵风，即使天色黑了，也无所顾忌像个策马扬鞭的骑士。尤其是这种破车，虽又老又旧，终归是辆正儿八经的吉普，却拥有牛车的灵魂。开得稍快，车身便轰喤轰喤叮里咣啷，一不留神就会零件轮胎横飞。

李河落倒不畏惧这些，且越开越勇。沿途找医院、卫生所、妇幼保健院、儿童医院，一路又开到布尔津。

到了人民医院，径直走到院长办公室，直接掏出证件，说："办案需提一些档案调查。"

一连多家医院卫生所，李河落都这样做。警察证是趁张瑞川洗澡的时候，从他衣服里偷出来的。李河落在档案室一层一层的黄皮档案里抽来抽去。有些医院近年来的资料都是电子档案，李河落专心地对着花白的电脑屏幕，看到可疑对象便要求打印出来。

待到县城医院寻遍，返回禾木村的时候，放在副驾驶座上的可疑档案资料已经堆了四十厘米厚。再加上回村途中路过的卫生所也不错过，收集起来的资料已是非常完备。

任务完成。李河落回到木屋，冲了个澡。水从头顶灌下来的时候，他像是又坠入喀纳斯湖中。这时候才发现卫生间内的窗户被一条条的木板给封钉死。那些警察还是没对自己放下戒心。或许人与人之间根本就不存在绝对的信任。躺倒在床上。两条腿发着麻却还是能提起干劲。他直起身，点起蜡烛，从床下拿出那袋书，一本本平摆在桌子上。他端坐在桌前，像个老学究。

李河落竟然还把《诗经》《庄子》这样的文集都给挑进来了。简略翻了翻，读了《逍遥游》，再拿起诗经随意翻到《击鼓》这一页，刚准备发声，看见那些细细碎碎的字便突然沉默。

待了会儿再翻开《史记》，无意看到《扁鹊仓公列传》中描写扁鹊"视见垣一方人。以此视病，尽见五藏症结"，意思是说扁鹊可以透视看见墙另一面的人，用这个本领给别人诊病，可以透视到病人五脏六腑的异常。可见扁鹊是个典型的特异功能者。哈乐丹具备一些超能力也没什么好奇怪的了。

接着翻看有关"西域"的古书。现在才知道"西域"这个词最早出现于《汉书》当中的《西域传》。

在一本名为《西行纪史考》的书中，记录西汉武帝时，张骞出使西域。张骞在公文中提到了"刺族乐水"四字。看来早在汉朝与西域的往来中，就已经知道刺人的存在。但是《西行纪史考》这本书是明朝一位姓名已不可考的作者搜集散落佚文编著而成，他在"刺族乐水"下的注释仅仅是刺人为边疆各族群中的一个小族。而关于刺人的外形特征没有形容。

在《奇珍杂本》中的一篇六十字的短文里，李河落看到一段记录刺人使者向唐太宗李世民进贡求和的描写。可以看出汉人和刺人的关系并不安定。库库勒老人所说的"屠杀刺人"一说也不无根据。文中用"街巷朝臣妇孺皆恐"描写刺人使者到达唐都长安时造成的轰动，李河落想这或许是在间接表达刺人怪异的形体。

李河落从这些书中挑出有关星象占卜的著作，想找到能破解"三星齐聚"的突破口。但是仅翻了七八本，发现有观测记录的"三星齐聚"竟发生过八十八次。李河落拿起笔在本子上一条条标记，筛选掉发生在海上的与描述过于简略的，还剩下二十七处。

库库勒曾说"三星齐聚"发生在很久以前，之后，刺人才驯化从神石中诞生的神物替族群捕鱼。或许可以理解为刺人文明之初。张骞出使西域时已经知道刺人的存在，这次出使，张骞没有到喀纳斯，但他已经认识到这个种族，甚至见过。这说明刺人在汉朝时期已经发展出高度发达的文明，在西域具有一定的影响力。或者开始集群走出喀纳斯，开始在各地传播文化开展经商。记得以前听孙天教授说过一种"鲛人"，他们有语言、有社会分工，甚至有货币，更甚的是曾有一位"鲛人"国王客死山东。

李河落推断，刺人族的"三星齐聚"应该发生在西汉之前。至少是西汉之前。西汉之前有夏朝、商朝、西周、东周、春秋、战国和秦朝。如果是夏朝以前，那么刺人文明将比中原的汉文化历史更悠久。

那么"三星齐聚"指的是什么呢？李河落根据年代，从剩下的二十七处观测记录中层层排除，最后只剩下一处符合标准：田齐宣王元年。

齐宣王为战国时期田氏齐国第五代国君。其实早在夏朝，古人就已经开始观测天文并且记录，那时的天文台叫"清台"，商朝叫"神台"，多记载日食。春秋时期史书《春秋》中有哈雷彗星的最早记录。而到了战国齐宣王的时期，齐国人甘德和魏国人石申分别写了《天文星占》和《天文》，这两本书合并就是鼎鼎大名的《甘石星经》，现存最早的天文著作。

那么田齐宣王元年这一年，喀纳斯发生了什么？刺人传说中，三星齐聚在北方天空，天石从天而降，人间顿时生灵涂炭。这块天石就是刺人与图瓦人通婚的后裔吉特村人祭拜的吉祥石。实际上是一块巨大的陨石。

陨石坠落在喀纳斯湖湖畔，一时间，冲击波和爆炸造成生灵涂炭的景象。刺人生活在水中，躲过此劫。这让李河落想起发生在1908年的西伯利亚通古斯河畔的通古斯大爆炸。

传说没错，确实是天外来物。然而，李河落一想到这块陨石中带来的东西便不寒而栗。

它带来了一个神物。陨石破裂，从里面钻出来一个神物爬进了喀纳斯湖。

刺人与它共存于喀纳斯水系，最终驯化它成为自己的工具。如今刺人民族早已不复存在，但是神物却存活至今……

"哈乐丹哈乐丹……"李河落毛骨悚然地念叨着，赶忙去拿放在床上的医院档案。他疯了般颤抖着手搜寻。然而所有档案都是一些唇裂患儿、六指儿，且刚出生就已经手术治疗痊愈了。

李河落的大脑里满是轰轰的声音。躺在床上，抬起手捂着头，眼看着蜡烛燃尽，最后一滴烛泪滑落下来。

次日清晨，小塔来取车。李河落揣着笔记本要小塔带他去县城的图书馆。张瑞川吃过早餐看到李河落问他去哪儿。李河落笑着说练字。张瑞川说去了这一趟再也不要走动了，这几日喀纳斯安静得厉害，一切都很反常。

在车上，李河落想这或许就是最后的宁静了吧。心里隐隐能感觉到一切暗伏都即将爆发。

到了县城一个国有工厂大院的小图书馆，李河落叫小塔下午六点来接自己。上了楼梯左拐，走进空荡荡的图书间，借书窗口里的老头要他出示身份证登记，李河落摇摇头说没有带，不借走就在这里看。老头迟疑了会儿说可以。老人是爱书之人，对待他就像知己，很友善。老头问他要看什么书，李河落说《甘石星经》。

捧着厚厚一本书，坐在有些阴暗的图书室里，笔记本摊开，仔细作记录。

从书中得知，甘德最早发现木星的一颗卫星。李河落起身又借了十几本现代中外天文研究的著作。老头把书从小小的窗口递出来，忍不住低下脑袋要看看李河落，还笑着说原来是个爱天文的青年。李河落问："别人一般都借什么书？"

"故事书。"老头咯咯笑着，"我像你这么大年纪的时候也喜欢看科学书，天文也看过许多。"

李河落笑了笑，"对了，您知不知道'三星齐聚'是指哪三颗星？"

老头想了阵，说："应该是月亮、火星和木星吧。"老头指着李河落抱着的书说，"你看看那本，那本红色的。"

李河落把红皮的书抽出来，看了看问："地理杂志？"

"对对，这里面有个'五星连珠'，金木水火土五颗星。"

李河落翻到这一页，上面说在 1980 年至 2020 年间，可以在地球用肉眼观测十二次"五星连珠"现象，其中还会有几次可以看见月球，因此可以说是"六星连珠"。李河落问："喀纳斯这一带在古代有过这种情况吗？汉代之前。"

老头被问傻了眼。站起身翻箱倒柜地找什么。过了会儿，他拿出一本薄薄的册子，在桌子上拍了拍，生出许多灰尘。然后从窗口递给李河落，"看看这个，《阿勒泰地区天文志》。书前面是考证一些古籍中提到的天文现象，后头是解放后科学工作者观测的。你到这里面找。"

在这本天文志里，有一段记录是说从出土的一个古代民族的经卷残片中，发现秦汉以前，月球与木星频繁地同时出现在阿勒泰地区。这个经卷残片距今已有近三千年的历史。虽然年代与"三星齐聚"吻合，但是只出现了两颗，还有一颗在哪儿？李河落接着往下看的时候，竟然愣住了。文章末尾注释："此残片 1983 年于新疆喀纳斯湖出土。"

这就是唯一与"三星齐聚"吻合的公文记载。但是第三颗星在什么地方？会是什么？李河落绞尽脑汁也想不通。把书合上，呼了口气。抬起头问老头这里能不能抽烟，得到老头同意后点起了烟。

头又微微疼了起来。按了按太阳穴，看着两三点烟灰缓缓落在厚厚的《甘石星经》上。伸手想要抚去，突然想经卷残片会不会是刺人留下的？在那个经卷残片中没有提到的第三颗星会不会是木星的卫星？

甘德在战国时期就已经发现了木星的一颗卫星。伽利略在 1610 年发现四颗卫星，木卫一、木卫二、木卫三、木卫四。迄今为止，天文学家发现的木星共有六十三颗卫星。而甘德发现的是哪一颗？甘德云："若有小赤星附于其侧。"他发现的是木卫二。比伽利略发现木卫二早两千年。

木卫二之所以没有被记录下来，是因为体积小和距离远的原因，不易被观测到。但是相比木星的其他卫星，木卫二的明亮程度是相当高的。因此木星若是出现，人们站在较高的地点还是可以用肉眼看见。

如果刺人"三星齐聚"记录的真是月球、木星和木卫二，那么刺人将是最早发现木卫二的民族，比甘德还要早。

太阳系中，木卫一、木卫二、木卫三、海卫一、土卫六拥有含氧的稀薄大气层。木卫二作为其中之一，并且，木卫二比太阳系中所有卫星都要明亮，因为它表面有冰壳。这层冰壳之下很有可能隐藏着一片液态水形成的海洋。水是生命之源，也是生物体不可缺少的组成部分，因此木卫二的海洋中极有可能存在生命。

如果吉特村的神石是来自木卫二的陨石，它很有可能携带木卫二上的生命体。而这个生命力极强的生命体经历外太空的长途旅行，最终坠落在喀纳斯地区，并且游进了近处的喀纳斯湖，在这里面繁衍生息直到今日。

李河落晃了晃头，怎么敢相信这是真的。合上书走出去，望着灰白墙面的工厂厂房痴了许久。

他想到，如果喀纳斯真有陨石坠落过，那么这个地区物种变异的问题也可以得到解释。1908年西伯利亚通古斯河畔发生的通古斯大爆炸，科学界在彗星撞击与核爆炸两种观点中还有分歧。但不可否认的一点是，在这次离奇的爆炸之后，通古斯地区的生物和植物受到核辐射影响出现变异。而喀纳斯地区的白熊、淡水鳗鱼都存在遗传性变异的情况，而且喀纳斯湖中的巨型哲罗鲑就极有可能是基因变异所致。

自然界中，与世隔绝的地区和环境极其恶劣的地区，物种的多样性很普遍，是基因变化的原因。那么除去喀纳斯这片特殊环境下生物体自然变异外，因受远古时代来自木卫二的陨石撞击，导致环境大变、物种变异，或是这颗陨石撞击后造成核爆炸，核辐射致使物种变异不是没有可能。

李河落把书还给老头，告别走了。没有直接回禾木村，而是又去了人民医院。当他问起医生难道这个地区从未有过舌头怪异的新生儿，年轻医生斩钉截铁地说没有。李河落走出房间，在走廊上抽起烟来，无可奈何地望着身边来来往往举着吊瓶的病人。

当医生准备去吃晚饭的时候，出门看见李河落便问怎么还没走。李河落笑了笑说接自己的人要六点才来。年轻医生点着头，临走时劝他少抽点烟。李河落又问："你难道没有见到过没有舌头的病人吗？"医生愣了愣，说："怎么没有，都是像你们这样抽烟酗酒最后得口腔癌的。"

听到这儿，李河落忙拉住他说："孩子会不会得口腔癌？"

"嗯——"年轻医生想了想，说，"也有，极少，属于遗传性的，意思就是这孩子的基因本来就有缺陷，有这个致病基因。"

"你有没有见过？"

"怎么？"

"没怎么，就是问问。"

"我没有见过。"医生说，"我们院以前也收过一例这样的，我们院长治的。"

李河落大惊，忙问那孩子是哪里人，长什么样。年轻医生连着摇头，只说带他去院长办公室问问。说着带着李河落找到了院长，院长看见李河落忙站起来要握手，"张队长，你好你好……"

李河落尴尬地点点头，说："上次拿的那些档案很有用，真是感谢你们院的配合……"

年轻医生疑惑地问："原来你是警察？！"

"他是张队长，来办案子的。"院长转头问李河落，"这次还有什么需要的吗？"

"就是我听说你们院救治过一个……"李河落望向年轻医生，年轻医生提醒他"遗传性口腔癌"，李河落继续说，"救治过一个遗传性口腔癌的孩子，我想知道这孩子的资料。"

"噢！是个图瓦孩子。"

李河落瞬间被石化，呆呆地盯着院长满面的皱纹。

院长说："那时候这孩子才两三岁，他爸爸就死于这个病，这是他们家族的遗传病。我们给他切除了上下牙床和舌头……"

难以置信难以置信，李河落万万没想到真相会是这个样子，自己竟与之擦肩错过多次。于是反复地问院长："你说的，是真的？"

"当然是真的。这样的大病都是在我们医院看的，其他的地方哪还有这种条件。"

"我要这个孩子的档案。"

"嗯——都是十几二十年前的事了，不知道还有没有。小董，你去找下。"年轻医生答应一声去了档案室。李河落问院长孩子的名字，院长说："隐隐约约还有那么点印象，具体说不出了。"

"哈乐丹？"

"不记得了。大概有些熟悉。毕竟都很多年了。"

等年轻医生回来，说已经找不到当年的档案。院长说："我们院的档案每十年清除一次，想必是早清除掉了。"李河落不免失望，问院长是否还记得这个孩子的家庭住址和家庭背景，院长说："这孩子没有爸爸，好像也没有妈妈，带他来的是些中年人，也有老头，可能是舅舅吧。至于住在哪儿，不是白哈巴村就是禾木村，图瓦人就这么些个村。"

"只是若要去找这样一个人，怎么才可以一眼就辨别出来？"

"口腔里的一些东西切除了，说话可能和别人不一样，再就是两边嘴角和下巴底下都有手术痕迹的，一看就能看出来。其实说实话……"

"？"

"我认为这孩子活到现在不太可能，也许早就死了。"

等到六点小塔来接他时，李河落坐上吉普，脑子里全是幻想出来的哈乐丹的长相。刺人的语言想必是咽喉发声，他们挑选合适的人传承自己的语言，需要的是没有牙床没有舌头的特殊人群，这种特殊人群的自身缺陷就是前提条件。看来哈乐丹的家族世世代代都具备这种条件，召灵人是世袭的。

又想到阿凡提曾说过召灵人都活不长，原来是这个意思。

第 28 章
火狐狸

　　回到禾木村，李河落把这个发现告诉了张瑞川。张瑞川大叹一声，以最快的速度分了五个小分队开始寻找哈乐丹。

　　冬季悄无声息地临近。清晨的喀纳斯湖上生出白霜似的轻雾，彼岸的景色像在沉沉地睡着。金黄火红的落叶旋转着坠入水中，这片湖要收回它们人间的尸体，也依然不会放逐它们的灵魂。

　　李河落和张瑞川骑上牧民家的马，去湖区看地形。中科院派来调查水怪的大船稳稳停泊在岸边。听说这些天旅游局的人一直在催他们走。李河落对张瑞川说，水怪给喀纳斯旅游业带来的收益与日俱增，旅游部门怎么可能允许他们把水怪调查清楚。张瑞川说旅游部门也有道理，一定要出示审批文件才允许考察。李河落很国际化地说喀纳斯湖是属于全人类的，每个人都有权利去探索和知道水怪的真面目。张瑞川笑话他幼稚得像个孩子。

李河落蓦地想到，如果杜林琪还活着，和她牵着手在喀纳斯的树林里穿梭，兴许做一对快乐的小孩才是人生第一要义。

牵着马走下山坡，张瑞川告诉李河落，多洛万买了张去阿勒泰市的车票，自己已经派人蹲点在阿勒泰市了。

李河落停下步子，问："你怎么知道？"

"我们的线人发现多洛万躲藏在喀纳斯河段，一直在对她进行追踪。"张瑞川说，"她的银枪被我收缴了，那是把纯银的。她手上现在还有把柯尔特。"

"口径 11.43mm。"李河落熟练地背出来。

张瑞川牵着马继续往湖边走，"她的行踪全在我们掌控之中。原本把所有进出喀纳斯的路都封锁起来了，但是因为发现她想逃到阿勒泰市，又撤掉了封锁，让她出去……"

"为什么这么做？不抓她？想看着她跑掉？"

张瑞川回过头望向他，说："不能急，知道吗。"

李河落冷笑两声，自作主张地骑上马要往喀纳斯河段去，想要亲手干掉这个女人。张瑞川却制止他："你现在去了，整个案子唯一的线索就断了！你有没有想过以后？"

"你把她想简单了，若是她跑了呢？你又放掉一个。"

"你放心好了，我已安排妥当。"张瑞川拉住李河落的马，"你记着，法网恢恢，疏而不漏。"

李河落固执地轻视张瑞川的沉稳作风，又介于自己现在的身份，不得不憋住气。走到湖岸边望着极其绚丽的湖面，姹紫嫣红五光十色，光线照射进通透的水中又反射上来，使得一汪大大的湖异常明亮，道道的光照耀在李河落苍白的皮肤上，湖中红叶的倒影隐隐在他身上附了一层，才终使他有了些血色。

从考察船上下来几位科学工作者，张瑞川和他们调侃几句，带着李河落上了船四处看了看。

"当科学家真好。"张瑞川俯身看着船上的仪器，"我小时候就好喜欢这工作，不过大了点又爱上了军装。"

李河落站在船上点起了烟。中科院的这次行动还邀请了几位国外大学的教授，李河落倚着栏杆望着船下几位教授在绘图，对张瑞川说："我小时候倒想当个画家。"

张瑞川"唉"了声，说："人就是这么没数啊。你说要是把现在的喀纳斯湖给画下来，要用多少种颜色？"

"谁知道。画家再会画，也画不过上帝。"

准备回村的时候，一位戴白手套的外国教授正端着午餐从船舱里出来，看见张瑞川和李河落便用蹩脚的中文问："你们，吐哇？"

张瑞川回答他："不不，我们是汉族人，不是图瓦人。"

"汗——珠？"教授略有所思的样子，随即放下盘子要拥抱他们。八成是把汉族当成喀纳斯地区别的少数民族了。

李河落望着眼前语言不通的两人笑了起来。教授邀请他们坐在甲板上共进午餐。张瑞川吃得很有瘾，李河落则盘腿坐着，摆摆手对张瑞川说吃不下。教授吃一口抬起头端详他们一眼，再低下头吃一口再抬起头。张瑞川舀起一勺沙拉对教授说："Very good！"教授惊讶于少数民族人民的国际化，随即咯咯笑出声，两人一起用琐碎的语言边笑边对话。

李河落仰着头，在明净的阳光中闭上眼。掏出随身带的笔记本便开始画湖对岸五颜六色的山。教授伸长脖子想看他写的是哪族的文字，李河落把本子摊给他看，说是画画。教授伸出戴着白手套的手要拿，李河落递给他。

"这些外国佬挺好奇的噢。"张瑞川问李河落，"你那本子上都写的什么？"

"无非是最近练的字。"

教授拿在手中一页页地翻，兴许是李河落歪歪扭扭的字迹让他以为这是种新文字，也拿出纸照着描了几个，最后摇摇头还给李河落，说："扑通。"

"不懂？"

教授点点头，"扑通扑通。"

午餐结束后，李河落忍着笑和张瑞川下了船。教授看到他们牵马，越来越相信他们是附近的少数民族，一直目送他们走进森林。

晚上张瑞川照例开了个会，五个分队这两天都一无所获，禾木村是第一个搜寻的目标，没有找到疑似哈乐丹的少年。而白哈巴村、喀纳斯村的图瓦青少年有一部分在外地上学，或是警员们去寻找时，有的孩子去山上放牧还未回来，于是错过了。张瑞川决定分散警员，三个一组，分成更多的小队在这些村子里蹲点。甚至派了两个小队去布尔津县城寻找。

开完会，警员们各自离开，张瑞川住的木屋里只留下李河落一个人。张瑞川从枕头底下拿出一本旧书，翻开给李河落看。

一首名为《枯鱼过河泣》的诗，李河落看了一遍，略略能明白张瑞川让自己看的用意。

白龙改常服，偶被豫且制。
谁使尔为鱼，徒劳诉天帝。
作书报鲸鲵，勿恃风涛势。
涛落归泥沙，翻遭蝼蚁噬。
万乘慎出入，柏人以为识。

照这首诗所描写的来看，唐朝政府甚至囚禁过刺人当俘虏。

这首诗的作者是李白。

李白生于吉尔吉斯斯坦，对西域想必有很深的了解，而且《奇珍杂本》中有记载刺人向唐太宗求和的故事，刺人在唐朝已是人尽皆知。

其实早在汉代，就有《枯鱼过河泣》这个乐府名。如果这种诗与刺人有关系，那么从汉代开始，刺人一直被当做屠杀对象、战争俘虏。

"你也在找这些古代文献？"李河落合上书问。

"想从古代文献里找些证据，因为我们在喀纳斯所了解到的一切都太不现实了。"张瑞川说着递给他一本《三十六计》，"我听说外国人看这个很来劲。"

"还有《孙子兵法》。"

"对对。《孙子兵法》早看过了，我近来在看这《三十六计》，刚看完欲擒故纵，接下来该是调虎离山。"

夜深的时候，不知怎的起风了，呼呼的声音徘徊在每一处角落。李河落回到自己的木屋，直接躺倒在床上，呆呆地望了木梁好一阵，又坐起来从木桌上随便抽下一本书。

抽到的是《庄子》，李河落觉得春秋战国时期的文字太晦涩难懂，尤其是老庄的哲学，便又扔回木桌，就在这一瞬，他突然想起了名篇《逍遥游》。

还记得开头吗？"北溟有鱼，其名为鲲。鲲之大，不知其几千里也。化而为鸟，其名为鹏。鹏之背，不知其几千里也。怒而飞，其翼若垂天之云。是鸟也，海运则将徙于南冥。南冥者，天池也……"意思是说，北方大海里有一种很大的鲲鱼，鲲鱼可以长到几千里大，化身成为巨大的鹏鸟，它展开的双翅能碰到天上的云。鹏鸟随着海波迁徙到南方的天池。

北方的大海会不会是被古人称为北海的贝加尔湖，那么南方的天池就极有可能是仙境喀纳斯湖。巨大的鲲鱼、变化着的神兽、天池……李河落读到浑身发冷，不禁哆嗦着起身去关窗。从窗子汹汹涌入的寒风把他的头发吹得凌乱，他长长吸了一口气，再坐下时，才想起庄子和发现木卫二的甘德都生活在齐宣王时期。

李河落一夜没睡，在他快要入梦的时候，突感像在急速坠落，至于坠落在哪里，他不知道。他大汗淋漓地坐起来时，天还没亮，黑色的光缓缓把他包裹起来，他冷得不行，抓住身边的毯子就把心口捂上了。

不知道杜林琪去了什么地方，不知道她还会不会无忧无虑。

他哆哆嗦嗦望着晨曦从窗沿爬进来，爬到他的脸上。

有一次在想，人死后会到哪里。其实死亡本身是件很简单的事，眼前一片漆黑，很自然地就离开了这个世界。或许不会有太多的痛苦，那一刻，或许也不会再有恐惧。

自己以前杀过那么多人，从未想过这些，没有负罪感。他不知道自己这是怎么了，他想着要赎罪。

第二日。李河落看见张瑞川戴着耳机正和几个警员围在一架仪器前，走过去看，张瑞川伸出一根指头放在嘴边示意他不要出声。李河落知道这是窃听器。

等张瑞川摘下耳机，对李河落和身边焦急的警员说："他们都窝藏在阿勒泰市。"

"谁？"李河落问。

"鲁道夫的人。"张瑞川站起来，"我们在这个地区所有的电话线路里都安了这个系统，刚刚窃听的是多洛万打给鲁道夫同伙的电话。"

"那女人现在在哪儿？"

张瑞川按住李河落的肩说："多洛万上午会去阿勒泰市，和鲁道夫的那些同伙会合，再逃跑出境。"

"你该不是想放多洛万出去吧。"

"对。我放她出去，我们才能知道他们窝藏在阿勒泰市的什么地方。"

"欲擒故纵？"

张瑞川浅浅冷笑了两声，"看来他们放弃行动，准备撤离了。"

"你一旦放她出去，你们若是没有找到他们窝藏的地点就等于把他们全放了，你……"

"我们必须跟着她这条线！"张瑞川打断他，"那四个孩子的命也牵在他们手上！"

"格索、乌拉索他们，找到了？"

"从他们的电话里才知道，格索、乌拉索、衮鲁和村上那一个孩子原来都在他们手上。"

李河落恨得咬牙切齿。张瑞川和警员们置好枪，刚准备部署新计划，派出去寻找哈乐丹的队员们匆匆跑回来，气喘吁吁地对张瑞川说大事不好。

"我、我、我们找到哈、哈乐丹的住址了！"一名警员上气不接下气，扶着发软颤抖的膝盖。

张瑞川圆瞪着大眼，"那、那出什么事了？"

"他家在白哈巴村，可今天他们白哈巴村的村民都乱套了，说昨晚听到了枪声，哈乐丹失踪了……"

李河落上去抓住警员的衣领，"你们昨天怎么没找到他？"

"哈、哈乐丹在村上从来不用'哈乐丹'这个名字的，我们今天才了解到白哈巴村有个像你说的那样，发声系统有异于常人的病孩，他体质不好，一年大部分时间都被他神秘的长辈带到大山里修养，现在快到冬天了就回了村子，谁知……"

"神秘的长辈？"张瑞川问。

"护灵团的长老们。"李河落说。

张瑞川忙问警员："那他被谁带走了？"

李河落抖着手点起烟，"带枪的除了我们还有谁。"

　　张瑞川一怔，赶忙召集所有警员，决定下午赶去阿勒泰市。张瑞川边打电话到阿勒泰市公安局请求支援，边对李河落说："我们这次行动绝对不能马虎，绝对不能。不能让鲁道夫的人带着五个孩子出境。"说完接通电话汇报了一阵。挂了电话又赶忙联系负责追踪多洛万的警员。

　　李河落怀疑这是陷阱，说："若他们并不是出境，而是把你们骗到阿勒泰，他们又回来怎么办？"

　　"我料到了，所以早作好了安排，我们一出喀纳斯，所有进出喀纳斯的通道都会被封锁，没有人进得来。"

　　无心吃中餐，张瑞川接到线人的短信，说多洛万已经在去阿勒泰的路上了。张瑞川嘱咐他好好跟着，还调派了几位阿勒泰市公安局的人守候在车站。张瑞川集合警员，备好车，准备前往阿勒泰市。

　　坐上车，张瑞川对李河落说："血战要来了，你作好准备了没。"

　　李河落轻蔑一笑，"我要亲自宰了加尔和多洛万，只可惜鲁道夫这个狗东西没来。"

　　"鲁道夫长啥样？"

　　李河落摇摇头，"他是头子，从来不抛头露面。"

　　"等我们上国际法庭给他定罪，到时候你和他站在一个公堂上，就朝他脸上吐口水。"

　　"我会了结他。"李河落说着望向窗外，看见远处的草林间一团灰影一闪而过，"阿乖！"说着打开车门跳下去。

　　"上哪儿去？"

　　李河落没答理他，直直地往草林间跑。那团灰影又从岩石后蹦了出来，一只灰毛狐狸朝他轻轻地叫，果真是阿乖。李河落呼唤着它的名字，要去捉它，小狐狸却越跑越远。

　　听见汽车发动的声音，张瑞川朝他喊："我们要走了！"

　　李河落望回去，十几辆车都在等自己一个人，又匆匆跑回来对张瑞川说："我保证四点之前赶过去！我现在……"

　　"你还有什么事？快上车！"

　　"我保证能赶过去，我要找一个东西，很重要的东西……"

　　"什么东西这么重要？"

　　"我曾发誓再也不能把它给丢了，我一定得把它找回来。"

　　张瑞川皱着眉，听见后头的警员还在喊张队长没时间了，便踩动油门，说："你一定要快点。"

　　李河落点了点头，又奔回去寻找阿乖。

　　然而一闯进偌大的森林，依稀听见草间的沙沙声，瞥见灰色的小影子飞快地又消失在光影斑驳里。李河落急不可耐，只知道阿乖在围着自己绕圈子，却始终不靠近他。李河落往森林里走得深了，问："你在玩游戏吗？"森林中只有他的回声。小狐狸刷地跳起来，朝远处蹿去，李河落紧紧跟上。

　　森林的深处开始变得阴霾，突兀的枝叶在李河落脸上摩擦，李河落本能地眯一下眼睛，拨开这些树叶，再往前走。听得见阿乖呜呜的叫声，李河落喊着"阿乖阿乖"，小狐狸不知又躲在了什么地方。

　　森林中越来越寒冷，各种各样的落叶树中零星掺杂着一些桦树，树身上一双一双的小眼睛像在监视自己的一举手一投足。李河落莫名地恐慌，脚踩着落叶松松软软，像走在陷阱上，稍不留神就会坠落，像昨晚入梦前的坠落感一般。

　　风渐渐大了，带着不知从何而来的潮气。层层叠叠的大叶片遮挡住了李河落前行的路，他伸出手把繁密的叶子拨开，竟是一座低矮的岩壁。李河落抬起头，看见一只灰狐狸站在岩壁顶俯视自己。一双锐利的眼珠射出冷冷的锋芒，李河落不禁后退一步。大风席卷而来，灰狐狸身上灰黑色的绒毛竟被层层吹落，飘向空中。李河落望傻了，这只狐狸脱了胎换了骨，赤红的新毛一根根钻了出来，迎着风就像团燃烧着的熊熊大火。

　　"阿乖——"李河落痴痴唤了它一声。

　　火狐狸从岩壁上跳下来，跳进李河落的怀中。李河落接住它的一刹那，像是感觉自己也获得了新生。

　　这是他感情的唯一寄托。

　　当他抱着失而复得的阿乖往回走时，阿乖的两只前爪挠着李河落的肩膀，朝他身后尖声地叫着。李河落回过头，是片茂密的草藤。

　　李河落走过去拨开草藤，光线猛地照射进来，巨大碧蓝的喀纳斯湖出现在眼前。

　　阿乖从李河落的怀里挣脱出来，一跃一跃地向湖岸边跑去。李河落不知反常的阿乖到底怎么了，望着它灵敏的身体，火红鲜艳得像条舞动起来的丝绸。

第 29 章
天神之子

李河落朝湛蓝的喀纳斯湖跑去。湖面上的大风似乎要把湖水的艳色带走。两岸森林宁静深邃，考察的白船停在湖边随着微波轻晃。

阿乖蹿上了船。李河落跟上去，刚爬上船，抬头看见那位国外老教授。

"Hi！"老教授手上攥着报纸要来拥抱他，李河落苦笑着，老教授比画着请他到甲板上坐坐。

李河落没时间和他多叙，径直往船舱里去。教授跟上来看他想干什么，李河落走进船舱，看见里面站着一群国外学者正围着圆桌说着什么，看见李河落闯进来，停了话题都望向他。李河落赶忙道歉，俯下身要找阿乖。阿乖躲在桌子底下，眼睛闪着绿光。李河落拍着手唤它，阿乖猛地一冲，从李河落的脚边蹿了出去。

这家伙！李河落转头要去追它，突然听见船舱中某个角落传来一声微弱的"救命"。

他怔了一下，停下脚步。

他转过头，船舱里的人也盯着他，鸦雀无声。李河落立即明白了一切，拔腿就往船下跑。当他跌跌撞撞跳下船，身后的那些人也跟到了甲板上。砰砰几声枪响，子弹从李河落耳边穿过。李河落向森林中纵身一跃，看见追来的子弹深深地嵌在树身上。阿乖从前方的草丛里跳了出来，一身的通红像是指示灯。

李河落跟着阿乖在山中跑了很久，直到确信没有人追来。李河落喘着粗气，靠着一棵大树，手颤颤巍巍点起一根烟，气息断断续续地吸进去吐出来。阿乖安静地走到他身边，趴在他的肚子上。

船舱中传来的那一声求救像是格索的声音，他不敢确定，但至少肯定是个少年。五个失踪的孩子实际上一直在喀纳斯。

鲁道夫的团伙打着中科院的名号。难怪派潜水员下去冒险也不用水下机器人，难怪拿不出批准科学考察的公文，难怪迟迟不走。李河落突然想到，王泽一伙还没落网时，曾有不明身份的组织在夜间撒过网，想必就是这艘一直蛰伏在喀纳斯的考察船所为。

这果真是个大圈套。李河落想着，才发现今天是邹鲁节。和他料想的一模一样，鲁道夫会在冬季正式到来之前出动，而邹鲁节正是区分秋冬的界线。错过了今年入冬的最后时机，湖面封冻，就要等到来年，到时候更是困难重重。那时的鲁道夫就已经策谋好所有环节，早早安排好捕捞船守候在喀纳斯，等着自己找到哈乐丹，赶在今年直接入湖偷猎水怪。

多洛万完美地演绎了这出戏，只可惜张瑞川还没看调虎离山。

李河落抱住阿乖站起来，他必须尽快联系到张瑞川。村上是不能回去了，鲁道夫的人会找到那里。张瑞川的部队已经去了阿勒泰市，自己孤身与鲁道夫团伙对抗定是九死一生。

李河落谨慎地去到了山谷的木屋。

开门进去看到仙娜正坐在床边打毛衣，看见李河落又看见李河落抱着的阿乖，笑着叫起来："咦咦，找到了啊，在哪儿找到的？"

"小塔呢？"

"跟何木儿借车去了，我们下午要回我娘家。"仙娜看着李河落焦急的样子，放下针线。

"有手机吗？"看仙娜点着头从口袋里往外掏，李河落问，"能用吗？"

"现在在山里没信号。"

李河落紧了紧牙关，慌乱地又坐下了。

待到屋外传来吉普的轰轰声，小塔背着鸟枪走进来，看见李河落，笑着喊了声"李哥"，又问："你没跟张队长去阿勒泰市啊。"

李河落着急地站起来。

小塔隐隐能觉察到什么，问："怎么了，出了什么事？"

"没事，你现在送我出去打个电话。"

小塔开车带李河落到了禾木村外几里处的小公路上，李河落用仙娜的手机拨过去，才响一声，张瑞川就接了。

"我是李河落。仙娜的手机。你先别管我怎么到山谷去了，多洛万给你们设了个局，他们没有撤走的意思，他们要赶在今年入冬以前动手！鲁道夫团伙一直藏匿在喀纳斯，格索乌拉索哈乐丹都在喀纳斯！你现在必须赶回来！"李河落嚷到满脸赤红，脖颈上的青筋一条条突显，狠狠抓着手机紧紧贴在耳朵上，"赶不回来也得赶！必须在今晚之前赶回来！——"

小塔在一旁听得惊讶。李河落绝望地放下手机。小塔说："我也觉得，他们不可能赶得回。"李河落望向他，忧愁如旋涡似的云凝集在他的额顶。

李河落猛地打开车门出去。小塔立马明白了他的意思，要拉住他，也下了车。

"李哥你一个人怎么去！你回来！"小塔拽住他的胳膊。

"现在只有阻止他们，我一个人同样可以。"

"那好。算上我。"说着从车里提起鸟枪。

李河落顿了会儿，一抽胳膊往前大步走去。小塔又追上去拖住他，李河落转过身抡起手给了他一耳光。

"你给我好好带着仙娜！好好过你们的日子！别插手这件事！"小塔红着脸呆呆地看着他，李河落看向别处，接着忍住性子对他说，"这里面只有生和死，你安分点，听我的话，好好活着。"

"你想和他们同归于尽？你一个人去只有一条死路！"

李河落却笑了。

小塔一脸压抑的怒气和不解，"你笑什么？"

"小塔，从我决定回来的那一刻，就没想过再活着出去。"

李河落一个人走进森林，阿乖迈着轻轻的步子跟在他身后。李河落转过身，望着已是一身红毛的小家伙许久。蹲下来抱起它，阿乖温顺地垂着耳朵在他怀里呜呜地叫。眼看着太阳将要变成落日，昏昏沉沉的光往阴霾中陷。李河落在密林间躲了很长时间。即使一时的极度静谧压得他喘不过气，却没有丝毫的恐惧。

他在想，鲁道夫的人究竟是怎么找到哈乐丹的呢？对喀纳斯文化有研究的只有鲁道夫一个人，他不在喀纳斯，他的手下靠什么手段找出召灵人的真相？李河落抚着阿乖，怎么也想不通。

当阳光弱到了无生气，他起身要往回走。总觉得还有什么东西落下了，摸摸腰间，枪还在，掏了掏口袋，挤瘪了的烟也还在，也正抱着阿乖，自己还会有什么遗落的？是啊，自己早已是孤魂野鬼，现在是，从前也是。

当还有一步就要走出林子，他才想起来，他把笔记本落在禾木村外的木屋里了。也是在这个时候，他才突然想起那天和张瑞川在湖边观察地形，上了那条船，戴白手套的老教授邀请他们共进午餐，翻看了自己的笔记本。

那位教授……鲁道夫！没错，他就是鲁道夫！

李河落恍然大悟，鲁道夫早已守候在喀纳斯，看了那本记满了惊天秘密的笔记，知道了有关哈乐丹的一切，在张瑞川找到哈乐丹之前先行一步……

李河落回到山谷，屋中已经没人。

他倒了杯水，一口喝掉。随着气温变得冰凉的液体顺着他的食道往下滑，像流动的冰。窗外的远处生出袅袅的青烟，这是图瓦人过邹鲁节的仪式。这一天在外放牧的牧民带着新疆圆柏赶回村庄过冬，他们点燃圆柏生出白烟，然后开始祈祷。

这一天是活佛马盒卡拉的祭日。

李河落突然想到刺人传说中，刺人为庇护他们的天神之子在喀纳斯湖底修建了陵墓。喀纳斯湖底是迷宫般的水下森林，陵墓隐藏在水下森林深处。

　　但是天神之子究竟是谁？天神之子有什么能力保护刺人、与政府对抗？连水中的神兽都要世代守护陵墓，那么他究竟是什么人？

　　李河落叼着烟擦拭手枪。他想难道是马盒卡拉活佛？此外，图瓦人还崇拜哲布尊丹巴活佛和章嘉呼图克图，他们都是天神之子，与图瓦民族息息相关，都是宗教领袖，有足够的权力和能力。

　　但是这几位宗教领袖都出现在17世纪以后。刺人传说中天神之子于八百年前来到喀纳斯，他出现在13世纪，甚至更早。那么他究竟是谁？

　　李河落把手枪插回腰间。抽完的最后一根烟，捏着烟嘴直到海绵干瘪。

　　把阿乖留在床上。推开门，大步走出去。

　　夜晚的喀纳斯湖灯火通明，形色匆匆的黑影像是邪恶幽灵在船上穿梭。李河落隐藏在岸边树林间观察着。看到戴着白手套的外国教授大腹便便，从船舱中走出来，脸上早已没了友善，在夜灯的照耀下显出道道刀疤。李河落不自觉地把手按在了枪上。一切深仇大恨都可以在一声枪响后完结。

　　在他努力让自己恢复平静，瞄准外国教授时，"啪——"的一声，小塔躲藏在山坡的树林间用鸟枪发出了第一颗子弹。

　　该死！李河落咬着牙望过去，船上的人乱了阵脚，纷纷簇拥着外国教授躲进了船舱。随后出来了全副武装的走私分子，举着枪对着小塔的方向一阵扫射。李河落不知道小塔的处境，只望见打飞的叶片。

　　李河落朝小塔的方向赶去，看见他捂着左肩躲在树后，李河落跑到他身边，拉住他就往更隐蔽的树林中拖。

　　到了安全地带，李河落举着枪柄对着他的脑袋就是一下，"你找死是不是！"

　　小塔愤愤地盯向他。李河落又给了他两下。小塔把头扭向一边，朝他吼："你别忘了我是护林员！"

　　李河落一时无言以对。小塔说着想要站起来，可是手臂上中了颗子弹，没走几步又跪倒在满地的落叶里。嘴里还嚷着："我有责任保护喀纳斯！我……"

　　"行了。"李河落把他带到一处空地上，"你闭嘴。留在这里，乖乖地哪儿也别去，什么话也别说。"李河落刚准备离开，小塔就拽着他的裤脚要跟着他爬过去。李河落想把他踢开又狠不下心，便猛地一抽脚挣脱开匆匆离开。

李河落回到岸边的树林观察船上的一举一动。这时，走私分子推搡着格索、乌拉索、衮鲁和禾木村失踪的一个孩子走到甲板上，拿粗麻绳把他们缠了起来。那位外国教授也从船舱中出来，还拖着一个瘦弱的孩子。

哈乐丹！李河落直起了身。

哈乐丹的身上捆满了麻绳，外国教授派人把他吊上瞭望台。李河落看着面色苍白瘦弱不堪的哈乐丹被缓缓往上送，心里难受极了，刚准备掏出手枪，听到身后树叶的沙沙声，回头一看，又是小塔，拖着淌血的胳膊一点一点竟爬到了他身边。

"当时我和杜林琪就是这样。"李河落把他往前拖了点，"我是宁愿送死也不听劝。"

小塔拨开衬衫看了看伤口，"你还不是到现在也没听劝。"

李河落语塞。只说："你还是太年轻，不知道活着比什么都好。"

"我活就要活得惊天动地，死也要死得泣鬼神。"

李河落瞟了他一眼，又望向绑在瞭望台上的哈乐丹，"你把仙娜送回娘家了？"

"没。"小塔语毕，李河落看向他，小塔继续说，"她不放心我，又觉得我回来没错，就跟着一起回来了。"

李河落一把揪住他的衣领，"你傻了？"

"我把她留在了禾木村，那里安全，还有阿力陪着她呢。"小塔摆脱掉李河落的手，"还有，何木儿也知道这个事了。"

李河落真想教训他。小塔看到船上的格索、乌拉索和衮鲁，惊问："他们！"

"失踪的孩子都在鲁道夫手上。"

小塔狼狈地架好鸟枪，口里念叨着："库库勒大叔的仇我来报！"

李河落的脑海中闪过库库勒老人慈祥的脸。想起这位长者坐在自家待客厅前，他身后的木壁上挂着狐狸和狼的皮毛，中间有一幅成吉思汗像。

李河落不禁惊异，抬起头。

天神之子……莫非是……

成吉思汗在西征时期曾经到过喀纳斯，他曾赞誉过喀纳斯的胜景，并说死后要葬在此处。之后于1227年病逝于宁夏六盘山附近，至今仍不确定他究竟安葬在何处，鄂尔多斯的成吉思汗陵与相传的各地陵寝或许都只是衣冠冢。

而成吉思汗的真身就葬在喀纳斯湖底。这就是历朝历代都无人找到成吉思汗真正陵墓的原因。

如果是这样，那么召灵人存在的真正意义，就是为控制和调遣湖中神兽守护湖底的陵墓。

李河落还在惊叹之时，小塔一意孤行对准船上的一个走私分子就是一枪，干掉了一个。船上其他人知道了他们的方位，纷纷下船。李河落拉起小塔，叫他快逃。小塔却固执地不动。眼看着走私分子要过来了，小塔还保持着要瞄准射击的姿势。

"快逃！"李河落朝他吼。

"不！是你该跑！"

走私分子已近在咫尺，强有力的子弹在李河落和小塔周边"砰砰"开花，小塔这才慌了神。

"去禾木村！"李河落说着，自己往森林外走。小塔抓起鸟枪捂着胳膊，连滚带爬钻进森林深处。

五六个走私分子蹿进森林去追小塔，其他人都停下来举起枪对准李河落的脑袋。这时，远处船上的外国教授却吩咐不准开枪。

走私分子把他带到船下。外国教授走到栏杆边，居高临下俯视他，诡异的眼神里还掺杂着轻蔑。接着，他用极其标准的中文说："瞧瞧，这是谁啊，我们的 X 先生！"

李河落不屑地冷笑了下，"你是不是也该来个自我介绍？鲁道夫。"

外国教授仰起头笑起来。这个时候，李河落以最快的速度举起了枪。可子弹刚要出膛，船上就撒下一张大渔网把他套了个严实，一颗子弹射在了船身上。走私分子抢过他的枪丢进湖里，对他就是一顿拳打脚踢。

"可爱的 X，杀你就像按死一只蚂蚁。但我不会杀你，早在你逃出吐鲁番那天，我的人就可以动手。想知道原因吗？我怕告诉你真相你会接受不了。"鲁道夫缓缓摘去白手套，扔在李河落头上，慢吞吞地说，"胜利属于正义，那是因为连邪恶都站到了正义的一边。如果正义站在了邪恶的一边，又会是什么结果？"鲁道夫随后转过身，望向捆绑在瞭望台上的哈乐丹，大声说，"孩子，召唤出水神，让它展现在全世界人面前！"

李河落惶恐地望上去。哈乐丹无助地垂着头，紧闭着唇，嘴角的疤印褶痕渗出血点，要一滴一滴地往下落。

"你不能做！"李河落朝哈乐丹大喊。

鲁道夫懒洋洋地坐在藤椅上，邪笑着说："孩子，知道是谁把你出卖了吗？就是这个人。"

李河落像只受困的豹子，撕扯着牢固的渔网。

"他把你的秘密都告诉了我，你现在应当展现出你的神力，惩罚一切背叛你的人。"

甲板上的格索、乌拉索都傻了眼，盯向李河落的犀利眼神似要洞悉他内心的一切。瞭望台上的哈乐丹虚弱地望着他，颤抖着双唇，鲜血从嘴角流了下来。

第 30 章
浮出水面

　　追杀小塔的走私分子跟着进了禾木村，村子里却平静得出奇。走私分子走在朦朦月光下，几堆新疆圆柏缓缓冒着微烟，家家户户都门窗紧闭，只听得见牧民家的牛羊轻轻地叫。

　　一个黑影刺溜蹿进一座木屋里，走私分子端好枪包围这座木屋。刚要破门而入，木门"咔"地打开了。

　　屋内烛光明耀，十七八个图瓦妇女围坐在方桌旁拍手唱着歌。开门的大妈看见这些陌生的外国人，张嘴大笑起来，走私分子被这笑容怔了一下，这时坐着的女人们也开始欢呼，疯狂簇拥上来拉着扯着，邀请走私分子进来一起过节。

屋中人声喧嚣，女人们似乎没留意走私分子手中的枪，或是不认识枪当成了装饰物。纷纷围拥过去抢过枪放在一边，走私分子被莫名其妙且突如其来的热情弄蒙了。这时一个年轻女子从里屋端着一大碗羊奶茶出来，看见他们兴奋地尖叫着。

这个女子是仙娜。

一大帮老中青三代图瓦女人叫着笑着把走私分子们推搡到方桌前，仙娜准备好碗，为他们倒上羊奶茶，一群女人又七手八脚把碗塞到他们嘴边，硬逼着他们一饮而尽。就在走私分子被逼无奈咕噜咕噜往下咽的时候，这群女人扭着双手又叫又笑，像是原始部落里的野人，还没等走私分子搁下碗，女人们一窝蜂跑了出去。木门"砰"的一声死死锁上。

走私分子这才知道不妙，摔了碗要拿枪，才发现枪都被这群女人一并带走了。

屋里的蜡烛突然熄灭，一片漆黑。轰隆一声，木屋的屋顶被掀翻。走私分子困惑地抬头望向一整片深蓝的星空，屋顶边缘露出了这群女人的头，朝着困死在里头的走私分子嘿嘿笑了一阵后，酒瓶子、砖头从天而降，顿如倾盆大雨。甚至有两位图瓦大妈亢奋地丢下去火钳锄头镰刀榔头之类的东西。一时间走私分子们头破血流、满屋子乱窜。

等仙娜发现自己手上的东西丢完了，问旁边的大妈借块砖，大妈居然不给，说要自己玩。仙娜从木梯下去，再气喘吁吁上来时，抱着阿力。

"关——门——放狗！"仙娜大叫一声，把阿力给甩了进去。

接着只听见凄厉的人声、狂暴的狗吠，惨不忍睹。

禾木村的大妈们还在喝彩围观时，小塔被何木儿搀扶着走出来，仙娜一看见他便恐慌地飞奔过去，"胳膊要紧么？支持得住么？疼么？"

"先别担心这些。我们都被发现了，我逃回来了，李哥还在湖区。"

这时仙娜的手机响了。

"喂……"说着递给了小塔。

"张队长！"小塔强忍住情绪激动，"你们已经抓获多洛万和加尔了？！现在这里的情况很复杂。我知道，可是现在只有李哥一个人在湖区和他们对抗……"

说了一通，小塔放下手机。

何木儿问他："张队长多久能赶回来？"

"赶回来也已是明天清早了……"

"走！带村里人救他去！"仙娜喊着就要往村外走。

"你一女的去什么，村里人一个也不准去。"

"那你还受伤了也不能去。"

小塔一把拖住她，不想和她再理论什么。何木儿抱起小塔就往村子里走。嘱咐仙娜把他看住。仙娜跟在他们身后，说："何木儿，我们去。"

"你不用去，你把他看住就行。"

小塔狠狠捶着何木儿的后背，嚷着要他把自己放下来。何木儿不理睬，把他扛进一个村民家。临走时对仙娜说："一定看住他，守在村子里。"

仙娜站在窗边望着何木儿离去的身影。

何木儿头也没回，摆摆手，跳上吉普驶出村去。

无论鲁道夫怎样威逼利诱，哈乐丹始终不开口。鲁道夫已经没有时间和耐心跟他这么耗下去了。下令一声船开始往湖中央开去。格索、乌拉索、衮鲁以及村上另一个孩子被捆绑在船头。吊在瞭望台上的哈乐丹，紧闭着唇，仇视着李河落。

鲁道夫扶着铁栏杆抬头对哈乐丹说："你不帮我，那么我自己来。"走到船头，揪着格索的头发，"就拿他们当鱼饵怎样？"

李河落咬着牙从腰间抽出水果刀，在渔网上猛地一划。脱离了束缚，站在岸边对着远去的船喘着粗气。想要冲过去，但他始终无法逾越这片偌大的水域。

鲁道夫挥下手，格索他们被踢下湖中，背上还连着绳索。

"鲁道夫！我要干掉你这个狗杂种！"李河落声嘶力竭地吼着。这是无能为力，咆哮被卷进风中立马被撕碎。李河落连呼吸都在颤抖。

这时，苏禾巴鲁带着十几个吉特村小孩从树林里钻出来，一个个像箭一般扎入水中，朝鲁道夫的船飞速游去。何木儿跟着从林子里出来，丢给李河落一把鸟枪，舞着手掌说："长这东西总要用上才行。"跟着也跳下水，像条强健的大鱼。

　　李河落高抬鸟枪对着远处的鲁道夫就是"砰砰"两声。鲁道夫倒也不慌张，不失优雅地缓缓走进船舱。

　　吉特村的鱼人们在水下给格索他们解开绳索，却被船上的走私分子发现，从甲板上拿来鱼叉就往水中戳去，湖面上顿时浮起一圈一圈的血红。何木儿从水中跃出，一把抓住一根鱼叉往下就是一拉，一个走私分子坠入湖中。何木儿骑在他身上，刚要转身，一支不知从哪儿射来的鱼叉刺穿了他的腰。

　　李河落望着何木儿倒在湖中，溅起一大片血水，再也没有上来。

　　苏禾巴鲁背着图瓦村孩子游上岸，接着一个吉特村鱼孩背着衮鲁拖着乌拉索游了回来，格索也被安全送上了岸。受了伤的吉特村鱼孩接连返回上岸，刚下水的十多个孩子，如今只剩下六个。其他的孩子都永远沉入了湖底。

　　李河落像是能听见鲁道夫咯咯的笑声，也不管目标方位，对着湖就放枪。船已开到湖中央，离得太远也不知打中没打中。

　　哈乐丹被缓缓放下来。鲁道夫走上甲板掐住哈乐丹的喉咙，笑道："张嘴唱首歌来听听。"哈乐丹把唇紧闭到完全蜷进了嘴里。鲁道夫凑近他说："吸最后一口气吧。"语毕，把哈乐丹推进水中，鲁道夫站在船头笑起来，手上握着捆在哈乐丹身上的麻绳。

　　哈乐丹在水中挣扎着拍起高高的浪。李河落惊恐地望着。

　　水中的哈乐丹像只病重的小猫，紧闭着眼，嘴巴一张一合。可是在这冰冷的水中扑腾了一阵，他已力气耗尽，挣扎着的双手缓了下来，拍起的浪也渐渐低矮。直到李河落从湖面上再也看不到他。

　　鲁道夫和手下拉起那根麻绳，一具不再动弹的尸体浮出水面。这一刻天地无声，旷野般的寂静，静得瘆人。

　　湿透的单薄衣裤紧紧贴着他骨瘦如柴的躯体，枯槁般的肋骨胯骨突显出来，两只轻盈的手臂低垂，整张脸被精湿耷拉的头发蒙住，水珠连成一线还在下坠。

　　哈乐丹死了。召灵人死了。唯一的刺人文明的继承人死了。这一切似乎都在鲁道夫的意料之外，他站在甲板上望着脚边孩子的尸体一言不发。

　　李河落终于抑制不住，发了狂地跳进水中要游过去。即使根本游不到也无关紧要，他只是想遵从自己的内心，想要鲁道夫偿命。

　　一阵凄冷的风吹过后，湖面开始有了动静。湖水开始沸腾般战栗起来，像是场巨大的振动。鲁道夫能感觉到自己的船开始摇摆不定。李河落疯了似的朝湖中心游去，完全没觉察到周遭已经开始起变化。当他看见鲁道夫的船被突如其来的巨浪高高掀起时，才知道大事不好。

李河落已顾不了冰冷的湖水僵固了自己的四肢，身后的暗流把他往前推，他牢牢地抓住挂在船身上的麻绳，用尽全身力气一点一点往上爬。

爬上船，船上的走私分子都在翻腾的水浪中逃窜，有的甚至跳下了船。李河落浑身精湿，仇视着站在甲板上晃晃悠悠的鲁道夫，眼睛中喷射的怒火和深仇令鲁道夫心慌。

李河落掏出仅有的水果刀，鲁道夫手足无措地往船舱中逃，李河落追进去，船舱中的灯时闪时灭，鲁道夫也知道自己无路可逃，站在圆桌的另一端和他对视。

随即鲁道夫笑了起来，鼓着掌说："你终于醒了！沉睡后的 X，以前的你回来了！"

"以前的我已经死了。"李河落朝他逼近，千辛万苦等待的这一刻终将雪恨。

"你对我早没了价值，活着也是我的隐患，我早就可以干掉你。知道为什么吗？想知道这个真相吗。"

"看来我要感激你发了慈悲了？"

鲁道夫笑了笑，"因为有个人和我立下契约，只要你把哈乐丹安全带回喀纳斯，我就放你一条生路。"

李河落猛然惊醒。

"我言而有信。"

"是谁？"李河落呆呆地问。

鲁道夫拿出手机，拨通了一个号码，递给李河落。

李河落接过，放在耳边。电话那头的人迟迟没有开口。李河落愁眉紧锁，压抑紧张地听着电话中的极度安静，连空气都是冰冷的。

"你是谁？"他终于问。

电话那头的人轻轻喘着气，不肯说话，却也没有挂断。李河落默默数着这气息声，再熟悉不过，再令人感伤不过，却完全不能肯定，也不敢。

当李河落半知半觉，也再没有说话时，电话那头却传来一个清晰的声音。

"伤好了吗？"

李河落的眼泪流了下来。他甚至顾及不了此时有多么伤心，他只看到自己的眼泪就这样一滴一滴掉落下来。

"这不是真的……"

"只要你能活下来，任何事我都愿意做，任何手段。这是我在吐鲁番和他们立下的契约。"

他无助地沉默了很久。他问她："你怎么能肯定我会为了你，再回喀纳斯？"

对方没有说话。李河落气息不稳反反复复重复着同一句话。直到对方终于回答。

"因为，我相信你对我的爱是真的。"

"谎话。都是谎话！"李河落闭上眼睛，满脑子里都是轰轰的杂音，"你不是她！她不是这样的人，她不会欺骗我……这不是真的，这不是真的对不对？"

"如你所说，人真的都是自私的。"对方说，"哈乐丹不是简单人物，即使落在鲁道夫手上也不会受到伤害，我很放心。但是你能活下来，我们可以活下来。我们可以有我们的未来。"

"格索不是真的哈乐丹，真正的哈乐丹已经死了！已经死了！你知道为了我们，这里死了多少人了吗……"

"就像你说的，我们再错一次又有什么关系？"

"你不是杜林琪。"李河落含着泪沙哑地笑起来，"需要悔改的一直都是你，需要审判的一直都是你。"

对方一阵沉默。之后对他说："你现在唯一要做的，只是逃。逃！"

李河落被这些冰冷刺骨的语言恐吓住，不断往后退，望着两眼如深渊般的鲁道夫，丢下了手机，丢下了刀，恐慌地退到甲板上，迎面刮来的风暴和翻腾的水浪令他的心脏疼痛得厉害。他瞥见哈乐丹的尸体，像是受到致命的惊吓，茫然无助一跃跳下了船。

他漂浮在冰冷的波涛中，一点声音也发不出了。他顺从沉浮，不知道陆地在哪儿，不知道该前往的方向，就这样行尸走肉般漂浮着。

这时湖面下闪过一道亮光，轰——一道水雾喷出，竟是淡紫的色彩。

李河落茫然无助地环视四周水面，轰，又是一道，荧红的水雾像本身会发光，随即远处的水面开始有什么东西钻出来了，伴着泛荧光的雾气，它轰然庞大的身形从水下隆隆生出。

在黑暗中，什么也看不见，李河落屏气凝神地望着，他看不清它，它是模糊的，抑或透明的。

他只知道它的磅礴巨大，水浪都朝他涌来。

突然，那圣物开始发光，明明灭灭的荧光，李河落看见了它，却始终也无法想象这会是生命。

它是一道巨大的圆环，光圈，随着附加在它身上的色彩越来越多，越来越耀眼、璀璨，它像是逐渐被光彩填充成一个球体，还在膨胀，到极限时轰然爆裂，瞬间荧光四射，大地一片绚烂辉煌。

李河落本能地伸出手护住头，光在他身边飞溅，待平息时，抬起头，再扭头看向鲁道夫的船——早已消失在五彩缤纷的波涛之下，回过头时，满眼光华壮丽，产生眩晕。

他进入了这个幻境。这圣物本身就是一个巨大的幻境。

他在其中目眩神迷，找不到方向，满世界都是流光溢彩，让人眼花缭乱恍惚昏沉，大片大片的色彩相互交织错落，李河落在其中看不见尽头，望不见彼岸，伸手摸索着，在这儿只有五光十色的世界。

但是他又那么清晰地听见杜林琪的声音，像在呼唤，还有最后那句话："你现在唯一要做的，只是逃！"

他瞪大了眼睛。

逃！逃！——永远都只有逃，你永远都只能逃，你是罪人，你的行为动作永远都只是"逃"！

逃啊！

李河落恐惧地捂紧了耳朵，突然冰冷的湖水将他高高托起，湖面狂风大作水浪滔天，他被波涛卷起再落入旋涡中沉溺，他被卷入深水之中，睁开眼满目黑暗，再被水波缠绕拖出水面，接着跟着一阵旋涡下陷至最深的水底，一道波光闪现，他像是在水下黑漆漆的森林中看到了一座巨大的宫殿。

他刚要伸手触及，却被一股莫名的吸力拖拽出去，最终被一排排的湖水冲上了岸。

李河落躺倒在岸边，无力伸手甚至无力呼吸，一阵剧烈的呕吐感令他疯狂地咳嗽。

突然，一双温热的手抚上了他的脸颊。李河落一怔，接着像是生出了幻觉，眼前渐渐微明，听见耳边有个低嗡嗡却又柔和的男孩声音对他说：

"你又带着仇恨进来了。"

李河落圆睁着眼、浑身颤抖。这个人，这个男孩。李河落努力要自己挪动头部，他要看见这个男孩，但是身体僵硬宛如封冻。

"可是这里容不得仇恨，你的结果已经浮出水面。"

李河落抖着嘴唇要说什么，湖中圣物身上发出的一道闪光从他的身体中飞快穿过，这一刹那，一切激进都化作无边无际的安宁。

这种安宁就像森林中层层堆叠的枯黄落叶。就像倚着车窗安静地眺望远处的青山。像是从草间穿过的风，像从湖水深蓝里掠过的鱼影，像火焰山的滚滚流云，像孤独的沙漠不朽、安静且尊严地存活在时间之流，从远古到现在。

像有一次临近清晨，在他们的床上，杜林琪搂着他的腰，在他耳边说着"我爱你"。睡得昏沉的李河落睁开眼，望见窗外呼啸风声中的光亮。

那明灭的光亮虽然很微弱，但是它存在着，一直陪伴自己走过最后的未来。

李河落将要沉沉地睡去了。而那把雕刻精美的水果刀，也已永远沉入冰冷湖底。

晨曦来临之前。李河落把最后一口人间的空气缓缓吐了出来。瞳孔的倒影中，远处的森林里一个白衣少年匆匆跑过。

第 31 章

寻找李河落

我喜欢喀纳斯的原因很多。已记不清曾几何时认识了这三个字。这三个字只是名称，像我们对待一个素未谋面的陌生人，只能从姓名中搜寻浅薄的认识。字里行间我看不到它的长相、它的过去。

但当我见到它的照片，我才知道，这就是我的湖光山色。

会是在梦中还是某个无意的错过里，我不清楚。但是它让我感觉亲近，于是我也乐于亲近。

而当我终于去到喀纳斯，是因为那一天行至塔克拉玛干边缘时，遇见的一个人。

我的身上有道诅咒。我和你姻缘曲折。我从未认真迷恋过谁，但是在一个很平常的星期天，你走进了我内心最深的地方。可是我们彼此不懂得爱的意义。在我想要尝试和你走到一起时，你却永远离开了我的世界。

耳边时常听到熟悉的声音，在清晨的马路，在深夜的地铁，熟悉到时间的速度也渐渐缓了下来。你问："你想说什么呢？"

我想说什么呢？是啊，想告诉你些什么？带着些无理取闹的孩子气，一些无事生非的、微小的怨恨。去追问究竟什么才是真正属于我的。

我坐上火车想远走一段时间。可是不快乐的一切，永远也无法被窗外一闪而过的美景解决。

那天是在和田以北的沙漠边缘，我在车上懒懒散散地系着鞋带，把矿泉水装进背包。当我站在松软软的沙子上便咧开嘴笑起来。

我坐在沙丘上抽烟，望见远方生出两个黑点，一个老头牵着驴风尘仆仆。他看到我时，竟惊喜着朝我奔来，走到我跟前围着我转圈圈。

他连连说："太像了太像了。"

我摘去墨镜，问他像什么。

"他，像他。"

"谁？"

"一个不守信用的人。曾答应要来拜访我，但是失信了。"老头儿牵着驴停下步子，坐下来。

他对我提起一对情侣，说了一段他们的故事。

之后相对无言坐了一会儿。我问他是谁。他回答说阿凡提，指着毛驴说这是阿凡提的驴。

囧……

他说："来咱们新疆玩，别忘记去喀纳斯看一看。"

他告诉我，美丽的喀纳斯，总是给你最多的、最美的。它也许不会给你想要的，却会给你属于你的。

刚到喀纳斯的那一天，我捂着犯疼的肚子首当去找住的地方，而美景只是略略瞟了几眼。在禾木村外好不容易找到了租房的人家，可是房东开的价钱太离谱。他们夫妻两在木屋里清理打扫，像是刚送走原先的住客。我站在屋外好说歹说，他们的态度却很强硬，一分钱也少不得。

这样的木屋靠着禾木村，离美丽的喀纳斯湖还有一段距离。这季节来这儿的旅者很多，过了这村没这屋，我怎么忍心放走这么好的住处。便挽起袖子抢房东手里的扫把。

女房东直起腰。

我边扫边说："只要你们把这房子便宜点租给我，我搞这屋子的卫生，往后你们家还有用得上我的地方，尽管开口。"

"你还挺勤快。"夫妻俩走出屋子，叉着腰望向屋内勤劳的我，"行。八百吧，现在拿来。"

"这大荒山上八百？"

男房东赶紧来抢我手中的扫把，我把扫把藏在背后，"八百就八百……"

"已经给你开到最低了，前面那个住这儿的，人家每个月……你小子八百，你、你只准住一个月，住完这个月就给我……"

我把钱刷地丢出去，把木门"砰"地关上。

我的木屋里有热水，这是最让我欣慰的事。为了赚回我交出去的高价房租，我决定好好享受这里的热水，甚至是浪费，一天要洗好几个澡。有一天深夜，当我洗完澡出来，头发湿乎乎的就躺倒在床上，从枕头下露出了什么东西的一角磕到我的脖颈，我提出来一看，是本黑漆漆的笔记本。

我略略翻了翻，看见一页页密密麻麻全是歪歪扭扭的汉字。刚准备把它丢到一边，却在忽闪间看见一页纸上"我想念你"四个小字。

叼着烟坐在床上，边擦着头发边一行一行地读下去。我没有按顺序看，却忍不住一页一页往前翻。我喜欢他的那些摘抄，都是些奇闻逸事。他说在喀纳斯湖边发现两种不同的鱼鳞片，他还说有个神秘的村子里住着长鳃长蹼的人。还提到了祭坛、陨石之类的东西，由于字迹潦草难辨，这几节我就跳过了。

我觉得笔记本的主人应该是个写小说的，却又因为这个人的书写水平太差产生怀疑，尤其是大量汉字中掺杂着英文，更是觉得扑朔迷离。

我看完里面记录的每一段摘抄、每一个故事、每一次的心情。我跟着他笨拙的字迹从头看到结尾。跟着他的发现惊叹或是恍然大悟。

本子里最凌乱的字迹大概是在写一个女人的故事，其次出现最多的人名是"哈乐丹"。这个女人曾迎着风对他说："若是秋天，色彩斑斓一定要你眼花。"男人装作没有听见，当时什么话也没说。但在以后的日子里，他把当时想要说的都写了下来。

他用这种方式告诉她："亲爱的，我都看到了。"

翻着翻着，就翻到了结局。我看见最后的几页有小小的黑圈。

清早我自然而然地醒来。不会因为旅途奔波而劳累，丝毫没有倦意。因为我从未见过这样干净的阳光。也从未被这样干净的阳光照在脸上。

我跟着早起的牧民一同上山。走在遍是山野花香的林间小道，站在山顶眺望远方的远方。我望着光芒万丈的太阳，直到我的眼中生出了小小的黑点。蓦地想起纸上的黑圈，便像看到某一个孤独的深夜，他坐在桌前拿起快要吸尽的烟头灼穿纸张的样子。

当我站在观鱼亭俯瞰喀纳斯湖的时候，我一直在想他究竟是个怎样的人。是否和我一样得不到救赎。我在想这样一个人究竟还留下了什么。

碧蓝的喀纳斯湖像面镜子，不动声色摄取万物的倒影。

喀纳斯旅游周到了，旅游环境管理局邀请一位专家在喀纳斯湖畔开露天讲座。我坐在座位上，看着来自各地的游客层层涌动。专家精神很好，从图瓦村庄说起，滔滔不绝两个小时一直说到吐鲁克岩画。直到人群中有人喊起："说水怪说水怪！"

"水怪实际上是哲罗鲑，又叫大红鱼，但是喀纳斯湖里的哲罗鲑却很大。也许还有长度超过十五米的。"

当有人问到这么大的鱼吃什么时，专家说："这还待解。有很多猜测和说法，我认为它们会同类互食，因为动物在特定的环境中，习性会有所演变。"

"我有一个问题。"我举起手说，"以前有人在湖边发现过透明的鳞片，和哲罗鲑的鳞片不一样。"

"有照片吗？"

"没有。"

"我打个比方。比如我们常见的金鱼，家家都养过的小金鱼，大多是正常的鳞片，但是也有的是透明的鳞片，因为这种金鱼的基因产生了突变。当正常的金鱼和基因突变的金鱼繁殖，产生的后代是花鳞。鱼类的这个问题很正常。"

"还有一个问题。"

"你说。"

"在喀纳斯有一个古代祭坛的遗迹……"

"元代圣湖图瓦祭坛。"

"嗯。"我继续问，"一些古书包括祭坛石碑上的铭文都说，水怪的形象就刻画在石碑上。但是石碑上刻的全是水波纹，这会不会是隐喻什么……"

专家笑着贴近讲座台，"你都是从哪儿知道的？"

"能不能解释下。"

"这个没有什么好奇怪的。图瓦人信萨满教，萨满教的一个特点就是图腾崇拜，崇拜鸟兽花草、山石水土、风雨雷电、日月星辰的都有，并不仅仅局限在动物身上知道吗。古代的图瓦人因为与湖为伴，水就是他们的图腾。"他笑着问，"还有什么问题吗？"

我也笑着摇摇头。

"现在我们该说说喀纳斯的森林了。众所周知，桦……"

我专心听完讲座。走过荒草没膝的原野，取笑自己太相信身边出现的一切，实际上世界时常和我们是对头。

或许是我听见了什么觉察了什么，我突然转过身。

一只火红的狐狸躲在远处的树后，谨慎胆怯地打量着我。

我坐在屋外的一片大好阳光下看报纸，头条新闻是西部电视台的王某某拍摄了一段录像。深夜的喀纳斯湖畔，他们站在观鱼亭上拍摄到一种五彩缤纷、发着荧光的神秘物体在湖中出现。但因为是夜晚，由于光线问题和距离太远，拍出来是模模糊糊一小团的光点。因此更多的人都在质疑这根本不是生物。

晚餐，我喝下五碗奶茶、一碗奶酒，吃下两盘炸奶酪和几圈烤饼。迎着晚风，一个人在村庄附近走了很久。

一时我想，如果我们能一起穿过森林多好。

想起阿凡提说的那个故事，一对情侣在罗布泊里许下承诺。这个世界唯有一个奇迹，就是两个人在一起，成为彼此心中的勇敢。即使日后命运无常，也坚信这个信念。

我就像那本笔记本的主人，任性地执起能写出你的笔。我若是有魔法，一定也会为自己勾画出一个安定的未来。因为你去了遥远的地方，我却还在原地。

我也想终有一天，远行时能下定决心不带大大小小的行李。彻彻底底、潇潇洒洒地走出去。

回屋点上一根蜡烛，小小的火花也能将黑暗驱逐。顿时满屋光明。因为想念你，我在临睡之前又翻开了这本笔记本。看到歪歪扭扭的"我想念你"，虽然很悲哀，却没有眼泪。

我渐渐能看懂，笔记本的主人似乎是个愚蠢的人。为了寻找来到喀纳斯，但是什么都没有找到。当我合上本子，望着窗外灰暗的光景，又突然意识到他或许不虚此行。因为他把这本笔记留在了这里，等于舍弃了这段记忆。最终，自己摆脱了一切，决定远走。

其实，我最大的愿望和他一样，和每个人一样，只是能拥有一个无比坚固和安定的未来。每每提步之前总有那么多的犹豫。当然那个时候的我不知道，安定在心里面。这些词都只在每个人的心里，在世界上任何角落都寻找不到。

有一日，我把破旧的收音机抱在床头，拧开开关，一阵吱吱杂音后，电波送来一首歌："我们是丝绸之路上的新少年，我们是丝绸之路上的好少年……"我点燃一根烟。就像曾经的某天，他也站在这里点起一支烟，然后坐在床沿，望着窗外日落。

他的一生只有生和死。他遇见了她，他便只有生，没有死。

零八。春季。五月一十八日，一个很平常的星期天，我决定写下他的故事。

『后记』

《召唤喀纳斯水怪》全记录

　　一系列事情促成这本书于今年结束尘封，我期待这时候已经很久了。按理说这本书如果不是作为我的第一本书出版，那么它放在任何时候就都显得有些不合时宜。但是我从未放弃过出版它的决心，只是觉得有朝一日一定会将它公之于众，于是今年破土。或许是最恰如其分的时机，我的本命和"召龙人"的故事，呼之欲出。又或是越早出版越好，我总觉得它的缺失，就是我生命的缺失。读者如果没有阅读过它，就像没有真正读过我。——至少没有参与过最初的我。

　　我爱你们，我诚意将这本小说介绍给你们。

　　虽然几乎没有人赞成我出版它。在我这个时期，出版一本旧作要冒很大风险，但我态度依然坚决。新作还在紧锣密鼓创作中，这本书恰如其分就是今年最好的奉献。天知道我有多么盼望它面世的那一刻，从未有过这样强烈的出版期待，并且第一次有想要将书赠送家人和朋友的计划，早已准备好了。

　　以往从未有过这种想法，甚至不希望有身边朋友阅读我的书。这就是作者的矛盾，总认为写作本身是一件私密的事情，但它要获得读者就先要有阅读，然而让任何一个陌生人读都不会产生任何恐惧，唯有身边人。或许这就是伪装的结果。我们生而为人，没有谁不曾伪装。而且在审稿过程中，我居然被自己给打动了，也可以说是被降伏了。这样的笔法，这样的叙述，这样的形式，也许我永远都写不出了。我喜欢那个十九岁的小孩。

　　我的编辑大概是除我之外第一个看过全文的人。这是我们俩合作的第一本书。她是一个很神奇的小女子，环游过世界，充满想象力，自称为"科学少年"。很好，我问她："你喜欢这本书吗？"

　　她大概不好说不喜欢。后来她说："因为是水怪的故事，并且是喀纳斯的，我倒还蛮想看一看的。"

"嗯，我知道你是科学少年。但其实这是一个情感故事。"

"嗯，没错。"

"我有自己的想法，我不想写成一部常规意义上的悬疑小说。当年我就已经在想，它必须要有我个人的风格。"

"这就是我要和你谈的问题。"她接下来说。她必须给我她的审稿意见："首先，书名是否可以修改？"

"不能改。"我很直接。

"很多人都觉得你现在不适合来用这样的书名。"

我知道是读者群的问题，"不行。"

"为什么？我们也许可以想到一个更好的。"

"我是不会改的。如果你看过全文你会明白。"我坚持我的审美。也许更多的是对曾经的恋旧，"没有比它更好的了。这就是最好的。"

后来总监也来建议，我的编辑最后一次和我说到这个问题，我告诉她："我不知道该怎样起名字，我只知道我的书摆在书店里路过的人一眼就知道我在写什么。我喜欢直接，一目了然。"

公司尊重我的决定。我坚持住"召唤喀纳斯水怪"这七个字，我对它有一种依恋，它也势必是最好的。对于这本书，无论如何我都不会改动，或许是所谓的悉数呈现。

虽然我编辑说："但是这毕竟是你多年前的作品。你现在的水平和审美已经不是这样的了。"

"我当然知道。如果我现在来写《召唤喀纳斯水怪》，我会用第一人称，力求真实。不会用第三人称。"

"对，你也知道。"

"但我是不会改的。"我继续说。

她无语。

"我就是要让别人看到最初的全部，有缺点也无所谓，没有什么是没有缺点的。"

因为它本就是十九岁时写的小说，改动了就意味着改动了那个十九岁的心灵，也许它会在文法上显得成熟，但我觉得和它的灵魂相比，文字的成熟度一点都不重要，我一点都不在乎。我甚至有计划，如果时间上允许会在未来重新写一个同样题材的小说，用以后的水平，那才是新的，因为我对这个题材太痴迷了。我爱着喀纳斯，爱着水怪，爱着那里的一切，愿意一遍遍重来。

所以我也丝毫不在乎别人对它的评价，它在我心里的地位那么特殊，有人会很喜欢，有人会很不喜欢，一样。

编辑小姐又说："可是，全文的结构问题。前面是否太冗长了？那些地理的描写，景观，介绍族群的描写……"

"我故意的。我甚至想，往后谁要是想查那边的资料就翻开这本书，里面包括山峰的高度都有。"我取笑当年的雄心壮志。

"还有李河落和杜林琪在那个村子里……是不是太漫长了？"

"当时我只想着力刻画些人物的情感和心理，我觉得那是珍贵的。我不觉得那里长了，我觉得 romantic。"

"我觉得你要修改。前面你要改。"

"我不改。改了就没有意义了，我宁愿不出。"

彼此僵持不下。

"这本小说和我其他小说都不一样，它太特别，它不能动一点。十九岁的就十九岁的，什么都不改。"希望读者原谅我的任性和偏执，既然决定出版它，就保留它原有的一切。我觉得我不能背叛那时的自己。

所以没有一个地方可以改，"我审过了，前面甚至没有一个地方可以删，甚至连缩短的地方都没有。"所有的地理资料，我当初写作中查阅都已经极限地概括化过了。我也讨厌长篇大论喋喋不休，但是硬件上的架构没办法。

我的编辑也拿我没办法。在这上面我毕竟有我自己的想法和坚持。

"那么，后面你总要交代清楚吧？"她还是不死心，"那个小女孩的死，还有……"

"杜林琪？她不是小女孩，她是个小女子，和你一样的小女子。"

"我知道，但我觉得她就是小女孩。她的死，然后死而复生，你应该交代清楚。她是怎么死的，而后又怎么活来的。"

"不用交代。"我有意为之。

"你总要交代一下的呀！"她急了。

"不交代有它的美感。"这样的设计无须解释。

"那还有哈乐丹。他究竟是谁啊？你要交代一下的吧。"

"你们看书就喜欢看一个所以然来。"

"那不然咧？！哦，到最后都不知道哈乐丹是谁！"

"这才是悬疑小说啊！"至少我眼中的精彩悬疑都是这个样子，"你永远都不会知道他是谁。永远。"

"那你知道么？嗯？作者本人。"

"我当然知道。在我心里它有两个答案。第一个是永远的谜团，第二个是小说中曾出现的某人，我起先就是设置他为哈乐丹的。可以理解为他。"至于"他"是谁，我想在这里我不会说。

她非常懊恼又无可奈何。但我觉得这些不交代的事情并不影响这本小说的完整性，反而为其添彩。能够影响这本书完整性的只有一处——水怪是否昭然若揭。如果它也跟着不交代，这本书就是不完整的，因为这本来就是个探寻水怪的迷局呀。

而最大的问题，或许也就在这里。水怪究竟是什么？

我知道我无论写它是什么，都会有人说："哦，原来水怪是鳄鱼，呵。哦，原来水怪是一条蛇。哦……"我撇撇嘴，"每个人心里其实都会这么说。"我忧患意识强烈。

"你怎么不想他们也许会说：哇！原来水怪是鳄鱼耶！好棒！哇！原来水怪是一条蛇耶！哇……呢？"

我想了想，无可厚非。我这里有四个版本："第一个是初版，一头简易的荧光黑兽，长有九个眼珠。"

她看过后说："可以，你前面有论证水怪是透明的嘛，这里虚无缥缈的，通体还会发五颜六色的荧光，可以的。"

"不行。太简易。还九个眼珠，一看就是拿狼蛛来当原型的。"

第二版是无头圆盘状怪物，长有两只鲸般的巨鳍，它出水时，两只巨鳍像鸟展翅般伸出水面，之后身体内开始有电流通过的吱吱声，接着发光，体内还有无数小怪物号叫。

"这个也不错。一个巨大的电灯泡。"她从此开我玩笑。

"不行，描写时都出现了'海豚皮肤般光滑润泽的质感'这样的话，按照前文的话它也应该是来自外太空，为何要和海豚有一样的皮肤质感？"

第三版是从水中钻出的一只五彩荧光大鸟，随后变幻成大鱼、狼头、松鼠、鹿、熊，都是喀纳斯一带常见的动物，之后缩成一个浑圆，光芒闪烁。这是它的本来面目，代表吸纳了所有它曾感知到的生物形象，并且模仿它们，甚至可以模仿人声。

"这个不错！就用这个吧！挺好的，大鸟。我喜欢它是一只鸟从水中飞出来。"

我考虑了一会儿。

"不过还是一个电灯泡。"她补充说。

第四个版本就是我定下来的这个。一个圆圈。是的，水怪在我这里就是一个圆圈。为此我和她讨论了很久。

"我有问过别人这个事。我问朋友：如果你写魔幻，你会设计个怎样的怪物？朋友回答得都很'矬'，都是各种动物集于一身的怪兽，我觉得太俗了，我没办法在现实生物中取材，我必须在我的小说里设计一个超出常规想象的形象。"我冥想，"它不应该像地球上的任何生物。如果它有脚，有眼睛，有耳朵就失败了，不一定外太空的动物就一定没有这些，只是我不想让它有这些。因为我再加工无非就是'八只脚，十二只脚，比身体还大的眼睛，头顶一排的耳朵'，等等。我不能接受这样的设计。我必须突破想象力的界限。"

于是突破了界限，结果只有两个——无形状与圆形。

"方形，肯定不行。宇宙中哪有原始的方形？其他形状也不可靠，唯有圆形。原始中，它就存在。像每一个星球。星球存在就是圆形的。我相信宇宙也是球体，至少它是圆形的。它是本源。轮回也是圆形的，矛盾也是圆形的，包括我现在看世界的眼光也是圆形的——没有好坏、对错之分，循环往复，所有问题的思考势必都从起点回到起点，始就是终，哲学也是圆形的。所以我要以一个圆圈为它的形象。"

至于它依然延续了前三个版本中的五光十色，是因为喀纳斯给我最深的印象就是色彩。此地之魂，势必吸纳此处所有灵气。

它爆炸时，就是一个幻境。

"你也想想，如果是你会用怎样的形象。"我问她。

她沉思了片刻，"我会让喀纳斯湖就是水怪。整个湖就是水怪。"

她的回答让我有过一刻的惊艳。上次她回答这个问题时曾说，她会让成吉思汗的陵墓在怪物的肚子里。那个怪物巨大，肚子里装着陵墓到处游，要永远守护他。我觉得她这个想法太梦幻。

此时的想法却是顶级地好："它可以是一种能够与水结合的分子。从外星来，掉到湖边，进入水中，与水结合，所以没有人能看得到它。而且如果湖就是水怪，那么就和你前文所说的'它是透明的、永远守护陵墓保卫一方领土，与刺人、图瓦人永远结伴'都契合了。"

"是的，好点子！但是我一直都希望这个水怪是形象化的，是一个个体化的，小动物。你明白吗？我希望它是一个可爱的小动物，能让我想抱它。"

"圆圈可爱么……"

"我的意思是我希望它是一个……小玩意儿。物体化的。"但是不得不承认她的这个点子非常棒。不过我想如果是我想到的大概还是不会用它的，所以我说是一刻的惊艳。

"我一直都很迷蛇颈龙。我喜欢这样的小怪物。"

"就像地图上画的那个对吧？"

"对！"我很喜欢那种湖中的小怪物。

她也许也很喜欢。后来我联想起她设计的湖怪形象，整片大湖，被召唤时会移动，在卫星版图上可以看见它神奇又神异地移动，然后它的水席卷森林，席卷整片大地，清除一切罪恶，就像洗了这个地区一遍，而后安静地退回湖床，喀纳斯一片寂静，恢复洁净安宁。

而额尔齐斯河、布尔津河、喀纳斯河都是这怪物的血脉，或是它的神鞭、锁链。壮美。

我这编辑是天才，创意十足。我很感激能与她相识，并且结伴同行。她的创意也激发了我的斗志与创意——比如这篇后记，我觉得有必要将我们从决定出版至今的路程记录下来，让读者知道我的初衷，还有与她的相处实在美妙，也是在这个过程里我突然发觉原来写作生活可以如此完美，所以这篇也要送给你——我亲爱的编辑小姐。

包括地图的策划，只因她一句："我觉得书中地名太多，看是否能绘制出一幅地图引导读者阅读。"

这想法我一直都有，我一直想要将男女主人公的逃亡路线画出来，包括写作时也是在地图的辅助下完成的。他们环游了整个新疆，这也是我的初衷所在——将新疆之美全面介绍给更多人。最后主角们在罗布泊结婚，这也是我年少时的迷幻梦想。真希望能触动哪个读者的神经，导致他／她最后真的按照书中的路线一路环行，最终在罗布泊举行一个婚礼。那样的话我一定会亲自到场祝福的。我爱你们。实际上我更想亲自体验，毕竟它对我才最具有纪念意义。

给敬爱的读者。给所有我爱且爱我的人。给所有陌生及陌路人。

真主安拉保佑我们。

2012.6.10

ZUI Book

CAST
召唤喀纳斯水怪

作者
李枫

出品人
郭敬明

选题策划
金丽红　黎　波

项目统筹
阿　亮　痕　痕

责任编辑
杨　仙

助理编辑
方　钊

特约编辑
miu miu

责任印制
张志杰

装帧设计
ZUI Factor　www.zuifactor.com

设计师
Fredie.L

封面插画
孙十七

内页设计
付诗意

出版社
长江文艺出版社

出品
上海最世文化发展有限公司

官方论坛
http://www.zuibook.com/bbs

平台支持

最小说　ZUI Factor

2012年4月-5月上海最世文化发展有限公司畅销书排行榜
| TOP25 |

排名	书名	作者
1	飞蛾特快	郭敬明 主编
2	爵迹囧格	郭敬明 王羽 千厣
3	爵	王浣
4	小时代3.0刺金时代	郭敬明
5	有声默片	吴忠全
6	不夏	薛彬
7	秘境之匣	陈奕潞
8	把耳朵捂住	疏星
9	小时代1.0折纸时代	郭敬明
10	幻城（2008年修订版）	郭敬明
11	出永安记	李田
12	西决	笛安
13	临界·爵迹Ⅱ	郭敬明
14	悲伤逆流成河（新版）	郭敬明
15	夏至未至（2010年修订版）	郭敬明
16	小时代2.0虚铜时代	郭敬明
17	这些 都是你给我的爱	安东尼 echo
18	临界·爵迹Ⅰ	郭敬明
19	东霓	笛安
20	南音（下）	笛安
21	南音（上）	笛安
22	爵迹·燃魂书	郭敬明 等
23	陪安东尼度过漫长岁月	安东尼
24	橙—陪安东尼度过漫长岁月Ⅱ	安东尼
25	告别天堂	笛安

ZUI
Zestful Unique Ideal

图书在版编目（CIP）数据

召唤喀纳斯水怪／李枫著.--武汉：长江文艺出版社，2009.08
ISBN 978-7-5354-4112-6
I.①召… II.①李… III.①长篇小说-中国-当代 IV.①I247.5
中国版本图书馆CIP数据核字（2009）第118674号

召唤喀纳斯水怪

李枫 著

出品人：郭敬明

选题策划：金丽红 黎 波

项目统筹：阿 亮 痕 痕

责任编辑：杨 仙

助理编辑：方 钊

特约编辑：miu miu

装帧设计：ZUI Factor

设 计 师：Fredie.L

封面插图：孙十七

内页设计：付诗意

媒体运营：赵 萌

责任印制：张志杰

出版：长江出版传媒 长江文艺出版社

电话：027-87679310

传真：027-87679300

地址：湖北省武汉市雄楚大街268号湖北出版文化城B座9-11楼

邮编：430070

发行：北京长江新世纪文化传媒有限公司

电话：010-58678881

传真：010-58677346

地址：北京市朝阳区曙光西里甲6号时间国际大厦A座1905室

邮编：100028

印刷：三河市华业印装厂

开本：640×960毫米 1/16

印张：17

版次：2012年7月第1版

印次：2012年7月第1次印刷

字数：260千字

定价：24.80元

sina 新浪读书
book.sina.com.cn

我们承诺保护环境和负责任地使用自然资源。我们将协同我们的纸张供应商，逐步停止使用来自原始森林的纸张印刷书籍。这本书是朝这个目标前进迈进的重要一步。这是一本环境友好型纸张印刷的图书。我们希望广大读者都参与到环境保护的行列中来，认购环境友好型纸张印刷的图书。